???
오잉크
카이본
“그들은……
렌 일행과는 또 다른
해방자 일행이에요.
한번 접근해 보실 수
없을까요?”
“나도 오늘 마을에
도착한 참이라서
모르는 게 많지만,
어떻게든 해 볼게.”
백수, 마왕
Bored, Sacred and Now a Devil!
의 모습으로 이세계
가끔은 치트인 유유자적 여행
4

백수, 마왕의 모습으로 이세계에

Bored, Sacred and Now a Devil!

〈 가끔은 치트인 유유자적 여행 〉 4

Contents

백수, 마왕의 모습으로 이세계에

Bored, Sacrod and Now a Davil!

가끔은 치트인 유유자적 여행 4

아이아츠시 지음

카츠라이 요시아키 일러스트

김장준 옮김

프롤로그

밤 추위도 점차 누그러드는 겨울의 막바지.

최북단 대륙 아래에 위치한 이곳, 『세미피나르 대륙』은 조금 이르게 봄을 맞이하려 하고 있었다.

아주 조금 지내기 편해진 밤하늘 아래에서 인사드립니다. 안녕하십니까, 여러분. 본본입니다.

현재 저희는 칠성과 관련된 장소란 이유로 과거 소환된 해방자, 이구조 씨가 살았다는 마을로 향하고 있습니다.

그럼 왜 텐트에 들어가지 않고 밤하늘을 구경하느냐면—현재 격렬한 소외감을 느끼며 모닥불을 지키는 중입니다.

"류에, 어제보다는 조금 따뜻하지만 조심해야죠. 자, 여기로 더 가까이……."

"후후, 그럼 조금 더 붙을까? 레이스는 따뜻하고 부드러운걸."

"그러는 류에는 머리카락이 참 고와요. 부럽네요."

"부러운 걸로 치자면 난 이게 제일 부러운데?"

"꺄~!"

두 사람은 텐트 안. 나는 텐트 밖.

됐어요, 됐어. 이게 내가 정한 길인걸요, 뭘.

하지만 이 도란도란 정겨운 소리를 듣고 있자니 마음이 아픕니다.

기쁘고 즐겁게 상기된 목소리는, 이제는 여행에도 익숙해진 류에.

그리고 어딘지 모르게 애정이 묻어나는, 포근하게 감싸 안는 듯한 또 한 사람의 목소리는— 레이스.

……레이스를 데리고 나올 수 있어서 정말로 다행이다.

겨울 하늘 아래에서 나는 새삼 그녀가 함께 있는 『지금』을 곱씹었다.

레이스는 내가 잊고 방치한 서드 캐릭터였지만, 지금은 이 세계에서 의지를 갖고 살아가고 있었다.

"……오래 기다리게 했지. 류에나 레이스나."

레이스는 마냥 기다렸다. 언젠가 자신을 데리러 와줄 사람, 자신의 과거를 아는 누군가를…….

그리고 그것은 다름 아닌 나였다.

그래서 나는 레이스를 『윙레스트』에서 데리고 나오기로 결심했다.

물론 그와 관련해 많은 장애에 부딪쳤지만, 결과는 보다시피 성공적이었다.

그녀는 오늘도 여느 때와 같이 우리 집 어리광쟁이와 살을 부대끼며 자고 있었다.

탁, 하고 장작이 타들어 가는 소리에 정신이 과거에서 현재로 돌아왔다.

활활 타오르는 불꽃에서 앞으로 갈 여정을, 그리고 현재를 봤다.

처음에는 류에와 함께 내가 이 세계로 온 이유를 알려고 했다.

그러나 머지않아 그것은 이 세계에 대한 의문, 그리고 세계가 끌어안고 있는 문제를 찾는 것으로 변했다.

『칠성』이라고 불리는 봉인된 존재의 비밀. 그리고 그 봉인을 풀려고 하는 『해방자』.

이것들은 무시할 수 없는 문제로, 언젠가 대면해 부딪칠 벽이 되리라. 하지만 그래도 나의 첫 번째 목적은 옛 친구 『슌』과 『다리아』를 만나는 것이었다.

두 사람은 이 대륙보다 더 남쪽에 있는 『서디스 대륙』에 있다고 들었다.

그곳은 한때 류에를 속여 혼자 북쪽 대륙에 남겨 놓은 엘프 일족이 세운 나라가 지배하는 땅이었다.

또 하나의 목적— 그것은 그들에게 진심 어린 사과를 받아 내는 것이었다.

류에를 희생시켜 천 년에 걸친 고독을 짊어지게 한 당시 엘프들의 자손이 사과하길 바랐다. 속죄도 필요 없었다. 그저 한마디, 「잘못했다」라는 말을 듣고 싶었다.

스스로 생각해도 동료를 과하게 싸고도는 목적 같긴 하다.

하지만 최근 하나 더, 대단히 중대한 여행 목적이 생겼다.

류에와 동등하게 소중하며 나의 분신이라고도 할 수 있는 사람, 레이스를 오랜 세월 괴롭혀 온 인간이 지금도 뻔뻔하게 이 세상에 살아 있으며, 여전히 레이스를 괴롭히려고 암약하고 있었다.

불꽃 안쪽으로 그 증오스러운 적의 모습이 떠올랐다. 모조리 불살라 버려야 할 것이다.

세상에서 없애버려야 한다. 재조차 남기지 않고 완전히—.

"카이 씨."

"헉! 무슨 일이야? 레이스."

"불 지키느라 힘드시죠? 홍차를 가져왔어요."

혼자 생각에 빠져 머릿속이 시커멓게 물들 뻔한 그때, 뒤쪽에서 레이스가 나를 불렀다.

레이스는 조금 머뭇거리며, 마치 나의 속마음을 알아차린 것 같은 타이밍에 말을 걸어왔다. 나는 당황하며 지금 머릿속에 든 생각을 떨치고, 힘이 들어간 얼굴 근육을 풀도록 의식하며 천천히 돌아봤다.

그곳에는 따뜻한 스웨터를 입은 레이스가 하얀 김이 올라오는 컵을 들고 서 있었다.

내 옆에 앉은 레이스가 건네준 홍차는 고양된 내 마음을 가라앉히고도 남는 효과가 있을 듯했다.

홍차에 입김을 불었다. 마치, 방금 속에서 타오르던 증오의 불을 꺼뜨리려는 것처럼…….

"카이 씨……, 죄송해요."

"응? 뭐가?"

"거짓말이죠? 야영에 필요한 도구, 결계 마도구 보충을 깜빡했다는 거."

그녀의 날카로운 지적을 받아넘기듯, 아직은 뜨거운 홍차를 한 모금 마셨다.

"……아니, 정말로 깜빡했을 뿐이야. 이때까지 장거리 이동에는 마차를 이용했으니까."

"그런가요……. 후후, 도중에 마차를 빌리러 윙레스트로 돌아갈 수도 없긴 하죠."

"하하하, 그렇게 성대한 배웅을 받았으니까 말이야."

윙레스트를 나온 직후 유사시에 대비해 마차를 빌려야 했다고 생각했지만, 솔직히 그 상황에서 돌아갈 용기도 없었다. 게다가 아캄이 실제로 움직이려면 아마 다소 시간이 걸리리란 생각에 그대로 도보 여행을 계속했다.

정해진 목적지도 없고 일단 칠성과 관련된 장소로 가자고 하여, 우리는 과거 이구조 씨가 살았다는 마을에 가 보기로 했다.

그리고 야영 시 거의 필수품이나 다름없는, 야생 마물의 습격을 막기 위한 방어 결계 마도구를 깜빡 잊고 보충하지 않았다는 이유로 이렇게 다음 마을까지 류에와 교대로 불침번을 서게 됐다.

하지만 레이스의 말대로 그건 거짓말이었다.

그 결계는 마물에게만 반응한다. 악의를 가진 인간은 막을 수 없다. 우리를 노리는 자객을…….

기우에 그칠 것이라고는 생각했다. 하지만 이 기회에 익숙해지는 편이 좋겠다며 류에와 몰래 상담해 결정한 일이었다.

"모레 저녁에는 다음 마을에 도착할 테니까 그곳에서 마물 마차를 빌려요. 그곳에는 부크 님의 저택이 있어요. 실은 부크 님께 필요하다면 마차를 빌리라는 말을 들었거든요."

"이렇게 될 줄 아셨나 보네. 그럼 사양하지 말고 빌리자."

"다음 마을인 『리브러리』에서 그다음 마을까지는 거리가 꽤 있어요. 솔직히 마차를 빌릴 수 있어서 천만다행이에요."

부크 씨는 오랜 세월에 걸쳐 레이스를 보호해 온 이 지방의 영주다.

설마 여행을 떠난 후에도 도움을 받게 될 줄은 몰랐다. 정말로 그 사람에게는 고마운 마음뿐이었다.

나중에 레이스를 노리는 자와 그 원흉을 제거하면 다시 그에게 감사하러 가야겠다.

다시 한 번 탁, 하고 장작이 타는 소리가 들려 시선을 되돌렸다.

제법 그득하게 쌓인 재를 보고 생각보다 오랜 시간 동안 이러고 있었다는 사실을 알아차렸다.

옆에 쌓아 둔 장작을 모닥불에 던져 넣고 불이 옮겨 붙는 모습을 멍하게 바라봤다.

"카이 씨, 잠깐 주무셔도 괜찮아요. 제가 여기 있으면서 무슨 일이 생기면 바로 깨워드릴게요."

"레이스는 안 졸려?"

"네. 좀 전까지 류에와 함께 잤는걸요."

어빌리티 덕분에 피로는 남아 있지 않았다.

하지만 그것과 생리 현상인 잠기운은 관계가 없는지, 참을 수 없이 눈꺼풀이 무거워지는 시간이 있었다.

그렇다면 이곳에서 자자. 그녀의 눈이 닿고 내 손이 닿는 이곳이라면 틀림없이 괜찮을 테니까.

"……잠깐 눈만 붙일게. 무슨 일 있으면 눈치 보지 말고 깨워도 돼. 알았지?"

"네. 안녕히 주무세요."

불의 온기보다 더욱 부드럽고 따뜻한 그 목소리를 들으며, 나는 천천히 잠 속으로 빠져들었다.

§ § §

세 명이 함께 여행한 지 오늘로 열흘째가 되었다. 슬슬 여행에 익숙해져 피로가 몰려오지 않을까 걱정했으나, 레이스의 발걸음은 가벼웠고 언제나 자발적으로 이야깃거리를 제공해줬다.

레이스는 이 대륙에서 오래 산 사람답게 다양한 이야기를 들려줬다.

물론 우리 집 어리광쟁이 류에 아가씨는 그런 레이스에게 찰싹 달라붙어 떨어질 줄 몰랐다.

나는 안 외로워. 딸들이 사이좋게 지내면 아버지는 그걸로 만족한단다.

"카이 씨, 잠깐 괜찮을까요?"

"응? 왜 그래?"

"도중에 연료를 절약하는 차원에서……."

모닥불을 처리하는데, 짐 정리를 마친 레이스가 다가왔다.

남은 장작을 챙기고 연기가 피어오르는 잿불에 물을 뿌린 그곳으로, 레이스가 손을 뻗어 무언가 주문을 읊기 시작했다.

"『내 몸을 양식 삼아 새로운 모습을 부여하노라』."

그러자 타고 남은 장작과 재가 남아 있던 그곳에 주먹만 한 검은 덩어리가 생겼다.

쓸모없는 찌꺼기에서 숯을 만들었어?

"레이스…… 지금 그게 재생술이야……?"

"네. 원래는 망가진 장비를 응급 처치하는 데 쓰지만, 지금은 이렇게…… 아, 궁상맞나요……?"

레이스는 조금 민망하게 나를 돌아봤다.

"아냐, 궁상맞기는. 오히려 대단해. 정말로 대단한 마법이야."

게임 시절『재생사』는 이런 일을 할 수 없었다.

기껏해야 아이템을 본래 성능보다 못한 상태로 복원하는 것이 고작이었다.

오히려 전투로 인한 소모를 덜어주는 점이 장점인 직업이었는데…… 지금 본 마법은 마치 공상의 산물인『연금술』같지 않은가?

대단하다……. 나도 해보고 싶다. 그 양손을 짝 치는 그거!

부럽다. 부럽다, 재생술!

"레이스, 레이스! 지금 그것도 재생술이야?! 한 번 더, 나중에 한 번 더 보여줘."

"후후, 알았어요. 이따가 뭔가 필요 없는 물건이 생기면 보여드릴게요."

"그, 그럼 잠깐만! 방금 동물 또—."

말하지 마! 그런 걸 재생해서 어디 쓰려고?!

오늘 행군도 순조롭게 진행되어, 우리는 오늘의 목표 지점인 가도 옆 언덕에 무사히 도착했다.

키 작은 나무가 밀집해 천연 울타리를 이룬 언덕이었다.

천연 가림막…… 이 오빠는 좋은 생각이 떠올랐습니다.

그건 바로 노천탕!

역시 여성들은 목욕을 하고 싶을 테지. 뭐, 류에 아가씨는 숲에 있을 무렵 목욕을 잘 하지 않았지만.

종족 특성상 그다지 몸이 더러워지지 않는다나? 그리고 꽃향기가 난다.

킁킁. 물론 실제로는 이렇게 냄새 맡지 않았다. 엄청 부끄러워하거든.

우선 류에가 얼음 마법으로 욕조를 만들었다. 하지만 얼음이므로 당연히 뜨거운 물을 넣을 수도, 불로 데울 수도 없었다. 그래서 필요한 것이 바로 내 어둠 마법이었다.

본래 불이나 얼음 등에 섞여 발현하는 어둠 속성은 타인의 마술이나 마법에 간섭해 속성을 바꿀 수도 있었다.

아무리 나라도 욕조처럼 큰 물건을 만들 수는 없었다. 그래서 만든 합작이었다.

"끄으으…… 내 얼음이 진다아아! 막아라아아!"

"저항하지 말고 어서 침식당해."

"아, 졌다. 그럼 이 아래에서 불로 데우면 되는 거지?"

그렇게 다리가 긴 칠흑색 욕조가 완성되어 그 아래에 모닥불을 준비했다.

이제 물이 적정 온도로 데워지면 노천탕 완성이다.

"이게 어둠 마법…… 신기하네요. 저도 쓸 수 있을까요?"

"글쎄? 어둠 속성은 마족에게 어울린다는 이미지가 있긴 한데……."

"다음에 기회가 되면 가르쳐주세요."

"그건 물론 괜찮지만…… 추워 보이니까 먼저 들어가시죠."

이 누님, 이미 몸에 목욕 수건을 두르고 머리를 위로 묶었다. 첫 번째로 들어가겠다는 확고한 의지가 엿보였다. 역시 따뜻한 물에 굶주려 계셨군요.

그리고 조금만 더 수건을 올립시다. 뭔가가 흘러넘칠 것 같으니까요.

레이스 다음으로 류에가 목욕 수건도 감지 않고 돌격하는 바람에 주위에 사람이 없어서 다행이라고 가슴을 쓸어내린 뒤, 마침내 내 차례가 왔다.

옷을 벗고 욕조로 오긴 했는데…… 여기에 조금 전까지 두 사람이 들어가 있었단 말이지.

"……지금이라면 나, 재생사(?)가 될 수 있을 것 같아."

어째 욕조에 들어가기 아깝다는 생각이…….

스스로 생각해도 변태 같은 생각이었다. 아니 뭐, 추우니까 그냥 들어가겠지만.

발끝부터 느껴지는 조금 뜨거운 온도에 무심코 발을 뺄뻔했다.

하지만 꾹 참고 몸을 물에 담갔다.

몸부터 씻고 들어가라고? 마지막인데 뭐 어때.

피부를 따끔따끔 찌르는 뜨거운 물 특유의 자극을 견디

며 몸이 이 온도에 익숙해질 때까지 끈기 있게 기다렸다.

나는 이 일종의 고행 같은 시간이 참을 수 없이 좋았다.

이윽고 열이 몸속으로 스미듯 퍼져 나가고, 몸 안에 쌓인 피로를 녹이는 감각에 몸을 맡겼다.

"……어, 시원하다."

이 대사도 하나의 형식미였다.

아직 조금 쌀쌀한, 언덕을 타고 올라오는 저녁 바람이 목욕물로 따뜻해진 볼을 적당히 식혔다.

바람이 시키는 대로 하늘을 올려다봤다. 저녁 하늘이 검게 물들기 시작했다.

나는 어둠 마법을 사용해 이 욕조처럼 검게 빛나는 잔을 만들었다.

"조금만."

그리고 아이템 박스에서 술병을 꺼내 그 조그만 잔에 술을 살짝 따랐다.

목욕하며 마시는 술은 본래 건강에 그다지 좋지 않다. 하지만 그 사실을 감안하고도 마실 가치는 충분히 있었다.

흔들리는 수면의 빛이 점점 검게 물들었다.

그 수면에서 빛나는 알갱이를 발견하고 천천히 하늘을 봤다.

"달구경……을 하자니 나무에 가려서 안 보이는구나. 그래도 별이 이만큼이나 있으니까……."

별을 안주 삼아 한 잔 즐겨 보자.

술에 비친 별을 마시듯 한 입에 『인연』을 들이켰다.

한때 이 세계를 찾은 선구자가 일본주를 전파했고, 그것을 참고로 오잉크가 만들어 낸 추억 속 풍미를 가진 술이었다.

뜨거워진 몸과 부드럽게 뺨을 어루만지는 바람, 그리고 목으로 넘어가는 인연의 향기와 조용한 밤하늘.

……호사스럽구나.

목욕을 마치고 두 사람이 있는 곳으로 돌아오자 레이스가 어쩐지 고민에 찬 표정을 짓고 있었다. 그녀가 조금 안타까운 목소리로 입을 열었다.

"아, 목욕 다 하셨나요? 등을 씻겨드리려고 했는데."

"그런 거로 마음 쓰지 않아도 돼. 그냥 자연스럽게 지내."

"아, 아뇨, 그게……."

"카이 군, 레이스는 부부 같은 일을 하는 게 꿈이래."

그것참, 멋진 꿈이군. 그러고 보니 어제 홍차를 가져왔을 때 나눈 대화도 어쩐지 그런 느낌이었지.

함께 텐트에 있을 때도 자는 내 등을 만졌는데…… 그때도 부부의 스킨십을 상상했다는 거군.

"그 꿈을 실현하는 데 협력하고 싶습니다. 앞으로 기대해 주십시오."

"아, 아네요."

§ § §

이튿날 저녁, 리브러리에 도착했다. 이 지방의 영주 부크 씨가 살지만 수도라고 부르기에는 규모가 작은 마을이었다.

오늘은 여관에서 하룻밤 묵고 내일 저택을 찾아 마물 마차를 빌릴 예정이었다.

오는 길에 항상 함께 지냈으니까 가끔은 혼자 지내고 싶을 것이다. 그러므로 방은 세 개 빌리고 싶다. 내가 여관 주인에게 그렇게 말하자 그것을 말리는 사람이 있었으니…….

"저, 가능하다면 저는 카이 씨나 류에와 한방을 쓰고 싶어요."

"그렇지. 여자끼리 있으면 되니까 방은 두 개면 충분해."

"그래? 류에가 잠버릇이 꽤 고약해서 제대로 못 자지 않았어?"

"우우……, 그렇게 따지면 레이스도 몸부림치면서 날 막 끌어안는다고."

"모, 몸부림은 안 쳤어요."

아하, 끌어안을 것이 없으면 잠을 못 자는 사람이군?

그 요청을 받아들여 방을 두 개만 부탁한 후 바로 방으로 갔다.

아이템 박스가 있어서 풀어야 할 짐도 없었다. 여행용 장비에서 마을에서 입을 옷으로 갈아입고 두 사람을 만나러 갔다. 오늘 저녁으로 뭘 먹을지 상담하기 위해서였다.

가는 곳마다 그곳의 특산품이나 명물을 만끽한다. 이거야말로 여행의 묘미 아니겠는가.

"세 명이 다 모인 고로『제1회 뭘 먹을까 회의』를 시작하겠습니다."

"제1회? 항상 나와 의논했잖아?"

"안타깝지만, 두 사람이 하는 건 회의가 아닙니다. 그런 고로 레이스 씨, 의견을 내주시죠."

"네?! 어…… 고기?"

평소 당황하지 않는 그녀가 갑작스러운 상황극에 어쩔 줄 모르는 눈치였다.

드디어 레이스의 허둥대는 얼굴을 보는구나.

"네, 레이스 씨가 고기를 제안하셨습니다. 그럼 다음, 류에 씨, 의견 부탁합니다."

"고기…… 아직 밤엔 추우니까 따뜻한 음식이 좋겠어."

"오케이. 그럼 고기가 든 스튜 같은 걸 먹자."

이런 느낌. 그냥 그때그때의 기분에 따라 슬렁슬렁 해나갈 수 있는 것이 이런 여행의 좋은 점이다.

새롭게 참가한 레이스도 이 자유로운 방식이 마음에 들었는지 살며시 웃음을 흘렸다.

이리하여 세 사람이 여행을 시작하고 처음으로 마을에서 지내는 밤은 무르익어 갔다.

다음 날. 아침 일찍 부크 씨의 저택으로 가서 문지기에게 마차 차용증을 건넸다.

그러자 금세 근사한 적갈색 마차가 나왔다.

마차를 이끄는 것은 어쩐지 공룡을 떠올리게 하는 이족보행 마물이었다.

말보다 갑절은 큰 체구가 속도와 지구력을 짐작하게 했다.

"그럼 반환할 때는 도착한 마을 길드에 맡기면 될까요?"

"네. 마지막으로 연속해서 열 시간 이상 달리지 않도록 주의해주십시오."

아직 시찰에서 돌아오지 않은 부크 씨에게 감사하다는 전언을 남기고 우리는 마차에 올라탔다.

객차도 좋지만 마부석도 넓어서 우선 그곳에 세 명이 함께 앉기로 했다. 고삐는 경험자인 레이스에게 맡겼다.

조금 급한 감은 있지만, 우리는 세 명이 모여 처음으로 방문한 기념비적인 마을, 리브러리를 뒤로했다.

가도를 달리길 수 시간째.

날씨도 우리를 도왔고, 그다지 급한 여행도 아니었으므로 도중에 레이스와 교대해 그녀의 지도를 받으며 느긋하게 마차를 몰았다.

포장도로라서 흔들림도 적었고 마물의 위험도 적을 듯했다.

이 대륙을 방문한 직후에 비하면 가도 주변에 수풀도 많았고, 저 멀리 보이는 산자락에서도 흰색이 옅어져 있었다.

점점 밤 추위도 풀리는 중이었고, 지금도 햇볕이 따스해 몸이 포근했다.

『소춘(小春)』이란 말이 절로 머리에 떠올랐다. 아니지, 그건 초겨울이었나?

“이제 완연한 봄인걸.”

“그러게요. 예년보다 일찍 따뜻해지기도 했고요.”

“아, 그랬지.”

모든 일이 시작된 그 날을 떠올렸다. 그 숲 속에서 류에에게 발견된 날을…….

아, 맞아. 앞으로 셋이 함께 여행한다면 알려줘야겠지.

“두 사람한테 잠깐 할 이야기가 있어.”

모든 것이 시작된 그날, 류에에게 한 설명을 레이스에게도 들려줬다.

내가 이 세계 사람이 아니란 사실, 다른 세계에서 가상의 육체를 사용했다는 사실을 말이다.

“저기…… 그러니까 신이 자신의 육체를 만들어 움직이고 있었는데…… 그 몸에서 나갈 수 없게 돼서 원래 세계로 돌아가지 못한다는 말인가요?”

“신이라기보다 그런 세계에 살던 일반인이야. 그리고 돌아갈 수 있고 없고를 떠나서 애당초 돌아갈 생각조차 없어. 이 두 가지만 정정할게.”

“너무 갑작스러운 이야기라서…… 그래도 평범하게 사람처럼 살아 계신 거죠? 아무런 문제도 없죠?”

역시 너무 갑작스러웠나 보다. 레이스가 내 몸을 덥석 잡았다. 마치 어딘가 멀리 떠나 버리지는 않을까 두려워하는 것처럼 내 옷을 붙든 손에 힘이 들어갔다.

레이스를 진정시키고 아무 데도 가지 않는다고 달래자 그제야 안심했는지 그녀는 잡았던 손을 놓아줬다. ……내 배려가 조금 부족했는지도 모르겠다.

레이스의 처지에서 보면 겨우 만나러 와준 사람이 「나는 어딘지 모를 먼 곳에서 온 불안정한 존재다」라고 말한 꼴일 테니까.

“레이스, 괜찮아. 카이 군은 쭉 우리 집에서 빈둥빈둥 놀기 바빴으니까.”

“거기 너, 사람을 게으름뱅이처럼 말하지 마. 매일 빠짐없이 훈련도 했고 요리도 했거든?”

너무하네. 빈둥빈둥 논 건 그 집의 푹신푹신한 카펫이 잘못이지.

“후후, 그랬지. 그래도 카이 군…… 그게 다가 아니잖아?”

“……그래, 여기부터가 본론이야.”

우리 세 사람 사이에 있는 신기한 감각은 이 두 사람도 이미 알고 있겠지.

"나는 다른 몸도 만들었어. 지금 이 육체 말고도 다른 몸을 말이야."

"뭐?! 그럼 카이 군이 득실득실해?"

"카이 씨가 득실득실…… 그렇다면 한 명, 아니, 두 명 정도만……."

누님? 두 명 정도를 어떻게 하시려고요?

득실득실이 뭐야, 득실득실이……. 냉장고 아래나 음습한 곳에 살면서 한 마리 발견하면 서른 마리는 숨어 있다는 그거야?

"아냐, 아냐. 전혀 다른 모습으로 두 개 만들었어. 그렇지만…… 그 몸은 자기 의지를 가지고 한 사람의 인격체로 이 세상에 살고 있어."

그렇다. 사람으로서 의지를 가지고 살고 있었다.

울고 웃고, 맛있게 밥을 먹고, 다정하게 말을 걸어주기도 하면서…….

그것이 얼마나 기뻤던가. 얼마나 마음을 지탱해줬던가.

그것을 생각하는 것만으로, 이 기적 같은 지금을 생각하는 것만으로 가슴이 따뜻해졌다.

그 기분이 표정에 드러났는지, 아니면 얼떨결에 두 사람을 바라봤기 때문인지, 그녀들은 그 사실을 눈치챈 것 같았다.

“설마…… 우리……야?”

“저랑 류에가……? 카이 씨가, 만들어 낸 몸……?”

“……맞아. 그래서 이 세계에 와서 채 1년도 되지 않아 두 사람과 만난 건 엄청난 행운이야. 운명이라는 생각도 들어.”

딸 같고 자매 같고 가족 같은 두 사람이 놀란 얼굴로 나를 바라봤다.

나는 결혼도 하지 않았거니와 딸도 없었다. 이것이 무엇과 비슷한 감정인지 모른다.

물론 여동생이라면 있었지만, 그것과는 조금 다른 감각이었다.

“어쩌면 두 사람이 느낀 신뢰감와 친근감은 거기서 비롯된—.”

거기까지 말했을 때, 양옆에 있던 두 사람이 동시에 팔을 뻗어 내 입을 막았다.

“카이 군. 너에게서 신기한 느낌은 들었지만, 그런 게 있든 없든 그 집에서 지낸 1년은 무엇과도 바꿀 수 없는 내 소중한 보물이야.”

“저도요. 분명히 그 계기가 없었어도 언젠가 저는 당신에게 끌렸을 거예요.”

내가 꺼내려던 말을 알아차린 두 사람은 조금이지만 화가 난 것처럼 나를 강하게 바라봤다.

그것이 참을 수 없이 기뻐서 그만 고삐를 놓고 두 사람의 손을 잡아 버렸다.

"왜 너희는 이 오빠를 울리려고 하니?"

이번 일로 관계가 망가지리라고는 물론 생각하지 않았다.

어쩌면 진실을 전할 필요도 없었을지 몰랐다.

그래도 그 사실을 나 혼자 가슴속에 묻어 놓는 것은 어쩐지 죄를 짓는 기분이었다.

아, 그렇구나. 나는 두 사람이 모든 것을 알아줬으면 했던 것이다. 많은 것을 공유하는 동료로서…….

"자요. 꽉 잡고 계셔야 해요."

레이스가 고삐를 건넸다.

그래, 잡아야지. 절대 놓치지 않도록, 이 양손으로 꽉 잡아야지.

"고마워. 조금 속도를 높일까?"

이 두 사람과 앞으로도 쭉 함께, 때로는 맞바람을 가르면서…….

1장 미치노쿠 마을?

마차를 몬 지도 벌써 이틀째에 이르렀다.

이제는 마차를 모는 것에도 익숙해져 마물 마차 특유의 고속 주행으로 빠르게 가도를 달리고 있었다.

도중에 일반 마차 몇 대를 추월했을 때는 옆에 있던 류에가 「그냥 마차보다 빨라~![#1]」라고 말해 조금 시무룩해질 뻔한 것은 비밀이다.

"정말…… 그냥 마차보다 훨씬 빨라……."

"……레이스, 너까지?"

그래도 속도를 낸 덕분에 벌써 다음 마을인 『아기다르』의 농업 지대에 들어선 듯했다.

저 멀리 밭을 갈아 파종을 준비하는 주민이나 휴식 중인지 돗자리를 깔고 앉은 사람이 드문드문 보였다.

오늘도 날씨가 화창해 농사에는 더없이 좋아 보였다. 나도 저렇게 야외에서 점심을 먹고 싶어질 정도였다.

#1 그냥 마차보다 빨라~! 게임 『바하무트 라군』에 등장하는 대사 「샐러맨더보다 훨씬 빨라~!」의 패러디. 히로인이 주인공을 잊고 다른 남자를 사랑하게 됐음을 암시하는 대사로 유명하다.

"다음 마을은 과거 해방자가 마지막으로 머문 곳이라고 했지?"

"네. 수많은 전설을 낳았고 지금 저희 생활을 극적으로 풍요롭게 바꾼, 그야말로 영웅이라고 부를 만한 분이에요. 그리고 마을은 특산품인 쌀이 맛있고 온천도 솟는 곳이에요."

"오오, 온천! 읏?! 뭐야?"

그때, 갑자기 강한 빛이 눈을 찔러 얼떨결에 얼굴을 돌려 버렸다.

뭔가 싶어 눈을 찌푸리며 앞을 보자 그곳에는—.

"괜찮으세요? 저것도 이구조 씨가 보급한 농법이에요. 『노온』이라고 하죠."

"……발음이 그게 맞아?"

그곳에는 아직 모내기하지 않은 논이 광대한 토지에 끝없이 펼쳐져 마치 물거울처럼 빛을 반사하고 있었다.

하늘의 푸르름을 비춘 수면으로 흰 구름이 유유히 흘러갔다.

나는 마차의 속도를 늦추고 그 아름다우면서도 어딘가 정겨운 광경을 천천히 바라봤다.

"설마…… 이 세계에서 이 광경을 보게 될 줄이야."

"전에도 보신 적이 있나요?"

"응. 예전 세계에서 내 고향은 쌀농사가 번성한 지역이었어. 어쩐지 그리운데……."

고향 집에서 자전거를 타고 산촌 방향으로 조금 가면 이런 광경이 끝없이 펼쳐졌었지. 설마 이세계에 와서까지 보게 될 줄은 생각하지도 못했다.

그렇게 감상에 빠져 있을 때, 객차에서 쉬던 류에의 목소리가 들렸다.

"우와! 적이다! 누가 빛 마법을 썼다!"

……이구조 씨. 당신 논은 빛 마법에 필적하나 봅니다.

슬슬 마을에 도착할 때가 되어 마차의 속도를 줄여서 몰았다.

주위는 산으로 둘러싸였고, 기분 탓인지 기온도 높게 느껴졌다.

녹음이 짙은 초목도 무성해 마치 이곳에만 초여름이 성큼 다가온 것 같았다.

"평화롭고 좋은 곳이네요. 풍경도 아름다워서 느긋하게 산책하고 싶어져요."

"동감이야. 도시락이라도 들고 근처 숲으로 소풍 가도 좋겠어."

"아, 그렇다면 또 토스트를 만들어줘. 난 그게 무척 맘에 들었어."

"후후, 알았어요. 마을에 도착하면 재료를 찾아볼까요?"

두 사람의 즐거운 이야기 소리를 들으며 앞쪽을 바라보는

데 무슨 이유에서인지 사람들이 모여 있었다.

마차를 끄는 농민들이 마을로 들어가지 못하고 혼잡을 빚는 듯 보였다.

마을 입구로 다가간 레이스가 그들 중 한 명에게 말을 걸었다.

"무슨 문제라도 있나요? 곤란해 보이는데……."

"응? 아유, 이쁘장헌 처자네~. 그 뭐시여, 여 배께서 사래미#&%$—."

"네? 네? 아, 저기……."

뭐야…… 방언? 그것도 도호쿠 방언?![#2]

그, 그 사람이냐? 이구조 씨냐? 이구조 씨의 영향이냐?

"레이스, 내가 번역할게. 『응? 예쁜 아가씨군요. 다름이 아니라 지금 밖에서 사람이 많이 몰려와서 수속을 밟느라 조금 붐비고 있습니다』라네."

"그런가요? 그럼 이대로 잠깐 기다리면 되겠네요?"

아아…… 귀에 익다. 너무 익다. 시골 출신의 비애여……. 낱말 하나, 글자 하나까지 귀에 착착 감긴다. 그냥 나도 이렇게 말할까?

그나저나 이 시골 풍경도 그렇고 말투도 그렇고, 정말로 내 고향이 떠오르는 마을이었다.

최근 이런저런 이유로 긴장의 연속이었으니까 이쯤에서

#2 도호쿠 방언 일본 혼슈(本州) 동북부에서 사용하는 방언.

한번 쉬었다가 가는 것도 좋을지 모르겠다.

레이스를 노리는 인간을 없앤다는 당장의 목표도 있지만, 너무 서두르다가 레이스에게 부담을 주면 여행도 만족스레 즐기지 못하겠지.

뭐, 물론 상대편에서 해코지해 온다면 내 힘을 총동원해서 격퇴하겠지만 말이야.

"류에, 일어났어?"

"일어났어~. 따뜻하고 조용하고…… 좋은 곳이야……."

"마을에 들어가면 바로 길드로 가서 숙소를 정할까?"

하하하, 확실히 나도 모르게 잠들 것 같은 따스함이다.

겨우 마을 안으로 들어오자, 기묘한 거리 풍경에 머리가 한순간 정지해버렸다.

얼핏 보면 자연과 공존하는 한가한 마을이었다. 하지만 자세히 보면 마치 밤의 마을, 윙레스트의 윤락가처럼 네온 비슷한 마도구도 눈에 띄었다.

애써 도시 분위기를 낸 것 같은 풍경이었다. 어쩐지 흐뭇하기도 하고, 조금 창피하기도 한 기묘한 느낌이 물씬 풍겼다.

그나저나 렌도 그렇고 이구조 씨도 그렇고, 해방자는 일본인으로 한정되어 있나?

이렇게 이 세계에 와 있는 나도 일본인인 것을 보면 무슨 관계나 제한, 제약이 있는지도 모르겠다.

하지만 이런 일본을 연상하게 하는 풍경이 펼쳐지니 마음이 차분해졌다. 긴장된 마음을 달래는 데는 안성맞춤이니까 깊게 생각하지는 않기로 했다.

그 후, 우리는 길을 헤매는 일 없이 무사히 아담한 길드에 도착했다.

"그나저나 외부에서 사람들이 대거 몰려왔다고 하던데, 길드나 거리에서는 그럴싸한 사람들이 안 보이네……."

"그러게요……. 어딘가 따로 사람들이 모일 만한 곳이라도 있는 걸까요?"

숙소를 소개받기 위해 접수처로 갔다.

다른 마을 길드에서는 생각할 수 없을 만큼 한산했고, 직원 역시 한가해 보였다.

그 탓인지 우리가 벨을 울리자 마치 밥을 기다리던 개처럼 직원이 튀어나왔다.

"어서 오세요! 전원도시 아기다르 모험가 길드입니다!"

"전원…… 도시? 전원은 인정하지만, 도시?"

"……도시라고 부른다고 돈 나가는 것도 아니잖아요? 용건을 말씀해주세요!"

아직 젊어 보이는 여성 직원이 기운차게 응대했다.

"숙소를 소개해주세요. 여기 카드입니다."

길드에서는 랭크에 맞춰 숙소를 소개하고 할인 서류를 발행해준다.

우리는 현재 나와 류에밖에 존재하지 않는 SS랭크 모험가다. 아마 최고급 숙소를 소개해주고 할인율도 최대일 것이다.

"응? 으으음? 이게 뭔가요? 처음 보는 카드인데요?"

"어? 연락 오지 않았나요?"

"잠~깐만 기다려주세요."

여성 직원이 접수처 안쪽으로 들어갔다. 흠, 아직 연락이 안 왔나?

이것도 시골의 폐해일까? 아니, 딱히 여기가 시골이라고 단정 지을 수는 없지만…….

"카이 씨. 저도 그 카드는 처음 봐요……."

"어? 레이스한테 말해주지 않았어? 류에 씨, 설명 부탁합니다."

"뭐, 나?! 음…… 그래, 엄청난 카드야. 파란색이고 반짝반짝 빛나서 예뻐."

저기요, 같은 카드를 가지고 싶다고 국왕에게 부탁까지 하면서 만들었잖아요?

어렵게 발행받았는데 그새 뭔지 까먹었어요?

"이건 나와 류에만을 위해 만든 SS랭크 길드 카드야. 긴급 상황 시 길드에 명령을 내리거나 길드와 관련된 시설을 자유롭게 이용할 수 있어."

"SS…… 백은보다 더 위가 생겼나요?"

"우와~!"

"우와는 무슨 우와야? 넌 기억해 둬야지."

"나도 편리한 카드라고는 생각했는데, 자세한 내용은 제대로 외우지 않았어. 응, 괜찮아. 이젠 외웠어."

카드와는 별개로 이 대륙에 한해서 나와 류에는 영주와 동등한 행동의 자유를 보장받았다.

그리고 하나 더 말하자면 나는 엔드레시아 왕에게 죄인을 직접 처벌할 권리도 부여받았다.

물론 이 대륙에서 그 권리를 행사하기는 어렵겠지만…….

"그나저나 직원분이 왜 이렇게 늦지? 무슨 일 있나?"

무슨 문제라도 일어났나 싶어 안쪽을 엿보려고 몸을 내밀었다.

그러자 안쪽에서 이야기 소리가 들렸다.

"—지끔 그 사람이 와 이따고?"

"예. 그래서 지금 이 카드를 줘짜나요."

"하이고…… 그라믄 얼러 가 봐. 내 잠깐 본부에 연락할깅께 기다리라."

……아, 방금 말투는 접객용이었구나.

"여기 사람들 말은 알아듣기 힘들어."

"이구조 씨가 노년을 이곳에서 지낸 영향일까요? 전에 독특한 방언을 쓰는 마을이 있다는 말을 들은 적이 있는데……."

"응? 그렇지만 방금 마을 앞에서 카이 군이 번역했었지?"

"그래. 지금 들린 말도 알아들었어. 일단 여기서 기다릴까?"

웃음을 참기도 벅찼다. 아니, 무슨 이세계에서 도호쿠 방언이 일상적으로 툭툭 튀어나오냐?

어쨌든, 마침내 접수처 안쪽에서 방금 그 여성과 다른 남성 직원 한 명이 나타났다.

흠, 깔끔하게 머리를 정돈한 모습이 꼭 은행장이라고 소개할 것 같은, 수완 좋은 사업가를 연상하게 하는 풍모였다. 아마 방금 들린 대화 상대는 이 사람이겠지.

"오래 기다리셨습니다, 카이본 님. 아직 모든 직원에게 전달되지 않아 불편을 끼친 점 사과드립니다."

죄송하다며 고개를 숙이는 모습을 보자 조금 죄책감이 밀려왔다.

그리고 동시에 장난기가 발동했다.

"괜차너요~. 그럼 숙소나 알코주래요. 목욕탕 있고 조용하고 밥 마수븐 데로다가."

그들의 평소 말투처럼 도호쿠 사투리로 대답했다. 참고로 번역하자면 「괜찮습니다. 그럼 숙소를 소개해주십시오. 목욕탕 있고 조용하고 식사가 맛있는 곳으로 부탁합니다」였다.

"오! 아기다르 사투리에 참으로 능하시군요! 설마 오잉크 총수님의 최종병기로 이름이 자자한 카이본 님께서 이 언어를 구사하실 줄이야!"

"하하…… 그럼 숙소는 잘 부탁드리겠습니다."

불안한 표정을 짓던 남성과 여성이 순간 반색하더니 단숨에 나에게 다가왔다.
"카이 군이 모르는 세계의 말을 쓰고 있어……."
"카이 씨…… 어떻게 그렇게 유창하게……."
도리어 두 사람은 조금 멀어져 버렸지만 말이다.

직원이 숙소를 추천해주는 와중에 접수처 안쪽에서 복고 감성을 일으키는 소리가 울렸다.
그리운 다이얼 전화기와 비슷한 그 소리를 듣고 여성 직원이 급히 안쪽으로 뛰어갔다.
그리고 이내 큰 목소리가 울려 퍼졌다.
"길드장님~! 길드장님~! 클나싸요! 빨리 좀 오래요!"
"머, 머여?! 죄송합니다, 카이본 님. 잠시 기다려주십시오."
……그가 사라지길 기다렸다가 끝내 참았던 웃음을 터뜨렸다.
"카이 군, 왠지 즐거워 보이는데? 무슨 일 있어? 나도 좀 알려줘."
"아니, 사실 이 마을에서 쓰는 말이—."
웃은 이유를 설명하려고 했을 때, 남성 직원이 핏기가 가신 얼굴로 돌아왔다.
그 안색이 예사롭지 않아 우리도 표정을 진지하게 굳혔다.
"카이본 님, 죄송합니다. 시급히 와주실 수 있겠습니까?"
"제 힘이 필요한 일이라도 생겼나요?"

"아뇨, 지금 막 엔드레시아 길드 본부에서 연락이 들어와 통신 중입니다. 총수님께서 카이본 님과 급히 나눌 이야기가 있다고 하십니다."

그것은 약 두 달 전에 헤어진 오잉크에게서 걸려온 통신이었다.

§ § §

『본본, 오랜만이에요.』

"그래, 오랜만이야."

『넘어가자마자 바로 한바탕 일을 벌이셨다면서요?』

"뭐야? 의외로 통신이 빠른데? 그런데 한바탕이란 게 무슨 소리야?"

『윙레스트의 대표 격인 여성을 데리고 떠났다는 소문이 파다해요.』

"……흠, 어디까지 들었어?"

통신기 너머로 듣는 친구의 목소리에 한순간 그리움과 기쁨이 흘러넘칠 뻔했다. 하지만 먼저 그녀에게 확인해야만 했다.

미래를 예측하고 계산적이며, 언제라도 방심할 수 없는 우리 총수님에게 말이다.

나는 그동안의 사건들과 현재 같이 여행하고 있는 그녀, 레이스의 이야기를 전했다.

『……그랬군요. 그 도시를 음지에서 감독하는 사람이 있다는 건 저도 알고 있었어요. 이름도 물론 조사했었지만…… 설마 그 레이스였을 줄은…….』

"레이스도 길드를 경계했다고 해. 만나기는 어려웠을 거야."

『그렇죠. 전 그 남자, **아캄**과 가까운 곳에 있었으니까요.』

"오잉크, 솔직히 대답해. 내가 그 남자와 충돌할 거라고 얼마나 예상했어?"

『레이스가 없었어도 본본과 그가 만나면 틀림없이 싸우게 되리라고는 생각했어요.』

"그게 다야? 레이스의 존재와 상황을 알고서 나를 이쪽으로 보내 직접 손을 더럽히지 않고 적을 없앤다, 그런 생각은?"

『……분명 저도 그게 가장 효율적인 방법이라고는 생각해요. 하지만, 저를 우습게 보지 마세요. 친구를 이용하는 일도 물론 있어요. 그래도 저는 레이스를, 친구를 곤경에 빠뜨리지는 않거니와 곤경에 빠진 친구를 못 본 척하지는 않아요.』

오잉크는 당연하다는 듯이 레이스를 친구라고 불렀다. 그렇지. 그렇겠지.

"……그랬지. 오잉크, 미안."

『후후, 진심으로 한 소리는 아니란 거 알아요. 하지만 설마 그 레이스가……. 본본, 간이랑 쓸개까지 내준 건 아니죠?』

"하하하, 매일 이것저것 참느라 힘들다고만 말해 둘게."

이 친구는 정말로 방심할 수 없다.

하지만 나는 그녀가 누구보다도 동료를 생각하는 사람임을 안다.

그래도 무의식적으로 묻고 싶어진다. 이 상대가 얼마나 나를 편들어줄지 확인하기 위해서라도 말이다.

"……만약 무슨 일이 있으면, 도와줄 거야?"

『당신이 그러길 원한다면, 저는 길드를 움직일 거예요.』

"그래? 오잉크, 고마워……. 그럼 또 봐—."

『자아아아암깐만 기다려요! 제 용건은 아직 듣지도 않았잖아요?! 애초에 급하게 할 얘기가 있어서 통신한 사람은 저거든요?!』

"……쳇."

『혀 찼죠? 지금 혀 찼죠?! 왜 어른스러운 관계를 연출하고 자연스럽게 끊으려고 하시죠?』

아니, 보나 마나 귀찮은 일 시킬 게 뻔하잖아. 나는 그리운 분위기가 물씬 풍기는 온천 마을에서 두 다리 쭉 뻗고 쉬려고 했는데…….

이대로 끝내면 안 돼? 살짝 씁쓸한 분위기 연출하면서 쿨하게 끝내자니까?

하지만 일이 그렇게 쉽게만 풀리진 않나 보다. 어쩔 수 없지. 그럼 우리 꿀돼지의 주문을 들어볼까?

『사실은 지금 해방자 일행이 그 마을에서 쉬고 있어요.』

"오잉크, 또 보자!"

『잠깐! 끊지 마요! 마지막까지 들어주세요!』

“하지만 나 그 애들한테 미운털 박혔을 거 아냐! 연관되기 싫어.”

『아뇨, 그게 아니에요. 그들은…… 렌 일행과는 또 다른 해방자 일행이에요.』

“……자세하게 말해줘.”

오잉크의 말에 따르면 그 해방자 일행은 먼 대륙에서 찾아온 사람들이라고 했다.

우리의 현재 목적지인 서디스 대륙 너머 더욱 더 남쪽에 있는『세컨더리아 대륙』.

옛날에 세계를 방랑하던 오잉크가 딱 한 번 방문한 적이 있는 대륙이었다.

그곳에서 소환한 해방자를 육성하는 데 힘을 빌려 달라고 길드에 연락이 왔다고 했다.

이 대륙은 칠성이 해방된 영향도 있어서 마물의 힘이 그다지 강하지 않았고, 또 해방자가 풍요롭게 만든 토지이니 배울 것도 많을 것이라는 게 상대방이 내세운 이유였다.

그래서 그들은 위인의 발자취를 좇듯이 이구조 씨가 잠든 땅인 이 마을에 왔다고 했다.

『하지만 최근 반년 동안 아기다르 근처에 있는 화산에서 던전이 생길 징후가 보인다는 보고가 있었어요. 너무 기막힌 타이밍이라고 생각하지 않으세요?』

"던전이 생긴다, 라…… 그런 게 있어?"

『자세한 내용은 생략하겠지만, 마물의 힘이나 내부 구조에 변화가 일어나요. 해방자를 육성하기에는 그야말로 안성맞춤이죠.』

"……그렇군. 먼 대륙에서 해방자가 찾아온 이때 그런 현상이 일어나는 건 부자연스럽다, 이거지?"

그렇다면 오잉크가 나에게 무슨 부탁을 하고 싶은지 점점 알 것 같았다.

즉, 나에게 그 녀석들의 동향을 살펴 달라는 것이다.

『그들은 지금 던전에 도전하기 위해 마지막 인원을 찾는 중이라고 해요. 이번 일만은 저도 손을 쓸 수가 없어요. 본본이 접근해주실 수 없을까요?』

"나도 오늘 마을에 도착한 참이라서 모르는 일이 많지만, 어떻게든 해 볼게."

『죄송해요. 꼭 좀 부탁드릴게요, 본본.』

그 말을 마지막으로 인사를 나눈 뒤 통신을 끊었다.

새로운 해방자라……. 느긋하게 지낼 수 있을 거라고 생각했는데, 이유가 이유인 만큼 그럴 수도 없을 것 같다.

오잉크에게 은혜를 갚기 위해서라도 조금 힘써 볼까?

접수처로 돌아오자 레이스가 수북이 쌓인 종이를 열심히 비교하고 있었다.

그 옆에서는 류에가 못 말린다는 양 웃으며 그녀를 지켜봤다.

별일이네. 역할이 바뀐 것 같은데?

"다녀왔어. 뭘 그렇게 열심히 봐?"

"아, 어서 오세요, 카이 씨. 실은 숙소 팸플릿을 받아서요."

"레이스가 후보를 두 곳으로 줄였는데 마지막에 고민에 빠진 모양이야. 난 둘 다 비슷하다고 보는데……."

"전혀 달라요! 보세요, 이쪽은 1박에 25,000룩스예요. 그리고 이쪽은 『1인당』 1박 8,500룩스고요. 가격에는 큰 차이가 없지만, 온천과 식사에 차이가—."

"봤지? 이런 식으로 엄청 고민 중이야. 뭔가 좀 귀엽지?"

역시 모두의 어머니. 지금도 계속해서 고개를 끄덕거리며 고뇌 중이었다.

확실히 절약은 중요하다. 하지만 가끔은 사치를 부리는 것도…… 그래, 레이스처럼 말한다면 능력 있는 남편이지 않겠는가.

아직 고민 중인 레이스의 손에서 팸플릿을 빼앗아 그중 최종 후보로 고르려다가 포기한 것으로 보이는, 그녀의 메모가 가장 많이 적힌 팸플릿을 들었다.

아마도 이 가격을 보고 포기했으리라.

음, 확실히 이곳은 좋아 보였다. 나의 심금을 울리는 정말로 좋은 여관이었다.

“레이스, 남편의 능력을 믿어 봐. 가끔 부리는 사치 정도는 아무 문제없어.”

“아…… 우…… 네, 네에.”

오, 아무래도 크리티컬 히트였나 보다. 누님, 얼굴이 새빨개지셨습니다.

내가 고른 숙소는 『미치노쿠#3 온천 여관 카시와기장(莊)』이라는, 1박에 3만 룩스나 하는 고급 여관이었다.

그 팸플릿 문구에 『아기다르 최대의 온천』, 『전원 풍경을 한눈에 볼 수 있다』라는 말이 있어서 망설임 없이 골랐다.

참고로 이건 할인을 적용한 1인당 가격이다. 이거 참 살 떨리는 가격이다.

아무리 거금을 가졌다고는 하나, 천성이 소시민인 것을 어떡하랴.

아무튼 우리는 그 팸플릿에 나온 장소로 가 보기로 했다.

마을 안쪽, 산기슭 쪽에 있다는 여관을 찾아가자 우리를 기다리던 것은—.

“우와~! 대단해, 카이 군. 나무와 풀로 만들었어! 어쩐지 우리 집이 떠올라!”

“제법 특이한 건축 방식이네요. 운치가 느껴진다고 해야 할까…….”

#3 미치노쿠(陸奥) 일본 도호쿠 지방, 특히 내륙 지방을 가리키는 별칭.

“초가지붕……?”

정말로 작정하고 그리운 느낌을 주는 마을인데?!

연기에 그을렸는지, 아니면 오랜 시간이 지났기 때문인지 거뭇해진 목재가 긴 역사를 느끼게 했다.

건물의 뒤로는 산이 있었고, 그 경사면을 따라 다리가 놓여 있었다. 그 끝에는 별관으로 보이는 건물이 있었다. 그렇군, 산에서 경치를 내다볼 수 있도록 한 건가?

이 세계에서는 보기 드문 미닫이문을 열자 두 사람이 그것에 놀라워했다.

뭐지? 이 신선한 반응은? 귀엽다고 생각하는 반면 조금 쑥스러웠다.

그리고 조금 어둑어둑한, 백열전구와 비슷한 조명이 비추는 가게 안으로 발을 들였다.

오, 신발을 벗고 들어오라는 간판까지— 음?

“간판이 움직였어.”

“아, 이 가게 아이인가? 안녕? 부모님 도와드리고 있니? 착하기도 해라.”

현관에 손 팻말을 든 어린아이가 있었다.

갈색 머리에 동그랗고 큰 검은 눈동자를 빛내는 조그만 여자아이였다.

액세서리일까? 머리에는 작고 세모난 동물 귀가 쫑긋 솟아 있었다.

"찍찍."

"응? 쥐 흉내니?"

"팻말이 돌아갔어. 어디 보자…… 어서 오세요?"

절대로 말을 하지 않을 셈인지, 아니면 무슨 놀이인지, 소녀는 팻말을 사용해서 우리를 맞이해주려는 듯했다.

"두 분은 『햄쥐 족(族)』을 모르시나요?"

"응? 그게 뭐야?"

"햄쥐…… 그게 바른 이름이야?"

아니, 잠깐만. 그렇다면 이 귀는 진짜야? 게임 시절에는 존재하지 않은 종족인데, 어쩌면 다른 종족이 더 있는 것일까?

"햄쥐 족 분들은 모두 대개 같은 모습을 하고 계세요. 이 분도 이렇게 보이지만—."

그러자 그녀(?)는 새 팻말을 꺼냈다. 그곳에 적힌 말은—.

"찍찍, 『올해로 스물두 살이에요』."

뭐……라고……?

새로운 미지의 종족에 충격을 받으며 접수처로 향했다. 이번엔 휴먼 종업원이었다.

"실례합니다, 길드에서 소개받고 왔습니다."

"길드 소개라면 3인 1박에 9만 룩스입니다. 며칠 동안 머물 예정이신가요?"

두 사람에게겐 아직 오잉크에게 받은 의뢰 이야기는 하지 않았다.

어쩌면 이삼일 정도로 생각하고 있을지도 모르겠지만—.

"한 달로 부탁합니다."

"하, 한 달이요?! 저기, 요금은 선불입니다만……."

"잠시만 기다려주세요."

그러자 우리 집 누나 겸 어머니에게서 제지가 들어왔다. 역시나 이 가격에 놀란 눈치였다.

이렇게 될 줄 알았다. 한 달이라면 3백만 룩스 가까운 돈이니까 말이다.

"여기 가족 할인이 있죠? 그걸 적용해주세요."

"세 분은 가족이셨군요?"

"네, 아내입니다. 그리고—."

"나도 아내야."

잠깐만.

"어머나…… 용기 있으셔라. 후후, 알겠습니다. 말씀대로 할게요."

뭔가를 짐작했는지, 아니면 장기 계약임에는 변함없으니까 타협한 것인지, 종업원은 다시 할인을 적용해 금액을 제시했다.

그 가격은 무려 한 달 210만 룩스. 그래도 제법 비싼 가격이었다.

"카이 군, 또 한 달이나 머물러? 이번에는 액수가 크니까 일도 열심히 해야겠어."

들어오세요
올해로
스물두 살
이에요
뭐…
라고…

"으음…… 뭐, 이번에는 휴양의 의미가 강하고 개인적으로 볼일도 있어. 무리하게 숙박비를 벌 필요는 없지 않을까?"

여행 중 숙소를 잡으면 그 기간 안에 자기 몫의 숙박비를 버는 것이 우리의 규칙이었다.

류에는 매번 그것을 경쟁처럼 생각하며 즐겼지만, 이번만은…….

"후훗, 한 달이나 있으면 70만 정도는 별거 아니지! …… 아마도."

"저기…… 그게 무슨 소리죠?"

류에가 레이스에게 이때까지의 숙박비에 대해 설명했다.

그러자 레이스의 안색이 굳으며 무언가 결의한 것처럼 날 향해 돌아섰다.

"카이 씨. 이따가 다시 길드에 다녀올게요. 모험가는 그만둔 지 오래지만, 복직 절차를 밟고 올게요."

"좋아. 레이스는 이번이 처음이니까 나와 팀을 짤까? 후후, 둘이서 140만을 버는 게 먼저일지, 아니면 카이 군이 먼저일지 겨뤄보는 거야. 같이 열심히 하자, 레이스."

가족으로 등록했으므로 큰 방을 빌려 함께 묵기로 했다.

물론 방은 산으로 이어진 연결 복도 너머에 있는 별관의 가장 전망이 좋은 곳이었다.

다시 그 햄쥐 족 종업원에게 안내받아 완만하게 경사진

복도를 걸었다.

뭔가 미로 같아서 호기심을 자극하는 구조였다. 만약 어린아이가 있었으면 신나게 뛰어다니지 않았을까, 그런 상상을 하자 저절로 미소가 떠올랐다.

"꼭 미로 같아서 재미있는데? 나중에 탐험해 볼까?"

"후후, 확실히 재미있네요."

방금 한 말 취소. 어른이라도 뛰어다닐 것 같았다.

그리고 복도 건너에 있는 별관에 들어선 순간, 어디에선가 말싸움 소리가 들렸다.

흠, 기껏 조용한 산속 여관에 왔는데, 기분이 조금 나빠지네…….

그러자 앞장선 종업원이 어디선가 팻말을 꺼냈다.

『죄송합니다. 나중에 주의하겠습니다.』

"부탁합니다. 그나저나 우리 외에도 손님이 있군요?"

"대체 어떤 사람일까?"

이곳은 유명한 고급 여관이며, 별관에 머문다면 방금처럼 비싼 숙박비가 필요했다.

게다가 지금은 관광 시즌이 아니라서 평소라면 이 시기에 여관을 찾는 투숙객은 드물다고 했다.

『여러분은 길드 간부라고 하셨죠? 모쪼록 비밀로 해주셨으면 합니다만.』

팻말을 빙글 돌리자 그곳에는 이런 문장이 쓰여 있었다.

흠, 왠지 감질나네.

『실은 세컨더리아 대륙 해방자 일행분이 숙박하고 계세요.』

빙글.

『고액, 장기 숙박 단체 손님이 두 팀이나 오셔서 저희 종업원은 기쁨의 비명을 지르고 있답니다(웃음).』

그녀는 찍찍찍, 소리를 내며 미소 지었다.

아이를 좋아하는 우리 집 류에 아가씨가 그것을 보고 반응했다.

"귀여워! 좀 안아보게 해줘!"

"아, 안 돼요, 류에."

"찍찍~!"

거 봐, 도망가버렸잖아. 그나저나 해방자 일행과 같은 숙소라…… 마침 잘됐네.

안내받은 곳은 기대한 대로 6평 크기의 널찍한 다다미방이었다.

다다미는 깨끗하게 청소해 새것처럼 반짝반짝 윤이 났다.

그 중앙에는 이로리#4까지 있어서 나의 추억을 자극했다.

고향 집에 이로리가 있지도 않았건만 그런 감정이 드는 건 내 몸속 깊은 곳에 잠든 일본인의 피 때문일까?

천장에는 서까래에 두꺼운 목재 대들보까지 있어서 정말

#4 이로리(囲炉裏) 일본 전통 가옥에서 마루 중앙을 파서 만든 화로.

작정하고 제대로 만들었다는 느낌이 들었다.

콧속을 간지럽히는 풀 냄새가 마음을 들뜨게 했다.

안쪽 장지문을 열자 폐쇄형 베란다가 있었고, 아기다르의 전경을 한눈에 내다볼 수 있는 큰 창문도 나 있었다.

여기서는 산도 구경할 수 있구나. 단풍철에 와도 좋겠다.

"대단해, 대단해! 엘프 가옥과 비슷해! 봐 봐, 풀이야. 이 마루, 풀로 만들었어!"

"이건…… 이구조 씨가 살던 세계를 재현한 걸까요? 중앙에 있는 건 뭐죠? 보아하니 재 같은데……."

두 사람 모두 처음 보는 인테리어에 관심을 보이며 흥미진진하게 관찰했다.

그 모습을 보자 역시 이 여관을 잡길 백번 잘했다는 생각이 들었다.

"그럼 어느 정도 즐겼으니까 두 사람에게 상담할 게 있어."

"혹시 아까 길드에서 불려간 것과 관계있나요?"

"맞아. 사실은—."

"아아…… 손이 더러워졌어……."

"……재투성이 아가씨, 이리 와서 얌전히 있으세요."

거기 아가씨, 이로리는 만지면 안 돼요. 오빠랑 약속~!

"자, 그럼 다시. 사실은……."

해방자를 도와줄 것을 부탁받았다는 식으로 오잉크의 의

뢰를 두 사람에게 설명했다.

같은 숙소에 머무는 이상, 아마 얼굴을 마주할 기회도 있으리라.

만약 그렇게 됐을 때, 이쪽에서 일행을 찾는다는 사실을 알고 있으면 태도가 부자연스러울지도 몰랐다.

레이스는 괜찮겠지. 문제는 이 『사건에 휘말리기 일쑤인 아가씨』다.

「너희는 뭐하러 왔어? 혹시 던전에 관해 아는 거라도 있어?」라며 아무렇지도 않게 물어볼 것 같다.

"으…… 또 해방자……. 솔직히 나는 그 호칭이 별로야."

"어쩌겠어. 이것만은 다른 수가 없잖아? 어쩌면 대륙이 다르니까 사정도 다를지도 모르고."

"류, 류에?"

레이스에게는 아직 류에의 사정을 얘기하지 않았다. 이것만은 본인이 정할 일이라고 생각했다.

하지만 류에는 대뜸 레이스에게 자신의 과거를 알려줬다.

"—그래서 나는 해방자라는 호칭이 마음에 걸리는 거야. 알겠어? 진짜 해방자는 카이 군이야. 카이 군은 세계를 빼앗은 진짜 영우—."

"류에!"

말이 끝나기가 무섭게 모성 MAX인 레이스가 류에를 와락 끌어안았다.

당연히 이렇게 될 줄 알았다. 본인은 천연덕스러웠지만, 처음 들은 사람은 그 눈물겨운 인생 스토리에 이런 반응을 보이게 마련이었다.

뺨을 비비적거리는 레이스와 간지러운 듯이 웃는 류에.

그리고, 밀착한 대로 형태를 바꾸는 탐스러운— 류에, 나랑 바꿔.

“일단 진정해, 레이스. 그렇게 됐으니까 내일부터 함께 의뢰를 받을 순 없어. 상담도 하지 않고 정해 버린 건 사과할게. 미안해.”

“아뇨, 길드 총수님이 내린 특명이라면 어쩔 수 없죠. 그럼 저는 저 나름대로—.”

“레이스는 이번에 나랑 함께 움직일 거야. 둘이서 열심히 해서 카이 군보다 먼저 돈을 버는 거야.”

“네. 함께 열심히 해 봐요, 류에.”

“어디까지나 심심풀이 정도로 생각해줘. 나라도 이만한 금액을 벌 수 있으리라곤 생각하지 않으니까. 이건 휴양이야. 온천에 들어가서 느긋하게 지내는 게 가장 큰 목적이란 거지.”

두 사람에게 그렇게 당부했다. 걱정들 마시게, 나중에 오잉크에게 보수를 듬뿍 청구할 테니까.

그 후, 한가하게 풍경을 즐기며 이 마을에서 쓰는 말을 알려주는 등 시간을 보내는데, 방 밖에서 목소리가 들렸다.

"실례합니다. 저녁 식사 코스와 입욕 시간대를 안내해드리러 왔습니다."

아차, 깜빡하고 있었다. 요리 코스도 고를 수 있다니, 이 얼마나 기쁜 배려인가.

팸플릿을 받아 요리에 관한 해설을 들었다.

"두 사람의 의견을 들려줄래?"

"나는 카이 군에게 맡길게. 못 먹는 음식은 없으니까."

"저도 맡길게요."

그런 이유로 팸플릿에 소개된『이세계풍 산해진미 모둠』을 고르기로 했다.

참고로 이 이세계란 이구조 씨가 살던 세계를 말한다고 했다.

즉…… 팸플릿 사진으로도 알 수 있다시피 일식이었다.

덧붙여 다른 쪽 코스는『주방장 햄 씨의 햄 삼매경 코스』라는 모양이었다.

……주방장도 햄쥐 족일까? 요리사 복장을 한 모습을 보고 싶다.

"카이 씨, 식사 시간까지 아직 여유가 있으니까 먼저 모험가 길드에 절차를 밟으러 갔다와도 될까요?"

그때 레이스가 일어섰다. 마을 안이라면 혼자라도 문제없겠지만…….

"아, 나도 갈게. 아까 오는 길에 맛있어 보이는 채소를 파는 가게가 있었어. 준비할 테니까 입구에서 기다려줘."

"음? 그건 좀 궁금하네. 뭔가 적당히 골라 와줘."

레이스가 방을 나간 것을 확인하고 류에가 톤을 조금 낮춰 말했다.

"외부에서 온 사람이 늘어났다고 하니까 경계해서 나쁠 건 없어. 이곳에 있는 동안은 내가 레이스에게 붙어 있을게."

류에는 자신감이 엿보이는 표정으로 그렇게 말을 남기고 바로 레이스를 따라 나갔다. 나는 그 모습을 배웅했다.

"……그래. 역시 마음 쓰고 있었구나."

정말로 너는 한번 발동이 걸리면 한없이 믿음직스럽구나.

하지만 난 그렇게까지 레이스를 걱정하지는 않았다.

내가 참고 삼아 『스테이터스를 훔쳐보는 안경』을 써서 윙레스트 모험가들의 스테이터스를 확인해 알게 된 사실이지만, 그들의 평균 레벨은 고작 20 안팎이었다.

그리고 나와 류에를 빼면 최고 랭크인 백은장, 부크 씨의 딸을 호위하던 모험가 『갈스』조차 레벨은 66에 불과했다.

자, 그럼 이 정보를 토대로 우리 누님의 스테이터스를 떠올려 보겠다.

【Name】 레이스 레스트

【종족】 상위 마족(데몬 로드)

【직업】 마궁투사, 재생사 (39)

【레벨】 97

그렇다. 비교 대상이 나나 류에라서 감각이 마비됐었나 보다.

이 수준이라면 상대방이 길드 이상의 전력을 보유했어도 그렇게 쉽게 위험해질 일은 없지 않을까?

"어디…… 그럼 두 사람이 돌아올 때까지 해방자 일행에 끼어들기 위한 작전이라도 짜 볼까?"

멍하게 바라보던 바깥 풍경에서 눈을 떼고 아이템 박스에서 검을 꺼냈다.

이 아이템 박스도 그들 앞에서는 함부로 사용하지 않는 편이 좋겠지. 그리고 이 전투 능력도 숨겨야겠고.

흠, 오랜만에 진지하게 어빌리티 구성을 생각해 봐야겠다.

사실 나는 이 작업을 은근히 좋아했다. 머릿속에서 그려진 상황과 거기에 대응하기 위한 구성. 몇 번이나 머릿속에서 반복하는 시행착오를 거쳐 그 상황에 맞는 최고의 조합을 맞추는 이 쾌감.

"내 전투 능력을 낮추고…… 전투 외에 활약할 수 있는 점을 어필하는 방법이라……."

현재 내가 소유한 어빌리티 수는 총 307개. 그중 태반이 스테이터스 강화나 공격 속성 및 성질을 변화시키는 효과였지만, 개중에는 별종도 있었다.

윙레스트에서 활약한 [오감 강화]는 그중 가장 특징적인 것이었다.

그밖에도 나의 지나치게 높은 공격력을 제한하는 어빌리티도 있었다. 뭐, 이번엔 예전 엔드레시아에서 렌과 결투했을 때 쓴 구성이면 문제없겠지.

그 점을 감안하고, 더 나아가 던전이 화산이란 점도 고려한 결과—.

【웨폰 어빌리티】

[오감 강화]

[소나]

[기척 감지]

[칼등 치기]

[수행]

[공격력 변환]

[호검(護劍)]

[약자 선정]

[행운]

[악식(惡食)]

전투 외적으로 쓸 만한 능력을 찾으며 척후병처럼 주변을 정찰하는 능력으로 구성해 봤는데, 과연 어떨까?

공격력도 가능한 한 줄이고 마력을 강화했다. 이거라면 낮은 공격력을 마술, 마법, 그리고 탐색 능력으로 커버하는 전사로 봐주지 않을까?

어떤 적이라도 일격에 처치해버리는 동료는 고마워도 민폐밖에 되지 않을 것이다.

"이제는 이것만 쓰면 완벽해."

어빌리티 구성도 얼추 끝났고, 마지막으로 상대방의 능력을 볼 수 있는 안경을 썼다.

이것을 쓰면 류에의 눈초리가 험악해지지만, 이번에는 눈 감아 달라고 하자.

참고로 전에 레이스를 봤을 때 일이지만— 그 뭐냐, 신체 사이즈가 말이죠, 엄청났지 말입니다. 일단 위쪽이 세 자릿수에 등극했다고만 말해 두겠습니다.

그런 멋지고도 고성능인 안경님을 닦아드리려고 했을 때였다.

방문이 열리는 소리와 함께 누군가의 발소리가 다가왔다.

돌아보려는 순간, 누군가가 내 등에 안기듯 뛰어들었다.

"카이 씨! 혼탕이 있다고 해요! 등을 씻겨드릴까요!"

"으악! 뭐, 뭐야? 그렇게 흥분해서……."

"혼탕이 있다는 안내문이 있었어요. 대여 가능한 혼탕이요! 등을 씻겨드릴까요!"

뒤를 돌아보자 흥분한 탓에 어쩐지 이성이 날아간 듯한

눈을 한 레이스의 얼굴이 코앞에 있었다.

……그렇게 등을 씻겨주지 못해 한이 맺혔나? 그야 부부다운 이벤트긴 하지만…….

그나저나 나 지금 소중하고 멋진 안경님을 닦아드리려던 참이었는데…….

"……아."

방금 충격으로 안경을 떨어뜨리고 말았다. 운 나쁘게 바닥이 아니라 검 위로…….

아…… 무정한 세상이여. 안경은 외눈 안경으로 새로운 삶을 살게 되었습니다.

쉽게 말해 두 쪽 났단 말이다.

"와아…… 말도 안 돼. 이게 가능해……?"

"네? 아…… 아앗! 죄, 죄송해요. 제가 무슨 짓을……."

정확하게 두 조각으로 쪼개진 안경을 보고 레이스가 파랗게 질렸다.

잠깐, 울지 마. 화 안 났어. 오빠 화 안 났어! 조금 놀랐을 뿐이야!

"저, 저, 어떡해야……. 어떤 벌이라도 받을게요. 그러니까 저—."

"어허, 진정해. 자, 앉아서 심호흡해. 오빠는 하나도 화 안 났어요."

화도 안 났거니와 슬프지도 않아요! 그렇기는커녕!

세기의 대발견이라고 해도 되지 않을까? 그래, 확실히 조건은 갖춰져 있었다.

방금 어빌리티 구성에 왜 [악식]을 넣었는가? 화산이라면 몸이 광물로 구성된 마물이나 희소성 높은 광석이 있지 않을까 하고 생각했기 때문이었다.

그 어빌리티는 『무기물을 파괴했을 때 낮은 확률로 무기 기초 성능이 상승한다』는 효과를 가졌다. 광물 마물을 무기물로 판단해도 될지는 의문이었지만…….

그리고 이 검을 장비하면 전직할 수 있는 『탈검사』 한정 스킬 [찬탈]의 효과는 격파한 상대에게서 어빌리티를 습득한다는 것이었다.

그러니까 무슨 말이 하고 싶으냐면—.

『웨폰 어빌리티 습득』

[상세 감정]

시야에 들어온 대상의 능력을 확인할 수 있다.

그렇다. 얻어버린 것이었다. 그 안경에 부여됐다고 생각되는 어빌리티를…….

설마 무기물을 파괴해 어빌리티도 얻을 수 있으리라고는 미처 생각하지도 못했다. [악식] 만만세였다.

"정말로 화 안 나셨어요? 변상할게요. 새 안경을—."

"괜찮아. 이거 도수가 없는 안경이야. 일종의 마도구지만, 부서진 덕분에 새로운 발견을 했다고 해야 하나? 의외의 수확을 얻었어."

아직 불안한 표정을 지우지 못하는 그녀를 달래서 어떻게든 진정시켰다.

"그나저나 돌아온 걸 보면 모험가 복직은 무사히 끝났어?"

"네. 별 탈 없이 해결했어요. 길드 카드도 이렇게 보시다시피……."

레이스는 그렇게 말하면서 황금색으로 빛나는 카드를 꺼내 보였다.

금장— 그것은 백은장 다음 가는 A랭크의 증거였다.

레이스는 원래 레벨이 낮았을 터였다. 하지만 지금은 레벨 97로 성장했다.

마족은 본래 다른 종족보다 레벨 업에 필요한 경험치가 적게 설정되었지만, 그것을 감안해도 상당한 노력을 쌓아 온 것은 안 봐도 뻔했다.

그 노력의 증거가 이 금빛 찬란한 카드라 할 수 있겠다.

"설마 A랭크까지 올라갔을 줄은 몰랐어."

"당시에는 전쟁 중이라서 어려운 호위 의뢰가 많았으니까요. 지금보다 길드 평가를 올리기 쉬웠어요."

"그건 동시에 지금보다 위험한 일이 많은 땅이었다는 뜻이겠지. 대단해. 지금까지 무사해서 다행이야, 레이스."

만약 레이스에게 무슨 일이 있었다면, 지금 이렇게 함께 여행할 수도 없었겠지.

그걸 생각하면 자랑스러운 마음과 동시에 무사해서 다행이라는 마음이 밀려왔다.

나도 모르게 평소 버릇대로 머리에 손을 뻗을 뻔했지만, 상대가 레이스란 사실을 떠올리고 참았다. 아무리 나라도 레이스를 쓰다듬기는 쑥스러웠다.

흠, 그러고 보니 우리 집 쓰다듬기 담당 류에는 어디로 갔을까?

"레이스, 류에가 안 보이는데……."

"아…… 죄송해요. 놔두고 와버렸어요."

"너 그렇게 혼욕을 하고 싶었어……?"

§ § §

"방을 못 찾아서 헤매다가 주방으로 들어가 버렸지 뭐야. 그랬다가 깜짝 놀랐어. 현관에서 본 햄쥐 여자애랑 똑같이 생긴 아이들이 잔뜩 있더라니까? 찍찍찍 하고 이야기하면서 열심히 음식 준비를 하고 있었어."

"뭐야, 그거. 귀여워. 보고 싶어."

시간이 조금 지나자 어지간히 좋은 일이 있었는지 함박웃음을 지은 류에가 돌아왔다.

"저녁식사까지 아직 조금 시간이 있다고 하니까 온천이라도 들어갈래?"

세 명이 모인 관계로 드디어 대망의 온천 타임이었다.

아무래도 하루 종일 들어갈 수 있진 않고 저녁부터 심야, 그리고 이른 아침부터 정오까지로 입욕 시간이 정해진 모양이었다.

참고로 부부 시추에이션을 열망하며 레이스가 기대하던 혼욕은 전날 신청할 필요가 있어서 오늘 바로 쓸 수는 없다는 것 같았다.

"봐, 목욕을 끝내고 여기 있는 유카타라는 옷을 입는 거야. 입는 법은 알아?"

"아, 알아. 목욕 가운 같은 거지?"

"괜찮아요. 그럼 바로 갈까요?"

목욕을 마친 미인들을 볼 생각에 기대를 부풀리며 바로 온천으로 향했다.

온천보다 그쪽에 대한 기대가 너무 커서 고양이 세수로 끝내고 싶은 기분이었다.

하지만 지금은 꾹 참고 온천을 즐기자. 천연 온천은 일본에 있을 때에도 그다지 경험한 적이 없으니까.

본관 접수처로 가서 입욕해도 괜찮은지 물어보는데, 더는 참지 못하겠는지 레이스가 조금 긴장한 표정으로 혼탕 접수는 할 수 없냐고 함께 물었다.

"물론 가능하죠."

그러자 종업원 여성이 훈훈하게 웃으며 내일 빈 시각을 제시했다. 레이스는 더 따지지도 않고 비어 있는 밤 시간대에 예약을 잡았다.

"카이 씨. 내일은 어쩌면 의뢰로 늦을지도 모르지만, 저녁 다섯 시까지는 돌아와 주실 수 없을까요……?"

"아, 알았어. 진정해."

"레이스가 즐거워 보여서 참 다행이야. 후후, 그렇게 함께 목욕하고 싶다니, 어리광쟁이네."

"그러고 보니 류에도 숲에서 살 때 같이 들어가려고 하지 않았던가?"

"어…… 그러고 보니 그런 일도 있었지. 그리운걸."

언니라는 자각이라도 생겼는지, 아니면 레이스가 너무 이성을 잃어서 반대로 냉정해졌는지 모르겠지만, 류에 아가씨가 묘하게 달관한 표정이었다.

좌우지간 온천이라고 하면 떠오르는 『남(男)』과 『여(女)』란 글자가 크게 인쇄된 가림막을 젖히며 나는 그녀들과 헤어졌다.

가림막 안쪽에는 예상보다 훨씬 넓은 탈의실이 펼쳐졌다.

그 광경이 지금부터 들어갈 욕실에 대한 기대감을 더더욱 부추겼다.

마치 도시의 코인 로커처럼 대량으로 늘어선 탈의용 바구니에 빠르게 옷을 던져 넣었다.

잘 보니 그 바구니 중 두 개는 이미 누가 사용한 흔적이 있었다. 아마도 해방자 일행이지 않을까?

흠, 1등의 영예는 차지할 수 없게 됐군. 다음 기회를 노려야지.

수건을 허리에 감고 목욕탕 문을 잡았다.

원래 나는 목욕탕에 수건을 감고 들어가거나 하지 않지만, 먼저 온 손님이 있다면 어쩔 수 없다. 매너는 지켜야지. 원래 같았으면 **훌러덩**이지만.

문을 연 순간 후끈한 김이 몰려오고, 동시에 녹슨 쇠 냄새가 섞인 온천 특유의 향이 새어 나왔다.

높은 습도에 한순간 숨이 턱 막히는 착각도 들었지만, 금방 익숙해졌다. 나는 눈앞에 펼쳐진 광경에 흥분하여 중얼거렸다.

"이거…… 대단한데?"

다른 말이 떠오르지 않았다.

넓은 온천에는 바위가 드러나 있었고, 근처 원천에서 끌어오는지 조금 높은 위치에 설치된 대나무 수로에서 온천수가 졸졸 떨어졌다.

정자 같은 지붕이 세워진 조금 큰 욕조가 있는가 하면, 큰 나무의 그루터기를 그대로 파내서 만든 1인용 욕조도 있었다.

넓고 다채로운 탕들을 보고 있노라니 나잇값도 못 하고 뛰어들고 싶어졌지만, 꾹 참고 우선은 몸부터 씻기로 했다.

물 온도에 익숙하지 않은 몸에 조금 뜨거운 물을 끼얹어 땀을 씻었다.

자, 먼저 어디부터 들어갈까…….

"응? 저기에도 뭐가 더 있네."

밖에서 부는 바람이 수증기를 날린 덕에 욕실 안쪽으로 이어진 통로를 발견한 나는 호기심에 이끌려 그곳으로 걸음을 옮겼다.

그러자 조금 더 온도가 오른 느낌과 함께 수증기가 짙어졌다.

"흠, 한증막 같은 게 있는 건가?"

잠시 후 대나무로 지어진 오두막이 나타났다. 나는 오두막 문을 열고 내부로 발을 내딛으려 했다.

하지만 그때, 다시 분 바람이 이 짙은 수증기를 걷어 냈고, 내 시야에 누군가의 알몸이 들어왔다.

희고 호리호리한 몸. 그리고 등 중간쯤까지 뻗은 검고 윤기 있는 머리카락.

"아, 매켄지 씨세요? 보세요, 여기 사우나가 있어요, 사우나."

한 소녀가 어딘가 앳된 티가 남은 사근사근한 목소리를 내며 돌아보았다.

아뿔싸, 이건 빼도 박도 못 하고 걸렸다. 미안, 류에, 레이스. 이 오빠는 꼼짝없이 범죄자가 되어버렸단다!

고함을 지르리란 각오와 어쩌면 따귀를 맞을지도 모른다는 각오, 그리고 일말의 희망 아래 변명을 준비했는데 뜻밖의 사태가 벌어졌다.

"아, 죄송해요. 아는 사람이랑 착각했네요. 저희 말고도 손님이 계신 줄은 몰랐어요."

아이에서 어른으로 성장하기 일보 직전인, 희고 선이 가는 인상의 얼굴이었다.

그 인물은 검은 눈을 조금 민망하게 뜨며 웃었다.

하지만 돌아본 그 아이에게는 몹시 익숙한 **물건**이 확실하게 달려 있었다.

……이 오빠는 처음으로 진짜 낭자애(오타 아님)와 만났습니다.

아니, 너 2차 성징은 어디 팔아먹었니? 목울대는 어디다 떨어뜨렸어? 어쩜 머릿결이 그리 고와? 큐티클의 총애라도 받았니?

나는 뇌 속으로 그런 의문을 나열하면서도 침착하게 대응했다.

"나야말로 갑자기 다가와서 미안해. 아무래도 이 숙소에 묵는 사람은 우리 일행과 너희뿐인가 봐."

"아, 역시 그랬군요. 여기는 비싸 보이니까요."

그는 이번에도 사근사근하고 명랑한 웃음을 지으며 말했다. 그렇다, 그였다. 그녀가 아니었다.

하지만 이 흑발에 검은 눈동자, 게다가 얼굴도 일본인 그 자체였다.

설마 이 아이가 세컨더리아에서 온 해방자인가?

역시 일본인…… 아니, 일본에 사는 사람으로 한정되는 건가?

이 폭력과 죽음이 일상처럼 횡행하는 세계에는 어울리지 않아도 너무 어울리지 않는 상대방의 모습을 보자 해방자라는 시스템에 대한 불만이 불쑥 솟았다.

……아직 어린애잖아. 렌도 그렇고 왜 하필 이런 어린애를…….

"아, 죄송해요. 일행을 찾으러 가 볼게요."

그는 그렇게 말하고 잰걸음으로 사라졌다. 나는 긴 머리카락을 나부끼는 그 뒷모습을 멍하게 바라봤다.

……세상은 참 넓구나.

혼자 남았지만, 온천에 와서 처음으로 한증막에 들어가는 것도 좀 아니지 싶었다.

나도 밖으로 나가서 가장 넓은, 바위가 그대로 드러난 온천에 들어갔다.

탄산천인지 열 말고도 발바닥을 톡톡 쏘는 자극이 있어서 시원함이 각별했다.

몸을 쭉 뻗어 어깨까지 물에 담그고 하늘을 올려다보며 몸속의 공기를 전부, 피로를 전부 쏟아내듯 숨을 뱉었다. 후후, 이러니까 영락없는 아저씨 같다.

하늘엔 노을이 졌다. 이곳에서는 풍경을 구경할 수는 없지만, 아마 그 정자 쪽에서는 주위를 내다볼 수 있으리라.

물이 졸졸 떨어지는 소리가 귀로 편안하게 흘러들고, 잔잔하게 흔들리는 수면이 부드럽게 피부를 어루만졌다.

온천 냄새와 열기, 그리고 시간의 흐름을 가시화한 것처럼 서서히 쪽빛으로 물들어가는 하늘……. 마치 물과, 아니, 자연과 동화된 것 같은 착각에 사로잡혔다.

저번 야외 노천탕과는 또 다른 운치가 있었다. 내 모든 것이 녹아 버릴 것만 같았다.

"아, 안 돼요, 매켄지 씨! 혼난다구요!"

"여기서 물러나면 어찌 남자라 할 수 있으려고! 자네도 봤을 게 아닌가, 스티리아 양의 그 몸매를!"

"으! 아, 안 돼요! 다른 손님에게 피해가—."

"허허허, 이 숙소에 다른 손님은 없다고 종업원이 말했잖나."

"이, 있어요! 방금 만났다니까요!"

……사람이 모처럼 근사한 시간을 보내고 있는데…….

하지만 노인의 말에는 공감할 수 있는 면이 적잖이 존재했다. 그야 남자니까.

그래도 안 되는 것은 안 되는 법. 괴롭지만, 그 남자가 가려는 길을 막아서야겠다.

목소리가 들린 쪽을 보자 그곳에는 방금 만난 소녀…… 같은 모습을 한 소년과 긴 백발을 묶은 고령의 남성이 있었다.

아마 남탕과 여탕을 나누는 나무 울타리 너머를 엿보기 위해 어디선가 들고 온 의자를 쌓는 중이었다.

"어르신. 죄송하지만, 그곳을 엿보게 둘 수는 없습니다. 제 일행이 목욕 중입니다. 아무리 연세 지긋한 어르신이라도 다른 남자가 보게 둘 순 없어요."

"허헉?! 정말로 다른 손님이 있어?! 끄으…… 그, 그렇다면 자네, 먼저 확인하도록 하게! 자네 일행이 없는 방향, 우리 동료의 위치만 알려주지 않겠나? 절대로, 절대로 자네 일행은 보지 않겠다고 내 약속함세!"

이 무슨 무시무시한 집념인가. 척 보기에는 무슨 현자 같은, 혹은 마법 학교라도 운영할 것 같은 풍모인데 이 모양이었다. 위엄 컴백!

아마 그들의 동료 중에도 아리따운 여성이 있나 보다. 그리고 그 모습을, 평소에는 절대로 볼 수 없는 속살을 눈에 새기고 싶은 거고……. 하지만! 안 된다! 절대로!

속마음을 내비치지 않으려고 의연한 말투와 태연한 태도를 가장하며 반론했다.

"그건 훔쳐볼 것이 아닙니다. 언젠가 서로에게 모든 것을 보여줄 수 있을 때가 올 때까지 소중히 간직해 둬야 하죠. 어르신, 포기하십시오.”

“크아~! 이래서 잘 생긴 것들은! 역시 얼굴이냐? 얼굴이냐! 그 얼굴로 여식들을 후리고 다니는 게냐! 그리도 갈 날 머지않은 노인네의 낙을 빼앗고 싶은가!”

“제발 좀 그만 하세요, 매켄지 씨. 내일은 길드에 동료를 찾으러 가야 한다고요. 새 동료에게도 이런 모습을 보여드릴 생각이세요?”

“새 동료는 제발 젊은 처자로 부탁하네, 나오 공!”

그 소년도 참다 못했는지 쌓아 올린 의자를 철거하기 시작하자, 노인은 마침내 포기하고 온천으로 돌아갔다.

그러나 미련을 채 버리지 못했는지 이번에는 새 여성 동료를 구하자며 툴툴거렸다.

아쉽군요. 할아버지, 당신과는 다른 식으로 만나고 싶었습니다. 구체적으로 말하면 건너편에 류에와 레이스가 없었을 때 말이죠.

흠…… 그나저나 새 동료가 정해지지 않았다면…… 아직 기회는 있겠는걸.

“어, 비누가 없네?”

탕에서 충분히 땀을 뺀 뒤 몸을 씻으려고 나왔는데 비누통에 찾는 물건이 없었다. 문득 옆을 보자 방금 그 변태 노인이 심술궂은 얼굴로 여봐란듯이 비누를 쓰기 시작하는 게 아닌가. 크으으, 다 큰 어른이 이런 보복을…….

나는 어쩔 수 없이 일어나서 방금 의자를 쌓았던 울타리로 갔다.

그러자 무슨 착각을 했는지 노인이 일어나서 기대하는 눈으로 나를 바라보며 징그러운 웃음을 흘렸다.

아냐아냐아냐! 엿보는 거 아니야! 왜 『동료가 생겼다』는 얼굴을 하고 그래요?

"야~, 류에, 레이스! 들려~?"

나는 여탕으로 소리쳤다. 해방자 일행의 동료도 있을지 모르지만, 부득이한 상황이었다.

"아, 카이 군 목소리다! 들려~! 왜~?"

"몸을 씻으려는데 비누가 없어. 하나만 던져주지 않을래?"

"아! 그, 그렇다면 제가! 카이 씨, 던질게요~."

조금 서두르는 목소리와 함께 여탕에서 완만한 포물선을 그리며 비누가 날아왔다.

딱 손안에 들어온 비누를 만족스럽게 바라보면서 복수처럼 노인을 향해 들어 보였다.

"끄으으으으응! 두 명이나…… 이 건너편에 두 명이나 있단 말이냐!"

후하하하하! 분하겠지.

우월감과 충족감에 빠져 있자 울타리 너머에서 다시 류에의 목소리가 들렸다.

"아, 치사해. 나도 시켜줘. 얍!"

"야, 하나만 있으면 돼."

나는 날아든 두 번째 비누를 잡았다.

"류에, 그러면 저희가 쓸 게 없는데……. 죄송해요, 카이 씨. 하나만 다시 돌려주세요."

"하하하, 그럴 줄 알았어. 그럼 던진다~."

나도 가벼운 포물선을 그리도록 비누를 던졌다. 그러자—.

"아야!"

……아무래도 류에에게 클린 히트한 모양이었다. 죄송합니다.

§ § §

온천을 나와 방에서 가져온 유카타를 입고 밖으로 나왔다.

이구조 씨가 전했는지, 탈의실에는 커피 우유도 빠짐없이 준비되어 있었다.

아쉽게도 딸기 우유는 없지만, 역시 목욕을 마친 뒤엔 이거지.

"카이 씨, 오래 기다리셨죠? 머리를 말리느라 시간이 걸렸어요."

"나도. 후훗, 어때? 카이 군. 어울려?"

들려오는 목소리에 기대를 품고 돌아봤다.

그러자 그곳에는 탕에 들어갔던 탓에 얼굴이 살짝 상기된, 내가 상상하고 기대하던 모습을 웃도는 두 사람이 있었다.

머리를 말린 뒤에 묶었는지, 레이스는 위로 올려 묶었다.

유카타 천이 몸 일부, 즉 가슴에 많이 몰린 탓에 기장이 조금 짧아 보였다.

하지만 어렴풋이 물든 뺨과 살짝 풀어진 그 모습이 묘하게 선정적이어서 무심코 침을 꿀꺽 삼키고 말았다.

그리고 류에는 머리를 곧게 내려 평소와 조금 다른 분위기를 연출했다.

이렇게 말하면 이상할지도 모르겠지만, 다소 어른스럽게 보였다.

일본 전통 복장은 원래 몸에 굴곡이 적은 일본인에게 맞춘 의상인 터라, 이상한 의미나 비꼴 의도는 없지만, 류에에게 무척 잘 어울렸다.

하지만 안타깝게도 이 유카타는 목욕 후 입는 옷이라서 무늬가 없는 수수한 남색이었다.

그래도 나에겐 이 두 사람이 무척 매력적으로 보였다.

"목욕을 마친 미인이 두 명이나 있으니까 조금 긴장되는데?"

"우우, 직설적으로 칭찬받으니까 쑥스러운걸."

"처음 입은 옷이라서 불안했는데 그렇게 말씀해주시니 기뻐요. 카이 씨도 유카타가 잘 어울려요."

"아, 카이 군이 뭔가 마시고 있어! 나도 마실래."

류에는 기대에 찬 모습으로 자동판매기 마도구로 달려갔다. 레이스와 나는 그 모습을 흐뭇하게 지켜봤다.

아…… 지금 엄청 가족 같은 느낌이다.

병을 두 개 들고 돌아온 류에가 레이스에게 하나를 건네고 함께 맛봤다.

마실 때는 허리에 손을 대고 단숨에— 같은 괜한 참견은 안 하고말고.

생각대로, 내키는 대로 즐기면 그만이다. 이 온천도, 이 여행도—.

"허헉! 이 무슨…… 이 무슨…… 이런 미의 화신이 바로 옆에 있었단 말인가! 이래서, 이래서 미남은……!"

"조용히 하세요, 매켄지 씨. 수선 피워서 죄송합니다."

그러자 그때, 뒤늦게 나온 노인이 레이스를 보자마자 이 세상 모든 것을 원망하는 양 한 맺힌 목소리로 외쳤다.

그리고 레이스처럼 머리를 위로 묶은 소년이 그 노인을 끌고 갔다.

……왜 너까지 목욕 후 미인의 칭호를 가져가려고 하니?

"카이 군, 큰일이야! 지금 남탕에서 여자애가 나왔어!"

"……저보다 먼저 카이 씨와 혼욕을 한 건가요? 오랫동안 느끼지 못했던 감정을 떠올리게 해주네요."

"믿어지지 않겠지만, 저 애 남자야. 확실히 확인했어."

그 말을 들은 두 사람은 눈이 왕방울만 해졌다고 합니다.

"으으, 머리에 혹이 생기진 않았어?"

"괜찮아. 꺼지지도 않았고 나오지도 않았어."

착하지, 착하지. 아직 습기가 남은 머리를 평소처럼 이유도 없이 쓰다듬는 중이었다.

그러자 그 모습을 보던 레이스가 무슨 생각이 난 것처럼 머리를 내 쪽으로 가져다댔다.

"죄송해요. 실은 저한테도 비누가……."

"이 오빠는 늘어나는 마구를 배운 적이 없단다."

어째 너까지 점점 류에처럼 되어간다?

그런 대화를 나누며 방으로 돌아와 창을 열고 밤바람을 안으로 들였다.

감기에 걸리지 않게 그 기분 좋은 기류를 느끼며 자리에 앉았다.

"후우, 원 없이 즐겼어. 두 사람은 어땠어?"

"카이 군, 들어 봐. 우리 집에 있는 목욕탕과 비슷한 욕조가 있었어."

"아, 그 그루터기 욕조? 그립네……."

류에의 집에서 처음 목욕했을 때 일을 떠올렸다.

"언젠가 저도 가 보고 싶어요. 류에의 집에……."

레이스는 다정하게 웃으며 말했다. 그러자 류에가 뭔가 떠올린 것 같은 얼굴로 대답했다.

"그, 그럼…… 그, 만약 여행이 끝나면…… 세 명이 모여서 같이 살자. 우리 집에서."

류에는 약간 머뭇거리며 제안했다. 어딘지 모르게 불안해 보이는, 하지만 기대에 찬 얼굴이었다.

그래. 그건 멋진 제안이다. 그 숲에 있는 정겹고 따뜻한 추억이 남은 집.

"내가 숲에서 동물이나 과일을 찾아오면 카이 군이 요리하는 거야. 레이스는 손재주가 좋으니까 나랑 함께 이것저것 만들기도 하고……."

"그래. 그것도 좋을지 모르겠어."

내가 긍정함과 동시에 류에의 얼굴이 활짝 폈다.

"후후, 그러네요. 무척 멋진 계획이에요."

레이스 또한 꿈꾸는 듯한 얼굴로 고개를 끄덕였다.

"아, 그래도 더 좋은 장소, 살고 싶은 곳이 있으면 그곳도 괜찮아!"

너무 즐겁고 멋져서 오히려 걱정되는 것이리라.

꿈같은 순간이 언젠가 끝날지도 모른다는 사실이…….

하지만 그런 걱정이라면 필요 없다.

"류에, 설사 그곳이 어디든, 여행이 끝나건 말건 우리 세 명은 쭉 함께야."

"그래요. 류에, 우리는 쭉 함께예요."

그러자 류에가 나와 레이스의 손을 잡고 자기 쪽으로 확 잡아당겼다.

작고 따스한 손을 꼭 쥐며 류에가 만면에 웃음을 띠었다.

"쭉 함께구나."

그래. 물론이지.

§ § §

저녁 식사는 그리운 한편 조금 참신함이 가미된 창작 일식이었다.

이구조 씨가 전했는지 혹은 오잉크가 지도했는지 모르겠지만, 일식의 기초를 확실하게 다진 요리들을 나도 모르게 열심히 고찰하며 먹었다.

호오…… 햄쥐 소녀들도 솜씨가 제법이군그래.

"맛있었어……. 카이 군이 옛날에 만들어준 음식과 조금 닮았는걸?"

"응? 뭘 만들었더라?"

"방금 그거, 색과 맛을 입힌 밥 말이야. 맛있었어~."

"아, 솥밥? 응, 정말로 맛있었지."

"이구조 씨가 이 대륙에 전파했다는 술과 조미료가 있는데, 사실은 그다지 사용하질 않았어요. 카이 씨는 잘 아시나요?"

"응, 조금은."

식후 휴식을 즐겼다. 텔레비전 같은 오락이 없기 때문에 이렇게 여행의 묘미를 오롯이 즐길 수 있다고 느끼며 두 사람의 이야기에 귀를 기울였다.

좋아하는 음식 이야기. 온천에 들어간 감상. 잠시 귀를 막아야만 할 것 같은 몸에 관한 이야기.

그것을 허둥지둥 막으려는 레이스와 웃으면서 사과하는 류에.

즐거운 시간은 언제까지고 이어지길 바라는 게 사람 마음이지만, 슬슬 잠자리에 들 시간입니다, 아가씨들.

"아직 더 이야기하고 싶지만…… 하긴, 내일부터는 바빠질 것 같으니까."

"아니, 정말로 너희는 느긋하게 관광이라도 하고 있으면 되는데……."

"후후, 그럼 관광도 하면서 달성할 수 있는 의뢰를 찾아볼게요."

레이스가 농담조로 말하는 소리를 들으며 나는 침실로 이어진 문을 열었다.

하지만 그곳에 준비된 것을 보고 열었던 문을 천천히 닫아버렸다.

"카이 씨? 왜 그러시죠?"

"왜 닫았어? 잠깐 보여줘."

아, 류에! 잠깐만!

류에가 열어젖힌 침실에는 여관에서 신경 써서 준비했다고 생각되는 침구가 있었다.

나, 이렇게 넓은 이불은 태어나서 처음 봤어…….

그곳에는 배게 세 개가 나란히 놓이고 변칙적으로 큰 이불이 마련되어 있었다.

그러시겠죠. 접수할 때 두 사람 모두 자신을 『아내』라고 소개했으니까.

"카이 씨…… 부족한 몸이지만, 잘 부탁드려요……."

"부탁하긴 뭘 해. 가운데에 류에, 오른쪽에 나, 왼쪽은 레이스로 결정!"

"응? 내 옆이 좋아? 그럼 카이 군이 가운데에서 자."

류에는 그렇게 말하자마자 무엇이 그리 즐거운지 이불로 다이빙했다. 아, 오른쪽에 누워 버렸잖아.

이러면 어디서 자도 이 이성을 살짝 놓을락 말락 하는 누님 옆에 누워야 했다.

이성아, 힘내라. 너만 믿는다.

결국 내가 가운데에서 자게 되었다.

§ § §

다음 날 아침, 이불의 온기와 사람의 온기에 싸여 눈을 떴다.

하지만 이불에서 빠져나오려다가 왼팔을 붙잡혔다는 사실

을 알았다.

……대단히 부드러운 감촉이 닿은 그쪽을 돌아보자 내 팔을 마치 인형처럼 껴안고 자는 레이스가 있었다.

하지만 레이스의 얼굴을 본 순간 초조함이나 부끄러움, 부정한 감정이 전부 날아가 버렸다.

불안한 표정에 눈물 맺힌 그녀의 얼굴을 보고…….

"……그래. 그래서 레이스는 혼자서 자길 꺼리는 거야."

생각해 보면 레이스는 야영할 때나 숙소를 잡을 때나 언제나 류에를 끌어안고 잤다.

불안하겠지. 눈을 떴을 때 자기 곁에 아무도 없을지도 모른다는 사실이…….

너무 오랜 시간을 기다려왔으니까…….

레이스의 숙면을 방해할지도 모르지만, 천천히 팔을 뺐다.

그리고 대신 자다가 불편했는지 이불 밖으로 삐져나와 잠든 류에를 밀어 옆에 뒀다.

그러자 마치 식충 식물처럼 레이스의 팔이 뻗어나가 류에를 꽁꽁 얽매는 것이 아닌가. ……저기요, 정말로 잠든 거 맞죠?

새로운 인형에 만족했는지 레이스의 표정이 조금 온화하게 변했다. 그것을 바라본 뒤 나는 소리 없이 방을 나갔다.

……확인하고 싶은 일이 있었다.

숙소를 나와 건물 뒤쪽으로 돌아가자 약간 사람 손을 탄

길이 산으로 이어져 있었다.

산책로일까? 아니면 마을 사람이 산나물 등을 캐러 가기 위해 쓰는 길일까? 확실하진 않지만, 고맙게 그 길을 쓰기로 하자.

가능한 한 사람 눈에 띄지 않고 넓게 트인 곳을 찾을 수 있으면 좋겠는데…….

그 후 얼마간 걸어가자 옆으로 짐승이 다닐 법한 좁다란 갈림길이 나왔다.

그리고 그 앞으로 비교적 나무가 적은 곳이 보였다.

"이럴 때 류에와 숲에서 살던 경험이 도움이 되는군."

숲에 익숙한 덕분에 나무의 밀집도를 보고 길 앞이 어떻게 되어 있을지 대강 상상할 수 있었다.

"흐음. 그럭저럭 넓기도 하니까 검을 휘둘러도 문제없겠어."

예상대로 나무가 적고 트인 장소에 도착했다.

키 작은 식물이 밀집했지만, 보아하니 모두 잡초였다. 이거라면 베어도 괜찮겠지.

지금까지 입수해 아이템 박스에 넣어 둔 다양한 아이템, 마물의 신체 부위를 차례차례 꺼냈다. 더불어 전에 류에의 가방에서 꺼냈다가 그대로 챙겨 둔 액세서리도 주르륵 깔았다.

류에의 물건이 아니라 어디선가 전송된 잡동사니나 마찬가지니 문제없으리라.

내 목적이 무엇인가? 그 답은 단순 명쾌하다.

“꼭 스트레스 풀기 같네.”

그렇다. 지금부터 이렇게 나열한 물건들을 죄다 검으로 부술 예정이다.

어제 폭주 누님 레이스 덕분에 발견한 [악식]과 [찬탈]의 상승효과, 즉, 어떤 힘을 품은 물건을 파괴하면 어빌리티를 얻을 수 있다는 효과를 바로 시험해 볼 생각이었다.

우리의 앞길을 막아설 상대에게 만에 하나라도 뒤처지는 일이 없도록 전력을 강화해서 나쁠 것은 없으리라.

“아깝다는 생각은 들지만, 시작해 볼까?”

마물의 뼈나 이빨 등의 아이템과 미미하지만 스테이터스 상승 효과를 가진 액세서리.

그것들을 한데 모아 검술을 발동하자, 아이템들이 한꺼번에 말려들며 산산이 부서졌다.

그러자 역시 머릿속에 어빌리티 획득을 알리는 안내가 흘렀다.

메뉴를 열어 로그를 확인하자 새로운 어빌리티가 분명히 들어와 있었다.

하지만—.

“영 시원찮네…….”

이미 가진 어빌리티의 하위 호환뿐이며 이렇다 할 수확이 없었다.

그러나 이것은 어디까지나 여흥, 연습, 시험이었다. 정말로 노리는 것은 따로 있었다.

적어도 마물 생체 부위에서도 어빌리티를 얻을 수 있다는 사실은 확정되었다.

그렇다면 해야 하지 않겠는가.

아이템 박스 항목 가장 아래, 쓸 기회가 없으리라 생각하고 줄곧 처박아 뒀던 그것을 꺼냈다.

무거운 소리를 내며 실체화한 그것은 푸르게 속이 비치고 아침 햇살을 아름답게 반사했다.

『용신의 수정뿔』

용신의 거대한 뿔이자 힘의 결정체. 어마어마한 에너지를 품고 있다.

이거다. 이게 오늘의 주인공이다.

안 그래도 용신을 쓰러뜨릴 때 비상식적인 어빌리티를 세 개나 얻었다. 그런데 여기서 더 얻을 게 있다면…… 정말로 기대된다.

하지만 과연 이것을 부술 수 있을까?

용신은 최강 기술을 최고의 구성으로 사용하고 콤보까지 발동해서 쓰러뜨렸다.

하지만 이런 마을 야산에서 그런 일격을 쓸 수는 없었다.

그렇다면…… 일정한 지점에 위력을 가할 수 있는 데 중점을 두도록 할까?

이제부터 발동할 기술을 위해 검 어빌리티를 조합했다.

【웨폰 어빌리티】
[찬탈자의 증거(검)]
[대미지 +30%]
[대미지 +15%]
[크리티컬 확률 +35%]
[크리티컬 확률 +25%]
[공격력 +15%]
[공격력 +30%]
[악식]
[차지]
[어빌리티 효과 2배]

일격에 모든 것을 거는 구성이었다.

[차지]는 검술 발동에 걸리는 시간과 소비되는 MP가 늘어나는 대신 위력이 두 배가 되는 어빌리티였다.

이 구성이라면 아무리 용신의 신체 일부라고 해도 파괴할 수 있을지 모른다.

그리고 사용할 기술은 범위가 좁고 주위에 영향이 미치지 않는 것으로 선택했다.

“『순화유려(瞬華流麗)』.”

한 손 검 오의 중 하나.

크리티컬로 주는 대미지가 다섯 배, 그리고 파괴 가능 부위에 맞으면 확실하게 양단할 수 있다는 거합(居合)[#5] 베기.

시전 시간이 길고 공격 범위도 평범, 그리고 크리티컬이 발생하지 않으면 조금 강한 위력밖에 나오지 않는 까다로운 성능의 기술이었다.

거합 베기를 칼집도 없이, 커다란 탈검으로 발동한다는 것이 말이 안 되지만, 사소한 일은 그냥 넘어가자.

“가뜩이나 발동 시간이 긴 기술이지만…… 제발 잘 풀려라.”

발동을 선언하고 이미 약 10초가 경과했다.

검술을 발동하면 몸속을 흐르는 무언가가 손으로 모이는 감각이 드는데, 이번에는 그것이 대단히 느렸다.

눈을 감고 흐름을 느끼도록 집중했다.

귀에 들리는 바람 소리, 잎이 스치는 소리, 새의 지저귐이 서서히 작아졌다.

지잉, 하고 표현하기 힘든 특유의 소리가 귓속에 울리기 시작했을 무렵, 완만하게 흐르던 무언가가 급격하게 팔로 모이는 것을 느꼈다.

그대로 본능에 몸을 맡기고 검을 휘둘렀다.

검압도, 바람도 일어나지 않는 예리한 일격— 주위에 피해

#5 거합(居合) 앉아 있다가 재빨리 칼을 뽑아 적을 베는 기술.

가 발생하지 않았는지 확인하고 안도했다.

그러나 성공했다는 느낌이 없었다. 뭔가에 닿았다는 감촉이 손으로 전해지지 않았다.

"……빗나갔어? 아니, 그럴 리가……."

거대한 수정 같은 뿔은 여전히 눈앞에 떡하니 버티고 있었다. 그것을 손으로 만져 보자 서늘한 감촉이 전해졌다.

이것이 뿔이라고 하면 믿는 사람이 얼마나 있을까.

그렇게 생각하며 가볍게 뿔을 민 순간, 뿔이 미세하게 움직였다.

설마 하며 더욱 힘을 주자 스르륵 옆으로 밀려나기 시작하는 것이 아닌가?

……이게 되네. 그렇게까지 날카로운 일격이었나?

금도 가지 않고 손에 감촉도 없었는데 깨끗하게 양단되어 버렸다.

그리고 쿵 소리를 내며 윗부분이 땅으로 굴러떨어진 순간, 마침내 머릿속에 안내음이 들렸다.

『웨폰 어빌리티 습득』

[결정화]

마물을 처치했을 때 낮은 확률로 마력 결정을 떨어뜨린다.

또한, 무기 외형이 변화한다.

흠? 이해가 잘 안 되는 효과였지만, 희귀한 능력 같았다.

마력 결정이란 물건을 가지지 않아서 모르겠지만, 사용해 볼까?

하지만 한 가지 더 커다란 변화를 깨달았다.

어빌리티 입수는 부가 효과이고, 본래는 파괴함으로써 무기 스테이터스를 높이는 것이 [악식]의 효과였다. 즉, 무슨 말이냐면—.

『공격력: 666 → 988』

『마력: 666 → 1245』

『공격 속성: 신, 어둠』

자제해라, 나의 애검아. 그 속성은 해도 해도 너무하잖아.

[찬탈자의 증거(신)]을 세팅해야 비로소 얻을 수 있던 속성이 기본 옵션으로 붙어 버리면 이제 그 어빌리티를 사용할 기회가 영영 사라지잖아.

울지 마라, 신.

§ § §

"그럼 나는 먼저 나갈게. 아무쪼록 무리한 의뢰는 받지 마."

"후후, 물론이지. 돈 벌기는 부차적인 목적이니까 여기저기 구경하며 다닐게."

"카이 씨도 조심하세요. 그리고…… 저녁 다섯 시에, 아시죠?"

"아, 알았어. 단, 목욕 수건은 꼭 두르고~!"

검증을 마치고 숙소로 돌아온 나는 아침을 먹고 다시 외출했다.

여관 앞에서 두 사람에게 배웅받는데, 마치 처자식이 출근하는 아버지나 남편을 배웅하는 것 같은 시추에이션이 조금 부끄러웠다.

"그, 그럼 다시 한 번, 다녀올—."

"다녀와, 카이 군!"

"……다녀오세요, 카이 씨."

"그래. 다녀올게."

하하하, 한발 늦었구나, 레이스.

오늘은 마왕 세트처럼 거창한 모습이 아니라 평소 쓰는 가죽 장비 세트를 입었다.

세트라고는 하나 화산 지대란 이유로 코트는 넣어 뒀다.

대신 팔 보호대와 부츠, 가슴 보호대를 장비한 상태였다.

뭐, 일행에 참가할 수 없다면 이 모든 준비 작업도 다 헛일이지만 말이다.

무기 어빌리티는 어제 입수한 [상세 감정]을 [오감 강화]와

교환했다.

그리고 [악식]을 해제하고 방금 입수한 [결정화]를 세팅한 상태였다.

무기 외형이 변화한다는 설명대로, 무시무시해서 눈에 띄던 탈검이 흑요석을 깎아놓은 것 같은 모습으로 변화했다. 사실, 그런 「척 보기에도 마검입니다」라고 광고하는 듯한 무기를 등에 메고 있으면 아무리 장비를 바꿔도 경계당할 게 뻔했다.

"……지금 상태에서도 충분히 눈에 띄지만."

괜찮다. 검붉은 오라가 피어오르거나 붉은 혈관 같은 무늬가 있는 검보다는 평범했다.

길드에 도착하자 오늘도 직원 말고는 사람이 보이지 않았다. 그 이유를 직원에게 물어보니, 충격적인 진실이 밝혀졌다. 놀랍게도 이곳에서는 의뢰 발주를 하지 않는다는 것이었다.

대체 왜 그런지 묻자, 옛날에 이구조 씨의 발언을 이유로 이 마을만 의뢰를 받는 시스템이 달라졌다고 한다.

「모험에 나서거나 동료를 찾는 곳은 당연히 술집이지」라나 뭐라나.

그렇군…… 이구조 씨는 드래○ 퀘스○ 세대인가. 그건 그거대로 로망이 있지.

하여튼 요약하자면 모험가나 뭔가 용무가 있는 사람은 길드 뒤쪽에 있는 술집에 모여 있다는 뜻이었다.

어제오늘 사람이 보이지 않은 이유도 분명 그 때문이겠지.

직원에게 인사하고 바로 길드 뒤쪽 골목으로 갔다.

오호라, 앞쪽은 관광객이 다니기 편한 길인 데 반해 뒤쪽은 제법 잡다하고 조금 거친 인상을 줬다.

가볍게 둘러본 것만으로 수십 명의 모험가나 거친 일을 할 것 같은 사람들이 무기를 등에 메고 모두 같은 방향으로 향하는 것을 알 수 있었다.

그 끝에는 앞쪽에 있던 길드보다 더 큰 단층 구조의 술집이 있었다.

참으로 마을 정경에 어울리지 않는 서부 스타일 외관이었다. 이것이 이구조 씨가 상상하는 술집 모습일까?

술집 문을 열자 딸랑딸랑하는 종소리가 가게 안에 울려 퍼졌다.

하지만 밖에서 사람들이 와글와글 밀려드는 탓에 그 소리를 일일이 신경 쓰는 사람은 없었다. 그들은 모두 자리에 앉아 초조한 분위기로 대화하고 있었다.

그 내용이 궁금해 나도 빈자리에 앉아 귀를 기울였다.

“오늘은 해방자님이 오실까……?”

“나, 나를 선택해주시면 어쩌지?”

“턱도 없는 소리 하지 마. 그런 가죽 장비인데 찾으시겠냐.”

"어, 어떡해……. 나 화장도 안 했는데……."

"해방자님께선 이미 아름다운 기사님과 함께 계신데, 여자를 찾으실까?"

"녀석들 눈이 장식이 아니라면 내가 선택받겠지. 이 연옥의 패자 보르슈—."

"너 요전번에 길드에 들어온 신참이잖아? 뭐 잘못 먹었냐?"

"내, 내가 선택받으면 어떡하지……. 어머니가 기뻐해주실까?"

"흥~! 너 같은 꼬맹이가 뽑힐 정도면 이 몸께서—."

역시 모두들 해방자 일행에 들어가길 꿈꾸며 이 땅을 찾은 것 같았다.

전설의 용사 일행에 들어가는 명예를 얻고 싶은 건지, 아니면 나라에서 뭔가 상이라도 나오는지 그들의 동기는 알 수 없었지만…….

그런 묘한 긴장감이 흐르는 장소에서 시간을 보내길 30분……. 귀에 들어오는 소리가 기대에서 불안, 초조함과 체념으로 바뀌어 갈 무렵, 다시 가게 안으로 종소리가 울렸다.

그리고 동시에 어딘가 순진함이 느껴지는 소녀…… 같은 목소리가 들렸다.

"와아…… 대단하다. 모험가와 전사분들이 이렇게 많이……."

"흐음, 역시 어디서 소문이 퍼졌구먼. 이 안에서 골라야 하나?"

"……선택지는 많아 보이지만, 어중이떠중이가 많으면 괜한 수고만 늘어날 것 같군요. 『나오 님』, 눈에 차는 분이 있다면 저희에게 한마디 해주십시오. 선별하겠습니다."

"왠지 죄송한 마음도 들지만…… 오늘 정하기로 선언했으니까 어쩔 수 없겠지?"

그 목소리를 듣고 돌아보니, 역시 어제 온천에서 만난 소년과 노인이 보였다.

그리고 그 옆에는 온몸을 은색 갑주로 감싼 금발 여기사가 있었다.

앗, 진짜 『큿, 죽여라』다. 큿죽 기사님이다!

그렇게 생각했을 때, 애타게 기다린 반동인지 한 전사가 자리를 박차고 일어나서 일행 앞으로 나갔다.

그 험악하기 짝이 없는 분위기와 쩌렁쩌렁한 목소리에 작은 해방자 군이 겁을 먹었다.

"나를 스카우트해줘! 나는 당신들을 쫓아 세컨더리아에서 왔어! 이래 봬도 에이프맨 정도는 혼자서 쳐 죽일 수 있다고! 나를, 나를 골라줘! 응?!"

"힉! 저, 저기, 우선 다른 분들도 보고 나서—."

"이런 평화에 찌든 녀석들은 볼 것도 없어! 나를 골라 달라고, 해방자님!"

이미 공갈이나 다름없는 분위기로 윽박지르는 그 거한을

향해 주위 사람들이 실소하는 소리가 들렸다.

그러자 이때, 그 여자 기사가 해방자 군을 지키듯 한 발 앞으로 나왔다.

"아쉽지만, 우리가 찾는 사람은 척후 능력이 뛰어난 사람이다. 전사라면 이미 충분하니 포기하도록."

"……그 전사란 게 너냐? 너 같은 여자가?"

"겉모습으로 밉보이는 데는 익숙하다. 하지만 나오 님은 내가 지킨다. 미안하군."

오, 저 기사님, 멋진데? 게다가 역시 저 노인이 엿보기란 이름의 금기를 저지르려고 했을 정도의 미모, 그리고 갑옷 위로도 예상할 수 있는 몸매의 소유자였다.

이상하네. 우리 집 여기사님과 뭔가 달라. 이상하네…….

머릿속으로 그런 비교를 하던 때, 귀를 찢는 고함이 울려 퍼지며 사내가 큰 도끼를 치켜들었다.

이건 말려야겠다는 생각으로 자리에서 일어났지만, 이내 도로 앉아야 했다.

내가 나설 기회도 없었다. 이거 참, 역시 대륙을 넘어서까지 호위로 따라온 사람들다웠다. 어지간한 사람과는 격이 달라 보였다.

"흠, 아마 용병 출신이겠지. 헌데 실력이 너무 떨어지는구먼."

"무기의 질도 나쁘군요. 제 부대였다면 파기시켰을 겁니다."

도끼가 말 그대로 벌집이 됐다.

거한이 바위에 둘러싸여 미동도 할 수 없게 됐다.

한순간에 벌어진 일이었다. 치켜든 도끼를 내리치려고 한 다음 순간 이 꼴이 되었다.

"저 아가씨는 레이피어를 쓰나? 흠, 지금 그건 검술이군."

분명 게임 시절에 존재한 검술『라피드 브레이크』였다.

발동 속도와 낮은 연비가 특징인 한 손 검 기술로, 그것을 한순간에 무수히 내질렀다.

마술과 마찬가지로 검술이나 그 외 기술 중 일부도 이 세계에 전해졌다고 봐야 할까?

그리고 갑자기 나타난 바위는 저 변태 노인의 마법일까?

"소란을 피워서 미안하다. 여기 있는 남자에 대한 벌칙 및 칼을 뽑아 버린 나에 대한 벌칙은 차후 받도록 하고, 목적을 수행해도 괜찮겠나?"

술집 주인이 묵묵히 고개만 끄덕이고 다시 자신의 업무로 돌아갔다. 정말로 담력이 큰 주인이었다.

그러자 지금 상황을 지켜보던 사람들 대부분이 자리에서 일어나 줄줄이 술집을 나갔다.

확실히 저토록 차원이 다른 실력을 보여주면, 저 일행에 참가하는 것이 얼마나 무모한지 알게 된다.

우연히도 저 거한이 날뛴 덕분에 후보가 걸러졌다.

과연, 이제 어떻게 나올까? 나는 해방자 일행의 모습을 엿봤다.

그러자 나오라고 불린 소년이 눈을 가늘게 뜨고 남은 사람들을 한 사람씩 열심히 바라봤다.

마치 그렇게 함으로써 보이는 것이 있는 것처럼…….

그러다가 그들을 엿보던 나의 시선과 그의 뜨거운 시선이 충돌했다.

그 순간, 그는 마치 예쁜 돌이라도 발견한 아이 같은 얼굴로 나에게 달려왔다.

"아, 어제 뵈었죠! 형도 스카우트를 기다리나요?"

"안녕. 어제 보고 또 만나네. 사실 그래, 해방자 군."

이대로 오늘은 던전으로 갈 생각인지, 그는 검고 긴 머리카락을 포니테일로 묶었다. 어떻게 봐도 활발한 소녀 같단 말이지…….

그런데 그때, 마치 그의 보호자처럼 다시 그 여기사가 앞으로 끼어들었다.

"나오 님, 지인인가요?"

"응. 우리와 같은 숙소에 머무는 형이야."

"……흐음, 같은 숙소에, 말인가요?"

아, 지금 분명히 경계도가 높아졌다. 의심의 눈빛으로 변했다.

좋았어. 반격! 미남 페이스의 미소를 받아라!

카이본의 공격. 하지만 효과는 없었다!

아깝다. 저는 취향이 아니신가 봅니다.

"저기, 스티리아. 난 이 사람이 괜찮다고 봐. 적어도 내 눈은 그렇게 말하고 있어."

나와 여기사가 시선으로 무언의 공방을 주고받고 있을 때, 옆에 있던 그가 제안했다.

이건 바라마지 않던 전개였다. 하지만 한 가지 신경 쓰인 점이 있었다. 『내 눈』이라는 발언이었다.

아까부터 열심히 주위를 보던데, 그에겐 무슨 특수 능력이라도 있는 것일까?

혹시 내가 얻은 [상세 감정] 같은 능력을 지녔다면 나의 터무니없는 스테이터스를 들켜 버리게 될 것이다.

그렇게 되면 힘들게 한 준비 작업도 헛일이 되지 않는가?

……뭐, 그래도 일행에 낄 수 있다면 목적은 달성한 셈이지만.

"이 인물인가요? 장검을 멘 것으로 보아 전사일 겁니다. 저희가 찾는 인물은 척후 능력이 뛰어난 사람이니 안타깝지만—."

"아, 이 검은 보다시피 거의 장식이나 마찬가지입니다. 마력 강화가 주된 역할이죠."

그럼 내 홍보를 시작해 볼까?

다행히 지금 검을 단순한 검이라고 단정하기는 힘들 터였다. 흑요석 같은 검은 보통 존재하지 않을 테니까.

"마술사인가요? 저희에겐 이미 마도사가 동행 중이니 죄송하지만—."

"척후에 특화한 능력을 가졌다고 해도요?"

여기서 물러날 수 있을쏘냐.

"검술도 어느 정도 씁니다. 마법도 다소 배웠고요. 그리고 저는 탐색에 관한 비술도 습득했죠."

"대, 대단해요! 스티리아, 역시 이 사람으로 하자! 엄청 진지한 사람인 건 어제 잠깐 이야기해 보고 알았으니까!"

안타깝지만 그건 대외적인 얼굴입니다. 진지하다니 얼토당토않죠. 이 오빠는 진지하게 사람을 놀리는 걸 즐기는 사람이랍니다.

"흠…… 이자가 고지식한 인간이란 건 나도 보장하네. 보아하니 이 중에서는 실력이 특출한 것 같고 말이야."

"어이쿠, 어제 여탕을 훔쳐보려던 어르신 아닙니까? 확실히 이쪽 여성분은 무척 아름답군요."

"뭣?! 매켄지 옹!"

"허헉?! 자네! 괜한 소리 하지 말게!"

"하하하, 이거 실례했습니다. 스티리아 씨라고 하셨나요? 목욕을 하실 때는 주의하십시오."

"……충고 고맙습니다. 하지만, 그건 그거고 이건 이겁니다. 만약 정말로 탐색 능력에 자신이 있다면 지금부터 제가 내는 시험을 통과해 보시기 바랍니다."

드디어 이야기가 진전됐다.

지금 대화로 다소 일행과의 거리가 줄어들지 않았을까? 내심 주먹을 불끈 쥐면서 그녀의 이야기를 들어보기로 했다.

"정말로 척후로 행동할 수 있다면 지금부터 제가 바닥에 떨어뜨리는 동전의 수, 그리고 종류를 맞춰 보십시오. 물론 눈은 가리고 해야 합니다."

그녀는 도전적인 말투로 허리에 찬 가죽 주머니를 들어 보였다.

술이 아니라 동전으로 블라인드 테스트란 말이지? 정말로 난이도가 높을 것 같다.

아마 [소나]를 쓰면 쉽게 해결할 수 있을 것이다. 하지만 그녀는 귀만으로 그것을 맞춰 보라고 말하고 있었다.

"그걸 어떻게 해! 꼭 이렇게까지 해야 해? 꼭?"

"안 됩니다. 제 부대의 척후병이라면 이 정도 관문은 쉽사리 돌파합니다. 최소한 그 정도 능력은 보여야죠."

"받아들일게. 그럼…… 나오라고 했나? 눈을 가려줄래?"

"앗, 네."

해방자가 가린다면 이 기사도 의심하지 않으리란 생각으로 부탁했다.

하지만 무슨 착각을 했는지 나오는 양손으로 자기 눈을 가렸다.

이 아이, 살짝 엉뚱한 면이 있네. 좀 귀엽잖아?

"네 눈을 가리면 어떡해? 자, 내 뒤에서 가려줘."

"……죄, 죄송합니다."

이 모습을 보고 주위 분위기가 누그러든 사이에 바로 어빌리티를 교체했다.

[오감 강화]

[기척 감지]

[행운]

마지막으로 운에 맡기는 것은 애교다. 하지만 극한까지 예민해진 청각은 귀로 온갖 정보를 전달해줬다.

등 뒤로 돌아간 나오의 심장의 고동, 숨소리, 그리고 눈앞에 있을 기사의 갑옷이 스치는 소리와 가죽 주머니에서 동전을 쥐는 소리.

주변 사람들이 침을 삼키는 소리, 조용히 글라스를 닦는 소리, 불가능하다고 중얼거리는 누군가의 목소리.

그리고— 천천히 공기를 흐트러뜨리며 동전이 낙하하는 소리.

바닥에 부딪친 소리. 몇 번이나 튀어 오르는 동전의 쇳소리.

속지 마라. 소리가 난 타이밍은 거의 동시— 뒤에 들린 것은 반향과 바닥을 튀는 소리다. 그리고 그 소리의 미세한 차이와 거기에 섞인 이질적인 소리에 정신을 빼앗기지 마라.

"……금화 세 닢, 은화 여섯 닢, 동화 한 닢."

"그게 다입니까?"

아니다. 전부 금속이 떨어진 소리였지만, 그중에 하나 명백하게 크기가 다른 물건이 섞여 있었다. 지금 즉석에서 준비할 수 있는 물건이라면……?

"……그리고, 이 대륙에서 활동할 거라면 그건 소중히 다루는 편이 좋아. 나를 포함해서 이 땅에서 싸우는 모험가는 모두 그것을 자신의 공적을 나타내는 증거로 소중히 여기고 있어."

"읏! ……아무래도 진짜 같군요. 이 자리에 있는 모든 모험가에게 이 결례를 사과하겠습니다. 죄송합니다."

금속판이 떨어지는 소리가 들렸다. 그렇다면 그것은 아마 던전에 도전하기에 앞서, 그 부산물인 보수를 얻기 위해 반드시 필요한 길드 카드일 것이었다.

……이 사람, 반응을 보니 처음부터 합격시킬 생각이 없었군?

"대단해…… 대단해요! 정말로 맞췄어! 마술 같아!"

"아파, 아파! 흥분하지 말고 손을 놔! 눈 찌부러질라."

"아! 죄송합니다……."

빛을 되찾은 눈에 들어온 것은 선언대로 동전과 길드 카드 한 장이었다.

흐릿한 광택이 흐르는 그것에는 『스티리아 세자드』라는 이름이 각인되어 있었다.

"잘 부탁합니다, 세자드 씨."

"……그걸 줍는 짧은 순간에 보셨나요? 후후, 아무래도 눈도 좋은 모양이군요."

"참고로 코도 좋습니다. 아침에 목욕하셨나요?"

"앗! 어, 어떻게 그걸!"

하하하! 이 오빠는 사람을 놀리는 걸 좋아하니까요.

§ § §

시험을 받겠다고 해 놓고 통과한 후 거절할 수도 없으므로 나는 무사히 해방자 일행과 함께 행동하기로 했다.

그들의 목적은 전에 들은 대로 나오의 단련이라고 했지만, 역시 오잉크의 말처럼 그들이 이곳으로 온 타이밍과 던전 발생이 겹친 점이 마음에 걸렸다.

바로 던전으로 가려는 길에 그들에게 넌지시 화산의 던전화(化)에 관해 아느냐고 물어봤다.

"우리나라는 지금 한창 전쟁 중이라네. 그 전황을 바꾸고 칠성 해방이라는 공적을 세워 전쟁 후 대륙에서 발언력을 강화하려는 움직임이 있다네."

"매켄지 옹!"

"이런 천리 타향에서 괜한 걱정을 끌어안지 말게. 끌어안으려면 그 가슴이나 안아."

"매켄지 씨…… 그건 진짜 성희롱이에요."

할아버지, 자중하시죠.

그나저나 전쟁 중이라……. 사정이 꽤 복잡한 곳에서 온 것 같았다. 이 기사, 스티리아 양이 신중해지는 것도 어쩔 수 없는 일인지 모르겠다.

"어쨌든, 그래서 다른 대륙에서 단련할 수밖에 없다고 국왕 폐하께 진언했지. 그랬더니 이 대륙을 추천받았어. 방금 질문에 대답하자면 이번 일은 우리도 예상 밖이었네."

"저기…… 실은 제가 싸움을 전혀 못해서요. 던전은 다른 곳보다 적이 강하다고 해서 급히 동료를 한 명 들이기로……."

그들의 변명을 믿는다면 이번 던전 발생은 완전히 우연이라고 할 수 있을지도 몰랐다.

하지만 이 대륙을 방문한 계기를 만든 변태 노인, 매켄지 옹은 쉽게 볼 수 없는 인물이란 생각이 들었다. 적어도 왕에게 진언할 수 있는 입장일 테니까.

"그렇다면 왜 서디스가 아니라 먼 이곳에……?"

"음, 지금으로부터 30년…… 아니, 20년이었나? 그 정도 전에 이 대륙에서 한 여성이 건너와 당시 아직 젊었던 왕에게 구원의 손길을 내민 적이 있다네. 듣자 하니 지금은 이 땅에서 길드라는 조직 위에 서 있다는군. 그렇다면 다시 우리에게 힘이 되어주지 않을까 하는 기대 때문이라네."

흠, 오잉크가 당시 세컨더리아의 한 나라에서 무슨 짓을 했나?

어쨌든 그런 이유로 그들이 기댔나 보지만…… 그것을 의심해야 한다니, 꿀돼지도 기구한 인생이구나.

조직의 수장으로서 그것이 의무이자 책무라는 것은 이해하지만…….

“유난히 이쪽 사정을 알고 싶어 하시는군요. 카이본 공.”

화산으로 향하는 길에 이야기를 듣는데 스티리아 양이 다시 의심의 눈초리를 보내왔다.

이야기를 조금 급하게 진행한 감은 있었지만, 이 정도는 단순히 수다스러움의 범주로 생각하고 넘어가도 될 텐데…….

……내가 그렇게 수상한가? 보세요, 그냥 상큼하고 말 많은 오빠랍니다.

“죄송합니다. 이제부터 함께 싸울 사이니까 조금이라도 서로를 이해하고 싶어서요. 아, 그래도 저만 묻는 것도 좀 그렇죠? 무엇이든 묻고 싶은 게 있으시면 말씀해 보세요.”

“음, 그럼 어제 그 멋진 가슴을 가진 인물과 어떤 관계인지 알려주게나. 그리고 또 한 사람, 그 귀여운 엘프 처자는 대체―.”

“자, 뭐든 물어보세요, 스티리아 양. 그리고 나오도.”

절대로 안 가르쳐줄 겁니다. 입이 찢어져도 레이스의 가슴 사이즈가 원(1), 오(0), 원(1)이란 사실은 안 가르쳐줄 겁니다.

“그, 그럼 카이본 씨는 어디 출신이세요?”

"좋은 질문이야. 자기소개 할 때 말했어야 했는데. 나는 엔드레시아 북부 숲 출신 모험가야. 참고로 현재 세계를 방랑하며 여행 중이지."

"엔드레시아…… 세상에서 가장 험난하다는 그 대륙에서 오셨나요?"

스티리아 양이 약간 경외감을 품은 목소리로 말했다.

잠깐, 나 금시초문인데? 엔드레시아가 그렇게 마경(魔境)으로 알려져 있어? 마물이 여기와는 수준이 다르게 강하다고 듣긴 했지만…… 설마 그 정도야?

"저도 알아요! 북쪽 대륙으로 가면 갈수록 위험해지죠? 그래도 이 대륙은 옛 해방자가 칠성의 봉인을 풀어서 평화로워졌다죠?"

"그렇습니다. 이 마을까지 오는 도중 나타난 마물은 분명히 수도 적고 크게 강하지도 않았죠."

그래서 이 대륙 모험가가 특별히 수준이 낮은 건가?

이유가 어찌 됐건 이제 곧 목적지인 화산 지대에 도착한다. 마음을 단단히 먹자.

마을 뒤쪽, 딱 우리가 머무는 여관 뒷산을 넘자 또 하나의 산이 나타났다.

그곳을 오르지 않고 우회하니 녹색이 드문드문 존재하는 가운데 바위가 얼핏 드러난 산이 나타났다.

이 산 중턱에 있는 동굴을 지나면 화산 지대가 나오며, 기후도 마을 주변과는 딴판으로 바뀐다는 모양이었다.

듣기로는 전에 그들끼리 가 보았지만, 갑자기 솟아오르는 간헐천이나 유독 가스, 게다가 무너져 내릴 것 같은 길이 이어지는 탓에 더는 탐색이 힘들다고 판단해 되돌아왔다고 한다.

급히 새 파티 멤버를 구하려고 한 것도 그 때문이었다.

뭐, 그게 아니더라도 파티에 들어오고 싶다며 열심히 따라다니는 사람은 많았다는 모양이지만 말이다.

아무래도 칠성을 해방하면 그들 나라에서 막대한 상을 내린다는 이유로 동료가 되려고 벼르는 사람이 끊이지 않는다는 듯했다.

나? 물론 이 화산 던전이 끝나면 계약 해제죠.

참고로 계약 기간은 최대 3개월, 던전을 돌파할 때까지입니다.

아무리 그래도 그렇게 오랫동안 이곳에 묶여 있을 생각은 없었다. 그들의 속도에 맞춰 나도 조금씩 힘을 조절할 예정이었다.

하지만, 아마 함정이나 위험한 장소 경계 외에는 내가 나설 기회가 없으리라.

왜냐하면 나오와 동행하는 두 사람의 스테이터스가—.

【Name】 스티리아 셰자드

【종족】 인간

【직업】 기사 (48), 견뢰(堅牢) 기사 (44)

【레벨】 88

【칭호】 왕국의 수호신

철의 여인

【스킬】 검술, 수호 검술, 법술, 요리, 치유 능력 강화

【Name】 포레스트 매켄지

【종족】 하프 엘프

【직업】 마도사 (50), 법술사 (39)

【레벨】 69

【칭호】 숲의 수호자

대마도사

구국의 영웅

신역(神域)의 치유사

변태 노인

【스킬】 빛 마도, 흙 마도, 수령술(樹靈術), 회복 마법

그 스테이터스는 이 대륙의 백은장을 능가했다.

설마 대륙 간에 이 정도의 격차가 있을 줄은 생각하지도 못했다.

그렇다면 그런 그들이 경외감을 품는 엔드레시아의 모험가들은 대체 어떤 스테이터스를 가졌던 것일까?

으음, 그 당시 [상세 감정]을 습득하지 못한 것이 후회스럽다.
하지만 그런 한편, 두 사람에게 호위받는 나오의 스테이터스는 빈말로도 높다고 할 수 없었다.

【Name】 란도 나오
【종족】 이세계인
【직업】 경갑 전사 (3), 해방자
【레벨】 7
【칭호】 ※※※※※의 사도
연상녀 킬러
【스킬】 재봉, 채굴, 감정, 메뉴 화면 표시

하지만 그 낮은 스테이터스보다 그가 가진 칭호가 문제였다.
문자가 깨져 보이는 그 칭호, 『※※※※※의 사도』란 대체 무엇인가?
눈앞에서 포니테일을 흔들며 좁은 동굴을 걷는 그를 바라봤다.
앳되고 천진난만함이 엿보이는 이 어린 소년에게 무엇이 숨겨져 있는 걸까?
단순히 뒷조사와 동향을 살필 요량이었지만, 해방자인 그에게 이런 신경 쓰이는 칭호가 숨겨져 있다면 솔직히 모른 척할 수 없었다.

약간, 아주 약간 그를 경계해야겠다.

아직 약해서 보호받는 입장인 소년이었지만, 그래도 나는 그의 동향에 주목해야겠다고 결심했다.

"나오, 이제 곧 출구야. 일단은 척후니까 내가 앞장설게."

"아, 네. 이 앞은 엄청 뜨거우니까 조심하세요."

"그래, 고마워."

화산 지대와 뒷산을 나누는 동굴을 빠져나가자, 방금까지 펼쳐진 시골 변두리를 연상하게 하는 풍경이 확 바뀌었다.

순식간에 다른 세계에 끌려온 것은 아닐까, 하는 착각에 휩싸였다.

……아니, 어쩌면 던전이란 일종의 이계인지도 몰랐다. 그 정도로 이 풍경의 변화는 상식과 동떨어졌다.

검붉은 바위 표면이 군데군데 벌겋게 빛나며 끝없이 펼쳐졌다.

강처럼 흐르는 용암 앞에선 저도 모르게 걸음을 주저하게 됐다.

사전 정보대로 지금 이 순간에도 화산으로 향하는 길 옆에서는 마그마와 증기가 솟아오르며 근처에 있는 인간을 불태우려고 했다.

동굴을 빠져나온 순간 이미 내 몸에서 땀이 분출하기 시작했을 정도였다.

"……정말이었군요. 이래선 화산까지 도착하기도 어렵겠어요."

"네. 우선은 화산 동굴까지 이어진 안전한 길을 탐사해주셨으면 합니다."

하지만 여기서 문제가 하나 발생했다. 믿고 있던 [소나]는 외부에서 그다지 효과를 기대할 수 없다는 점이었다.

그래도 아마 땅에 반사되는 정보는 알 수 있을 테니 지반이 약한 곳이나 간헐천이 나오는 곳 정도는 판별할 수 있으리라.

"그럼 마법을 발동할 테니까 잠깐 떨어져 있으세요."

등에 멘 검을 뽑아 칼끝이 땅을 향하도록 쥐었다. 그리고 어빌리티 발동을 의식하며 단숨에 찔렀다.

마력이 주위로 퍼지며 차차 머릿속에 조금 불명확한 맵이 그려졌다.

손을 앞으로 내밀어 메뉴를 열자 그 맵이 표시됐다.

이 메뉴는 다른 세 사람에게는 보이지 않는 것 같으니 이것을 따라가도록 하자.

"탐지 마법, 완료. 제가 앞장서겠습니다. 따라오세요."

"매켄지 옹, 지금 그건……?"

"……모르겠네. 허나 마력 파동을 느꼈어. 흠, 이자와 만난 건 예상치 못한 요행일지도 모르겠군."

"으음, 소나 같은 건가?"

나오, 정답. 혹시 네가 가진 [감정] 스킬의 힘이니?

길을 안내해 겨우 화산 기슭, 동굴 앞까지 도착했다.

여기부터가 진짜 던전의 시작이며 아마 마물도 나타날 것이다.

하지만 내 관심은 동굴이 아니라 그 옆에 있는 온천으로 향해 있었다.

"오, 이거 70도는 되겠는데? 헤헤, 내일 달걀이나 챙겨 올까?"

죄송합니다, 제가 온천 달걀을 엄청 좋아해서……. 그걸 까서 그릇에 넣고 말이죠, 맛간장을 뿌려서 후루룩 먹는 겁니다. ……아, 입에 침 고인다.

"카이본 공, 진지하게 임해주십시오! 이 앞은 미지의 영역입니다."

"온천 달걀…… 그러고 보니 여관에서는 매진돼서 못 먹었는데……. 카이본 씨, 저도 먹고 싶어요."

"카이본 공, 가능하다면 내일 나오 님 몫도 준비해주시겠습니까?"

손바닥 뒤집듯 말이 바뀌었다. 나오에겐 한없이 약하구나. 어쩔 수 없지, 귀여우니까.

동굴에 발을 들이자 공기가 들어찬 영향인지 숨이 막힐 정도로 열기가 확 몰려왔다.

동굴 안이라면 [소나]가 충분히 효력을 발휘할 것이다. 다시 바닥을 검으로 찍어 반사되는 마력을 통해 동굴 내부의 상세한 정보를 얻었다.

흠, 제법 깊고 복잡하지만, 올바른 길은 하나뿐인가?

바른 길만 골라서 간다면 공략까지 걸리는 기간은 단축될 것이다.

"여기부터는 갈림길이 많지만, 정답은 한 갈래 길뿐이군요."

"흠, 참 편리한 마법이구먼. 지향성(志向性)을 가진 마력을 방출하는 것으로 보이네만…… 자네, 그런 건 대체 누구에게 배웠나?"

"후후, 비밀입니다. 이것도 일종의 비술이라서요."

참고로 이 어빌리티를 알려(빼앗게 해)준 것은 케이브 배트 선배님입죠.

그땐 정말 놀랐지. 단순한 박쥐 마물이 이런 유익한 어빌리티를 가졌을 줄 누가 알았겠어.

"오늘 탐색 목표는 이미 정해 뒀나요? 계획 없이 들어가면 돌아오지 못하는 수가 있어요."

"그건 그렇군요. 아직 던전 초입입니다. 우선 이 층에 사는 마물의 수준을 확인하고, 우리 네 명이 전투에서 얼마나 연계할 수 있는지 시험한 후 오늘 탐사는 일찍 끝낼까요?"

"이 층……? 도중에 층이 나뉘어 있거나 한가요?"

"네. 던전은 보통 층마다 대장 격 마물이 배치되어 있습니다."

"그럼 그런 보스를 몇 마리나 해치워야 한다는 말인가요?"

"그런 셈이지. 이 화산의 크기로 보아 내 예상에는 잘해 봐야 6층이겠구먼."

"그럼 카이본 공, 본격적인 공략은 내일부터 시작해도 되겠습니까?"

아무래도 일행의 행동 방침을 결정하는 사람은 스티리아 양 같았다. 다른 두 사람은 그녀의 제안에 수긍했다.

흠, 방금 스테이터스도 그렇고 지금까지 한 발언도 그렇고, 어쩌면 그녀는 세컨더리아 대륙에 있는 국가의 요직에 있는 기사일지도 모르겠다.

그렇다면 해방자란 역시 나라의 중진이 곁에 있는 상황에서 소환되는 것일까?

"그럼 갈까요? 카이본 공, 선행 부탁드립니다."

"내가 빛의 구슬을 소환하지. 카이본 공, 조명은 이만하면 되겠나?"

"네. 이 정도 밝기라면 충분합니다. 그럼 선행 임무, 명 받들겠습니다."

돌이 달궈진 탓일까, 아니면 무언가가 타고 있는 것일까? 표현할 방법이 마땅치 않은 낯선 냄새를 품은 열기 속을 한 걸음씩 천천히 나아갔다.

도중에 몇 번인가 나온 갈림길도 내 탐사 능력으로 바른 길을 알아냈고, 함정으로 생각되는 약한 발판이나 그곳에서 뿜어져 나오는 가스도 모두 무사히 통과했다.

그리고 드디어 나타난 던전 첫 마물을 보고 모든 이의 분위기가 변했다.

"나오 님은 제 뒤를 따라오십시오. 매켄지 옹은 후방 경계, 카이본 공은 나오 님의 사각지대에 주의하십시오."

"알겠습니다. 나오, 안심하고 가."

"네, 넷!"

나타난 마물은 조금 전 떠올린 박쥐형 마물, 케이브 배트였다.

하지만 자세히 보니 환경에 적응했는지 그 몸이 비늘로 덮여 있었다.

스테이터스를 살펴봤다. 레벨은 6. 나오라도 충분히 싸울 수 있는 상대였다.

스티리아 양이 방패를 앞세우며 동굴을 날아다니는 마물 무리 속으로 돌격하다시피 뛰어들었다.

그러자 마물들이 일제히 그 침입자에게로 몰려들었다.

"그렇군. 헤이트(적개심)를 빼앗아서 미끼가 될 셈인가."

그렇게 하면 나오도 안전하게 싸울 수 있으리라.

나오 또한 양옆에 찬 검 두 자루를 뽑아 스티리아 양을 노리고 급강하하는 마물에게 달려들었다.

과연 그녀의 방어는 단단해서 공격을 쉽사리 막아 냈다.

방패에 부딪친 마물이 공중에서 균형을 잃자 그곳에 지체 없이 나오의 공격이 꽂혔다.

군더더기 없는 두 번의 참격은 확실하게 마물의 두 날개를 절단했다.

"좋아, 해치웠다!"

"자자, 방심하지 말고. 뒤에서 한 마리, 머리 위에서 두 마리 접근 중. 옆으로 한 번 스텝."

그럼 나도 내 임무를 수행해 볼까?

나오가 내 말을 믿고 몸을 옆으로 비키자, 총 세 마리의 마물이 스티리아 양에게로 몰려갔다.

또다시 방패로 튕겨 낸 마물 중 한 마리가 나오에게, 그리고 남은 두 마리가 내 쪽으로 날아왔다.

이거 해치워도 괜찮나? 역시 여기서는 나오에게 맡겨야 하나?

나오를 힐끔 보자 무사히 두 번째 마물을 격파한 참이었다.

그렇다면 나도 날아든 두 마리를 검 앞면으로 때려서 그에게 토스하자.

"나오, 그리로 갔어. 꼬치처럼 꿰어 버려!"

"네!"

기절했는지 몸을 가누지 않는 마물 두 마리가 두 자루 검의 희생양이 됐다.

나는 곧바로 숨은 마물을 찾기 위해 [소나]를 발동했다.

"……반응 없음. 전투 종료."

내 능력을 믿어준 것일까? 세 사람에게 풍기던 분위기가 평상시처럼 돌아왔다.

적이 생각보다 약하기도 했지만, 첫 전투치고는 꽤 괜찮았다고 스스로 평가했다. 다른 세 사람의 생각은 어떨까?

"해, 해치웠다……. 다행이야, 이 던전 마물은 저라도 쓰러뜨릴 수 있나 봐요."

"축하합니다, 나오 님. 그리고 카이본 공도 수고하셨습니다."

"도중에 나오에게 마물을 넘겼는데 그렇게 해도 되는 거였어?"

"네. 숨통을 끊은 사람이 마물에게서 가장 많은 힘을 흡수합니다. 가능하다면 카이본 공께서도 나오 님의 성장에 도움을 주셨으면 좋겠군요."

"그렇게 해서 나오가 성장한다고 생각한다면 그 말에 따를게."

"……말에 뼈가 있군요. 무슨 말이 하고 싶은지는 저도 압니다만……."

흔히 말하는『파워 레벨링』, 자기보다 훨씬 강한 사람의 힘을 빌려 보통은 불가능한 속도로 레벨을 올리는 행위였다.

효율만 따진다면 최적의 답이라고 할 수 있었다. 하지만 그렇게 해서 만들어지는 것은 능력만 특출하고 돌발 상황에 대응하지 못하는 종이호랑이다.

"우리도 이해하네. 그건 나라에 소속된 스티리아 양이 가장 잘 알고 있을 게야."

"……우리나라의 사정에 나오 님을 말려들게 한 점은 죄스럽게 생각합니다. 게다가 카이본 공도 저희를 생각해서 한 말이겠죠. 그렇지만……."

"카이본 씨, 이게 저희 방식이에요……. 기술이나 지식은 나중에 열심히 공부해서 따라잡을게요. 그러니까…… 지금은 저희에게 힘을 빌려주시면 안 될까요?"

제대로 이해하고 하는 것이라면…….

그것을 후회하고 부끄러워한다면…….

무엇보다 본인이 거기에만 기대지 않고 노력하겠다고 한다면—.

"주제넘은 발언이었군요. 그쪽 사정도 고려하지 않고 죄송합니다."

"아뇨, 저도 조금 감정적이었습니다."

자각한 반칙 행위란 때로는 성장으로 이어지는 법이다.

§ § §

"여기서 스톱. 이 앞에 조금 넓은 방, 천연 돔이 있는데 아무래도 마물이 제법 많은 것 같군요. 일종의 마물 소굴이라고 생각합니다."

"그, 그런가요? 스티리아, 어떻게 하지?"

첫 전투 후로 몇 차례 더 같은 마물과 전투를 거치고 이 층의 중간부에 접어들었다.

아무래도 이곳이 첫 난관이 될 것 같아서 그들에게 한번 멈추라고 제안했다.

보아하니 스티리아 양은 몰라도 다른 두 사람에게서는 피로한 기색이 얼핏얼핏 보였다.

매켄지 옹은 나이 탓도 있겠지만, 전투가 끝날 때마다 나오에게 회복 마법을 쓰는 등 자잘한 소모가 반복되어 영향을 주는 듯했다.

게다가 로브 차림이었다. 이 열기 속에서 저 복장이라면 힘들 수밖에…….

"생각보다 원활하게 진행되어 너무 안쪽으로 와버렸군요. 오늘 목표는 마물의 수준을 확인하는 것과 연계를 시험하는 것이에요. 이보다 앞으로 가면 목적에서 벗어나겠군요."

"그렇죠. 다행히 이 앞쪽 지형은 머릿속에 들어 있으니까, 한번 돌아가서 오늘 일에 대한 반성과 내일 탐색에 관해 협의합시다."

내 의도를 파악한 스티리아 양은 오늘 탐색을 일단 끝마치기로 했다.

던전 마물이 어디서 어떻게 나타나는지는 모르겠지만, 오늘 해치운 양만큼 내일 바로 부활하리라고는 생각하기 어려웠다.

그렇다면 내일 온전한 상태에서 이곳에 도전하는 것이 현명한 방법 아니겠는가.

지칠 대로 지친 나오도 거기에 동의하여 우리는 왔던 길을 돌아가려고 했다.

그럼 잠깐 이 오빠가 스파르타 정신을 발휘해 볼까?

"좋아, 나오. 돌아가는 길은 마물도 적고, 돌아보지 않는 한 갈림길도 없어. 그러니까 선두를 부탁해도 될까?"

"카이본 공, 그건—."

"괜찮아요. 뭐든 경험이죠. 다행히 이곳 마물은 이제 나오도 쓰러뜨릴 수 있을 테니까요."

그렇다. 역시 해방자는 특별한 무언가가 있는 듯했다. 나오의 레벨은 벌써 11까지 올라 있었다.

어디 그뿐인가. 내가 아는 한 나오의 스테이터스 상승폭은 게임 시절 플레이어와는 비교할 수 없는 정도로 높았다.

이 스테이터스라면 아마 레벨 15 안팎의 적 정도는 상대할 수 있을 것이다.

……물론 그것도 같은 박쥐형 마물을 상대했을 때의 이야기였다.

내 추측이지만, 그는 렌과 달리 일본에 있을 때 무술은커녕 싸움도 해본 적이 없지 않을까?

그런 그가 마물이라고는 하나 생명을 빼앗는 행위를 망설이지 않는 점이 대단히 비정상적으로 느껴졌다.

이것도 스테이터스 『정신력』의 효과라고 한다면 수긍할 수는 있었다. 하지만 아마 거기에도 한도가 있을 터였다.

지금까지 나타난 마물은 모두 박쥐였고, 겉모습도 그다지 무섭지 않은 상대였다.

하지만 만약 같은 레벨이라도 곰이나 악어, 사자 등이 상대였다면 어떻게 됐을까? 그것들을 상대로 무덤덤하게 칼을 들고 달려 나갈 수 있을까?

……적어도 지금 그에게는 무리겠지. 지금은 아직 자신의 힘이 통한다는 사실에 기뻐하고 전투의 고양감으로 감각이 무뎌졌겠지만, 이후 그것조차 능가하는 공포와 마주했을 때, 아마도 아직 그는 대응할 수 없으리라.

"……정말로 그에게 딱 알맞은 순서로 마물이 나오는걸."

"무슨 말 하셨나요? 카이본 씨."

"아니. 그럼 선행 부탁해."

"네!"

동굴을 빠져나와도 여전히 푹푹 찌는 화산 지대이건만, 공기의 흐름과 미미하게 낮은 기온 때문인지 마치 천국에 있는 것처럼 상쾌했다.

크게 기지개를 켜며 허리를 비틀자 우두둑하며 형용할 수 없는 기묘한 쾌감이 느껴지는 소리가 났다.

어째, 나 요즘 묘하게 아저씨 같지 않아?

문득 주위를 보자 나뿐만 아니라 스티리아 양까지 비슷한 행동을 하는 중이었다. 그게 왠지 우스워서 나도 모르게 미소가 떠올랐다.

"흠, 자네도 스티리아 양의 매력에 사로잡혔구먼?"

"뜬금없이 무슨 소리입니까? 매켄 할아버지."

"이상하게 줄여 부르지 말게. 저리 보여도 저 아이는 상당한 실력자야. 괜한 생각은 하지 말게나."

"걱정 마시죠. 제게는 저만 오길 기다리는 멋진 동료들이 있으니까요."

"끄으으으! 요 밉살스러운 것!"

아아, 이런 것도 나쁘지 않구나.

분명 그들은 앞으로도 이렇게 자신들의 이야기를 만들어 나가겠지.

그런 그들을 의심의 눈초리로 봐야 하는 사실을 조금, 아주 조금이지만 미안하게 생각했다.

하지만…… 오늘 하루 만에 그들을 얼마나 알게 됐는지는 확실하지 않지만, 그래도 나쁜 사람은 아니란 생각이 들었다. 특히 그, 나오는…….

"조심해, 수증기가 갑자기 올라오면 화상 입어."

"앗, 네!"

뜨거운 온천을 내려다보던 나오에게 주의를 줬다.

나는 이런 아이가 나쁜 사람이라고 생각하고 싶지 않은데…….

길드가 아니라 술집으로 귀환한 우리는 오늘 얻은 마물 부위나 도중에 나오가 주운 광석 조각을 마스터에게 제시했다. 우선 여기서 정산을 하고 길드로 가져가기 위해서였다.

길드로 가서 보수를 받은 결과, 하루 벌이치고는 꽤 짭짤한 액수를 벌었다. 나는 계약 내용에 따라 『그날 수입의 30퍼센트』를 받았다. 아, 물론 계약 종료 시에는 별도로 계약금을 받기로 약속했다.

오늘 일당은 약 2만 룩스. 하루 벌이로는 더할 나위 없는 액수였다.

이대로 가면 마물의 질이나 수가 늘어날 던전 심층부에서는 더 큰 액수도 기대해 볼 수 있음직했다.

"후우…… 그럼 여기서 헤어질까요?"

"흠, 그러세. 자네, 혹시 밤에 시간이 있다면 우리 방으로 오지 않겠나? 내일 계획을 짜고 싶네."

"아, 그랬지, 참. 후후, 같은 숙소라서 다행이지? 스티리아."

"……네. 그렇군요."

역시 같은 숙소란 점이 마음에 걸리는지, 스티리아 양은 아직도 석연치 않은 눈치였다.

아니, 정말로 우연이라고요. 기왕이면 가장 고급 숙소에 머무르고 싶은 게 사람 마음 아니겠습니까?

이것만은 시간이 해결해주길 기다릴 수밖에 없으니 포기하고, 한발 먼저 길드를 떠나는 그들을 배웅했다.

어디, 그럼 나도 내 역할을 수행해 볼까?

2장 저마다의 속셈

『안녕하세요, 본본. 빠른 속보네요.』

"나도 맡은 일 정도는 확실히 한다고."

길드 안쪽에서 통신 마도구를 빌려 바로 우리 총수님에게 경과를 보고했다.

개인적으로는 그다지 그들을 의심하고 싶지 않지만…….

오잉크에게 내가 들은 이야기를 전했다. 왜 그들이 이 대륙을 골랐는가. 그들의 대륙이 지금 어떤 상황인가. 그리고 실제로 하루 함께 행동하며 무엇을 느꼈는가.

스티리아 양은 순수하게 나라를 생각해 행동하는 기사이자 동시에 나오에 대한 죄책감 때문인지, 아니면 보호 욕구가 있어서 그런지는 모르겠지만, 무척 소중히 대하는 것이 눈에 보였다.

매켄지 옹은 종잡을 수 없는 인물이었지만, 적어도 선한 인물을 연기하는 것처럼 보이지는 않았다. 스티리아 양을 놀리면서도 그녀가 흥분하면 타이르는 좋은 보호자 같은 인상이었다.

그리고 마지막으로 해방자인 나오.

스테이터스에 관해서는 오잉크에게 보고하지 않았지만, 그가 어떤 간사한 계획을 꾸미고 있으리란 생각은 들지 않았다.

약하지만 적극적으로 노력하는, 아직 어른이 되지 못한 아이로 보였다.

그 일행이 화산 던전화와 관련되었다고는 도저히 생각하기 어려웠다.

적어도 그들이 이 대륙을 목표로 삼은 이유는 오잉크의 과거 행적에 기인한 것이었다.

『그래요……. 그 일행에게 꿍꿍이가 있는 것처럼은 보이지 않는다는 말씀이군요.』

"그래. 적어도 그들이 뭔가를 했다고는 생각하지 않아. 오히려…… 전쟁 중인 대륙에서 왔다면 그쪽 나라의 녀석들이 뭔가 했다고 생각하는 편이 그나마 납득할 수 있어."

『이해했어요. 그렇다면 던전 발생으로 예상보다 강한 마물이 나타나서 일행을 제거한다, 이런 건 어떤가요?』

"……그게 정말 사람 손으로 가능하다면, 아니라고 단정할 순 없겠지."

『예시일 뿐이니까 곧이곧대로 받아들이지 마세요. 던전화란 본래 자연적으로 발생한 강력한 마물을 핵으로 삼아 주위 지역이 변질되는 현상이에요. 그렇게 인공적으로 핵을—.』

거기까지 말한 오잉크가 말을 끊었다.

그녀는 사람의 생각을 읽는 데 능한 인물이자 내 절친한 친구라고 부를 수 있는 여성이었다.

분명 오잉크도 생각이 미쳤으리라. 내가 경험한 **그 사건**과의 연관성에 말이다.

『……설마, 마인즈밸리에서 일어났던 일인가요?』

"맞아. 그 주물로 변한 소녀가 만약 그대로 방치되었다면 어떻게 되었을까? 어쩌면 그 광산이 통째로 던전이 되진 않았을까?"

『크롬웰 옹도 일종의 이계로 변하고 있었다고 보고했죠……. 아무래도 그 건을 본격적으로 조사해야 할 것 같네요.』

"어쩌면 이쪽에서도 무슨 일이 일어날지 몰라. 만약을 위해서 사람을 배치해줘."

『알겠어요. 그럼 앞으로는 일행을 감시하기보다 예측하지 못한 사태가 일어나지 않는지 지켜봐 주세요. 그쪽 대륙에서 죽으면 국가 간의 문제로 불거질지도 몰라요.』

정말로 조직의 수장다운 언동이 몸에 배었구나.

너는 란란거리면서 천진난만하게 노는 모습이 더 어울린다고 생각하는데…….

그런 속 편한 생각을 머리 한쪽으로 몰아넣고, 나는 목소리를 조금 낮춰서 질문했다.

"그럼 마지막으로 하나만 더. ……아캄에 관해 꿀돼지의 의견을 들려줘.”

아마도 현재 진행형인 문제이자 가장 그녀의 골머리를 썩이고 있을 인물에 관해…….

오잉크가 제거할 수 없는 상대. 이미 국가가 멸망했는데도 불구하고 아직도 이 대륙에 뿌리 내리고 있는 강대한 상대.

나와 마찬가지로 게임을 즐겼고, 그리고 나보다 오래 이 세계에서 싸워 온 그녀라면 그 힘을 더욱 정확하게 파악하고 있지 않을까.

『강하다고만 말해 둘게요. 그 힘은 분명 정도(正道)를 벗어난 자만이 얻을 수 있는 힘일 거예요. 죄송하지만, 지금 제가 말할 수 있는 건 이거밖에 없어요. 그래도…… 본본이 그와 만나는 건 본본에게 필요한 일이라고 생각해요.』

의미심장한 그녀의 말에는 무언가 깊은 의지가 담긴 것 같았다.

그것이 무엇인지는 모른다. 그러나 그녀가 그런 말을 할 정도의 상대였다.

“그럼 이제 통신을 끝내도 될까?”

『……네. 조금 서운하지만요.』

그건 피차일반이야. 가끔 발로 차기 좋은 너의 엉덩이와 쭉쭉 늘어나는 볼이 그리워.

“조만간 이쪽으로 올 일이 있다고 했지?”

『네. 매년 수확제에 빠지지 않고 출석하고 있어요. 후후, 그

때까지 그쪽 상황을 조금이라도 개선해주시면 고맙겠어요.』
"이 세계에선 돼지가 사람을 부려먹네."

§ § §

통신을 마치고 숙소로 돌아왔다.
탐색이 원활하게 진행된 덕분에 시각은 겨우 오후 세 시를 지난 참이었다. 아직 해도 높았고 시간도 약간 남았다.
우리 집 아가씨들은 의뢰를 받는다고 했는데, 지금쯤 뭘 하고 있을까?
"기왕 이렇게 된 거 마을이나 구경하면서 돌아다닐까?"
이 마을의 첫인상은 애써 어른인 척 꾸민 아이처럼 조화롭지 않은 느낌이었지만, 점점 익숙해지자 좋은 점이 많이 눈에 띄었다.
예를 들면, 마을 안에 설치된 수로나 그것을 타고 흐르는 깨끗한 물.
가로수도 많이 심어 놓았는데, 아무래도 수로와 연결된 마도구가 자동으로 물을 주는 듯했다.
문득 눈에 들어온 채소 가게를 둘러보자 지열의 영향인지 조금 철 이른 토마토나 가지, 그리고 색이 연한…… 아마도 양배추로 생각되는 채소까지 진열되었다.
너무 맛있어 보여서 그것들을 사고 말았다.

의외로 이구조 씨는 원래 세계가 그리워 이 마을을 만들었는지도 모르겠다.

영웅이라고 불리는 위인이라도 다 똑같은 사람이지.

"오, 이번에는 건어물 가게인가?"

버섯과 생선, 정체 모를 고깃덩이부터 엄청나게 큰 상어 지느러미까지…….

이런 별난 먹거리를 다루는 가게는 정말이지 계속 봐도 질리지 않는다.

"실례합니다, 그 이상하게 큰 다시마 같은 건 뭐죠?"

"응? 이건 그 뭐냐, 그냥 장식이야. 가짜 다시마지."

"뭐야, 그거 가짜예요?"

어떤 국물을 낼 수 있을지 조금 기대했거늘…… 네 이놈, 짝퉁 다시마!

이 가게에서도 일단 눈에 띄는 물건을 사들이기로 했다. 그러던 중 누가 달려오는 소리가 들렸다.

무슨 일인가 싶어 돌아보자 그곳에는—.

"카이 군 발견~! 체포한다~!"

"으악~, 잡혔다~."

"후후후, 책 읽는 것처럼 어색해."

베테랑 형사가 된 류에였다.

류에 뒤로 싱글벙글 웃으며 레이스도 따라왔다.

오늘은 의뢰를 받지 않았나 보다. 그녀의 복장은 전투용

드레스가 아니라 귀부인 같은 스커트와 블라우스였다. 음, 여기에 양산만 들면 완벽하겠어.

"카이 씨, 의뢰는 이제 끝나셨나요?"

"응. 오늘은 일찍 마쳤어. 두 사람 다 오늘은 의뢰를 받지 않았나 봐?"

"아니, 받았어. 오늘은 마을 밖 노온에서 농사일을 도왔지."

"무척 귀중한 체험이었어요."

"후후, 레이스는 물에 빠졌지만 말이야. 그래서 방금 갈아입고 나온 참이야."

"류, 류에…… 그런 말을 왜 해요~."

……나도 그쪽으로 갈걸!

그 후, 나는 그녀들과 함께 여관으로 돌아와 서로의 의뢰에 관해 이야기했다.

오늘 그녀들은 모내기 준비로 수로에서 물을 끌어올 때 흘러들어오는 수생 마물을 퇴치했다고 한다.

"카이 군은 어땠어? 다른 사람과 파티를 맺는 건 처음 아니었어?"

"문제없었어. 예쁜 기사 아가씨와 어제 본 두 사람과 사이좋게 화산 탐색을 하고 왔어."

"여성분이 있으셨나요?"

"홍일점이었지. 아마 그들 출신국의 중역이 아닐까 싶어."

그러고 보니 밤에 한번 방으로 와 달라고 했었지.

목욕을 끝내고 저녁을 먹은 뒤에 가면 되겠지. ……아!

깜빡했다. 목욕……. 그러고 보니 이 누님, 혼탕에 들어가자고 했지.

이제 와서 긴장되기 시작했다. 오늘도 훌러덩은 봉인하고 꼭 수건을 감도록 하자.

"이, 이제 곧 다섯 시예요, 카이 씨."

창으로 비치는 햇빛이 약해졌을 무렵, 부부 시추에이션을 동경하는 레이스가 초조해하기 시작했다.

그 모습이 어쩐지 평소 여유로운 모습과 동떨어져서 자연스럽게 내 긴장을 풀어줬다.

나는 대체 뭘 긴장했던 것일까. 레이스는 분명히 지금까지 놓친 시간을 되찾고자 조금이라도 많은 추억을 남기려는 생각일 텐데.

조금 서두르는 감이 없잖아 있었지만, 레이스의 환경을 생각하면 어쩔 수 없는 일인지도 모르겠다.

그냥 보내는 시간과 기대하며 기다리는 시간은 체감 속도가 전혀 다를 테니까.

유카타를 잊지 않고 옆구리에 낀 채 의욕 넘치는 표정으로 레이스가 일어났다.

흡사 기대감을 참지 못하는 아이 같은 행동에 이끌려 류에까지 벌떡 일어났다. 돌아보니 류에의 손에 어떤 주머니가 들려 있었다.

“그, 그럼 갈까요?”

표정이 딱딱해지고 조금 힘이 들어간 걸음으로 나가는 레이스를 쫓아 류에도 뒤를 따랐다.

“후후, 내 동생 귀엽지?”

“그러게.”

류에는 눈을 가늘게 뜨고 자상하게 미소 지었다. 조금씩 세 사람의 관계가 본디 있어야 할 방향으로 변해 가고 있는 듯한, 혹은 인연이 깊어지는 듯한, 그런 포근한 감정이 가슴에 차올랐다.

“그런데 그 주머니에 든 건 무엇이당가?”

“물총이야.”

……역시 네가 더 어린애 같단 말이지.

§ § §

혼욕을 할 때는 역시나 통째로 빌리는 전용 온천을 사용하는 것 같았다.

장소는 어제 온천보다 높은 산 속, 말 그대로 아기다르를 한눈에 내다볼 수 있는 완벽한 위치였다.

가벼운 발걸음으로 앞을 걷는 두 사람을 따라가다가 탈의실 앞에서 한 번 멈춰 섰다.

"그럼 두 사람이 먼저 들어가."

"아, 그렇죠. 역시 함께 벗긴…… 부끄러우니까요."

"응? 아, 그렇지. 부끄러워할 줄도 알아야지."

"이해해주셔서 정말로 감사합니다."

안에서 두 사람의 말소리, 그리고 천이 스치는 소리가 흘러나왔다. 의식하지 않으려고 했는데도 불구하고 무의식적으로 침이 넘어갔다.

……뭐, 이것도 내가 젊고 건장한 남자란 증거지.

게다가 들어가면 의외로 그런 번뇌도 사라질지도 모른다.

정신력 스테이터스 님이 분명 열심히 일해 줄 거다.

"카이 군~, 먼저 들어갈게!"

"알았어. 지금 갈게."

마지막 관문, 낙원으로 가는 문, 심판의 시간. 욕탕으로 이어진 문을 잡고 천천히 밀었다.

시야가 트인 순간, 온천 수면에 반사된 저녁 햇빛이 내 얼굴을 눈부시게 비췄다.

그리고 눈이 익숙해지자…… 환상적이고 어딘지 모르게 비현실적인 광경이 펼쳐졌다.

"하하…… 번뇌 타령할 때가 아니었군……."

계단식 논, 아니, 아마 계단식 논을 떠올리게 하는 저수지가 아닐까.

산의 경사면을 이용한 못이 층층이 계단을 이루었고, 물은 조용한 흐름을 만들었다.

잘 보면 김이 올라오는 것 같았다. 고온의 물을 식히기 위한 장치라도 있는 것일까?

"카이 씨, 여긴 멋진 곳이네요."

"봐, 저게 전부 뜨거운 물이야! 멋져. 꼭 계단처럼 층이 졌어."

감동을 숨기지 못하고 흥분한 목소리에 돌아보자, 수건을 감은 류에와 레이스가 있었다.

희미하게 저녁 햇살에 물든 그녀들의 모습을 보고, 비유가 아니라 정말 한순간 호흡이 멈췄다.

햇살 말고도 다른 이유로 어렴풋이 얼굴을 물들인 레이스의 수줍은 미소. 순수하게 싱글벙글 웃는 류에.

그래. 그랬군, 그랬어. 이것이, 아니, 이곳이 이 세상의 낙원인가?

계단식 저수지가 내려다보이는 온천에 들어가 그저 말없이 시간을 보냈다.

아아, 이대로 여기서 계속 시간을 보내면 별이 저 수면으로 떨어지겠지.

그것은 분명히 지금보다 더욱 멋질 테고, 우리를 다른 세계로 인도해주리라.

"후후…… 저는 마음이 초조했었나 봐요."

"매일 즐거워서 마음이 들뜨지? 나도 처음에는 그랬어."

양옆에 있는 두 사람이 조용히 대화했다.

“여행을 즐겨줘서 나도 기뻐.”

석양이 천천히 저수지를 따라 저물었다.

“카이 군, 일은 괜찮아? 정말로 문제없었어?”

난데없이 류에가 그렇게 확인 질문을 했다.

그녀가 그런 질문을 하게 된 이유를 만들어 버렸나 싶어 덜컥 불안해졌다.

“……그렇지. 조금이지만 불안감도 있어.”

무엇이라고는 말하지 않았다.

이 분위기 때문일까? 나는 가슴속에 있는 마음을 털어놓았다.

“카이 씨도 불안을 느끼는 일이 있군요. 그 소릴 듣고 조금 안심했어요.”

“하하하, 그게 무슨 말이야?”

“저는 강하고 거만한 당신밖에 본 적이 없어요. 그렇지만…… 더 다양한 얼굴을, 생각을 저희에게도 보여주세요.”

“맞아, 카이 군. 잊었어? 카이 군은 내 제자이기도 해.”

“어머, 그 얘긴 처음 듣는데요?”

그렇다. 나는 평범한 인간이다. 마술도 다룰 수 없는, 가진 것이라곤 힘뿐인 인간이었다.

겉발림할 필요는 없었다. 항상 여유로운 모습을 보이지 않아도 괜찮았다.

"조금 마음에 걸리는 일이 있어. 하지만…… 이젠 어떻게든 될 것 같아."

"응? 내가 도와주지 않아도 괜찮겠어?"

"뭐든 말해주셔야 해요?"

"그렇게 말했겠다? 그럼 레이스, 등을—."

"지금 씻겨드릴게요."

아, 그렇게 힘차게 일어나지 마. 흘러넘칠라!

"……긴장한 건 나도 마찬가지였나."

두 사람이 예사롭게 건네는 말이 물의 열기보다 깊이 몸을 파고들었다.

나는 나답게 행동하면 된다. 무리하게 주위에 맞추지 말고 자유롭게 행동하자.

불안은 있었다. 하지만 그런 건 나에게, 마왕도 뭣도 아닌 나에게 걸리면 무슨 대수겠는가?

이렇게 보여도 친구 사귀는 건 특기다.

그것이 설령 정체불명의 존재라도 말이야. 그렇지? 나오.

"가, 가려운 곳은 없으세요?"

"없습니다~."

"카이 씨, 이렇게 보니까 몸이 엄청 좋으시네요……."

"그 말을 고스란히 돌려드리죠……."

꿈만 같은 기분이었다. 얼빠진 목소리밖에 나오지 않을

정도로 꿈만 같은 기분이었다.

등을 박박 문지르는 데 맞춰서 굉장히 부드럽고 행복한 감촉도 오르락내리락했다. 그야말로 해피 벌룬 파이트(?).

그녀의 꿈인 부부 시추에이션 중에서도 상위에 위치할 『등 씻겨드릴까요?』를 달성했지만, 이 오빠는 참 곤란합니다.

설마 이런 복병이 숨어 있을 줄이야.

"레이스, 나한테도 시켜줘."

"……."

"아앗?! 내가 문지를 부분이 없어져!"

그만! 그렇게 급하게 문지르지 마! 피부 까져!

"아뜨뜨…… 물이 조금 스미네."

"죄, 죄송해요!"

"등을 독점한 벌이야, 에잇!"

이런 식으로 다른 사람과 탕에 들어오는 것이 몇 년 만일까?

준비해 온 물총으로 노는 류에와 미안해하며 받아들이는 레이스를 바라보다가, 해가 점점 저물어 가는 것을 느끼고 하늘을 올려다봤다.

"카이 씨. 별이 쏟아질 것만 같아요."

"정말이야. 바다에서 봤을 때보다 더 예쁘게 보여."

정신을 차리고 보니 류에와 레이스가 곁에 와 있었다.

두 사람은 내 노고를 달래듯 손을 내 등에 올렸다.

저수지에 비치는 별천지와 커다란 초승달.

그것을 바라보며 그 별에 지지 않을 만큼 눈동자를 빛내는 두 사람의 옆얼굴…….

『달이 아름답네요#6』 같은 문학적인 표현은 아무래도 내 머리에서는 퍼뜩 떠오르지 않았다.

그러니까 마음속으로 생각하자. 평범한 나에게 어울리는 『너희가 더 아름다워』 같은 말을…….

문득 이렇게 지내는 이 시간이 무엇과도 바꿀 수 없는 기적처럼 느껴졌다.

행복의 정의 같은 건 모르지만, 아마 적어도 나의 행복은—.

"카이 씨, 오늘은 고생 많으셨어요."

"카이 군, 내일부터도 힘내. 우리는 언제든 여기서 기다릴 테니까."

"……그래. 둘 다 고마워."

분명, 이곳에 있다.

§ § §

다음 날 아침. 오늘도 행복의 구현체라고 불러 마땅한 물체에서 왼팔을 뺀 후, 뒷산으로 가기 위한 준비를 했다.

어제 저녁 식사를 마치고 나오의 방에 의논하러 갔을 때

#6 달이 아름답네요 소설가 나쓰메 소세키는 『I love you』를 일본인의 정서에 맞춰 『달이 아름답네요』로 번역했다는 일화가 있다.

들었는데, 그는 매일 아침 뒷산에서 훈련한다는 모양이었다.

그래서 그 모습이라도 보러 가자고 생각했는데…….

"응…… 카이 씨……? 어디 가세요……? 같이 자요."

귀에 들려오는 레이스의 달콤한 목소리에 심장이 멎을 뻔했다.

하지만 그것은 잠꼬대였나 보다. 그녀는 그대로 오늘도 류에를 붙잡아 자기 쪽으로 끌어당겨 칭칭 옭아매 버렸다.

"……무섭다고 해야 하나, 부럽다고 해야 하나……."

쥐 죽은 듯 고요한 목조 건물은 왠지 나의 등을 곧추세우게 한다.

차가운 아침 공기가 깔린 바닥을 밟자 삐걱거리는 소리가 끼익끼익 희미하게 울렸다.

그런 그립고 독특한 분위기 속에서, 나는 오늘도 산을 오르기 위해 여관 뒤편으로 나갔다.

그런데 마침 나오도 나가려던 참이었는지 그의 등이 앞에 보였다.

"안녕, 나오. 훈련하러 가?"

"아, 안녕하세요! 혹시 카이본 씨도요?"

"어제 네가 말해서 조금 궁금하더라고."

"아직 검에 익숙하지 않아서 보여드리려니 좀 부끄럽네요."

오늘도 나오는 머리를 포니테일로 묶었다. 듣기로는 몸을 격하게 움직일 때는 묶지 않으면 방해가 된다나…….

쑥스럽게 웃는 그에게서는 어떤 다른 마음을 품은 낌새가 눈곱만큼도 느껴지지 않았다.

그 스테이터스에 표시된 『※※※※※의 사도』란 칭호는 그의 자의적인 행동으로 붙은 것이 아닐지도 모르겠다.

혹시 렌에게도, 즉, 해방자에게는 무조건 붙는 칭호일까?

점점 갈수록 [상세 감정]을 일찍 얻지 못한 것이 후회스러웠다.

"카이본 씨의 검은 어쩐지 흑요석 같아서 예쁘네요."

"아, 이거 말이야? 뭐, 거의 지팡이나 다를 바 없어."

"엄청 편리한 마법이었어요. 제가 있던 세계에도 비슷한 기술이 있었거든요."

그는 나에게 땅속을 탐색하는 소나나 어군 탐지기 이야기를 들려줬다.

물론 나도 같은 세계 출신이므로 아는 내용이었지만, 시치미를 떼고 맞장구쳐 넘겼다.

"그런데 나오, 넌 언제 이 세계로 소환됐어?"

"음…… 아마 반년 전이었을 거예요. 계절 감각이 뒤죽박죽이어서 잘 기억나지 않지만요."

"그래? 그렇군. 힘들었지?"

들은 바로는 그는 아직 열일곱 살밖에 되지 않았다. 아직 한창 놀고 싶을 나이일 텐데…….

렌과 똑같이 예민한 시기에 불려온 그는 무슨 생각을 하며 나날을 보내고 있을까?

산을 다 오르자 아마도 인공적으로 만들어졌을 광장이 나왔다.

나오는 허리에 찬 검 두 자루를 뽑아 가슴 앞에 교차시켜 자세를 잡았다.

커다란 손도끼를 닮은 검과 그것보다 조금 도신이 긴, 자루와 칼날이 일체인 유선형 검을 쓰는 조금 변칙적인 이도류였다.

나오는 그것을 기합과 함께 종횡 교대로 반복해서 휘둘렀다.

흠, 조금 어색한데? 이 형이 이상적인 리듬을 알려주마.

기합 소리는 『셰이셰이하!』[#7]다.

얼추 훈련을 끝낸 나오가 나를 돌아봤다.

살짝 땀에 젖은 모습을 봐도 역시나 운동부 활동을 마친 여자아이로밖에 보이지 않았다.

일해라, 남성 호르몬. 여성 호르몬, 넌 좀 자제하고. 조만간 가슴도 나올라.

"보, 보시면서 뭐 깨달은 점이라도…… 있으신가요?"

나오는 조금 밭은 숨을 뱉으며 나에게 충고를 바랐다.

"으음, 나도 독학이라서 뭐라고 말하기가 그래. 다만, 기합

#7 셰이셰이하! 게임 『파이널 판타지14』 관련 게시판에서 유명해진 문구. 「FF14의 전투 리듬. 붕…… 붕……. 이상적인 전투 리듬. 셰이셰이하!」.

과 움직임이 조금 따로 노는 느낌이야. 그리고 체력이 너무 부족해 보여."

……내심 살짝 스승님 캐릭터 같아서 흥분한 건 비밀이다.

이거 제법 재미있는데? 스승님 포지션도 좋은걸?

"으…… 그, 그렇죠……. 몸부터 만드는 편이 나으려나……."

"일단 기합은 숨을 뱉는 타이밍을 의식해서 그 순간에 팔을 휘두르도록 해. 그리고 산을 오를 때도 조깅하듯이 다리를 높이 들어."

그것만으로 심폐 기능이 단련되고 준비 운동도 된다.

아마 나오는 일본에 있을 때 운동을 그다지 하지 않는 사람이었을 것이다.

그런 상태에서 검을 휘두르기보다는 더욱 근본적인 부분을 단련하는 편이 나을 듯했다.

다행히 전투 능력은 다른 사람보다 빠르게 성장했다. 그렇다면 기초를, 몸을 쓰는 방법이나 호흡을 배우는 게 가장 효율적이라고 생각했다.

"그럼 시험 삼아 같이 산을 올라 볼까? 내려가자, 나오."

"앗, 네! 잘 부탁합니다!"

등산을 두 번, 그리고 검을 무리 없이 휘두를 수 있는 횟수를 파악하기 위해 연속으로 검 동작을 시켜 그의 현재 운동 능력을 본인 몸으로 외우게 했다.

첫날은 이 정도면 됐겠지. 만약 스티리아 양에게도 단련 받고 있다면 그쪽에 지장이 생겨도 곤란할 테고.

땀범벅이 돼서 산기슭에 드러누운 나오를 내려다보면서, 나는 위장용 도구 주머니에서 수통을 꺼내는 척하며 아이템 박스에 든 수통을 건넸다.

"수고했어. 받아. 미안, 갑자기 하려니까 힘들었지?"

"아, 아뇨……. 항상 얼마나 해야 좋을지 몰라서 더 무리하게 했거든요. 아, 물 고맙습니다."

"오늘은 어느 정도 움직일 수 있는지 확인해 볼 생각이었으니까 내일은 이것보다 조금 편해질 거야."

"아, 내일도 도와주실 건가요?!"

"그래. 바란다면 계약 기간 동안은 얼마든지 도와줄게."

진심으로 기뻐하며 벌떡 몸을 일으키는 나오의 얼굴에는 또래 아이다운 표정이 떠올라 있었다.

"오늘은 정오 전에 화산 지대 앞 동굴에 집합이었나?"

"네. 오늘 중으로 중간 지점 광장을 공략하는 거죠? 열심히 해 봐요!"

"그래. 일은 빈틈없이 할 테니까 안심하고 싸워."

의욕이 넘쳐 주먹을 쥐는 모습에 흐뭇해져 나도 모르게 필요 이상으로 도와주고픈 마음이 솟았다.

스티리아 양이 신경 쓸 만하군. 넌 사람에게 사랑받는 재능이 있어.

나오와 헤어진 후, 아마 아직 꿈나라에 있을 두 사람에게로 돌아갔다.

§ § §

"오늘은 저희도 화산에 가기로 했어요."

"화산에서 채집할 수 있는 소재는 비싸게 사준대! 후후, 우리가 싹쓸이해버려도 원망하진 마."

아침을 먹고 류에와 레이스가 한발 먼저 화산으로 간다고 하여 여관 앞에서 배웅했다.

도중에 도사린 위험을 설명하려고 하자 미리 알면 재미가 없다며 류에가 그것을 거절했다.

괜찮아? 용암에 풍덩하지 않아? 그렇게 되면 내가 냉정하게 있을 수 없는데?

"으음, 더운 곳이라고 하니까 먼저 전부 얼려버리고 가는 건 어떨까?"

"하면 안 된다? 온천에 영향이 생길지도 모르니까."

"그렇구나. 그럼 우리가 다닐 곳만 얼릴까?"

……괜한 걱정이었군.

나는 그녀들보다 두 시간 정도 늦게 숙소를 나와 약속 장소인 동굴 앞으로 향했다.

내가 마지막으로 도착해서 그런지 스티리아 양의 기분이 언짢아 보였다.

"죄송합니다, 많이 기다렸어요?"

"척후병이 마지막으로 오는 일은 있어선 안 됩니다. 조금 해이하신 것 아닌가요?"

"음, 그럼 다음부터는 정확한 시간을 지정해줘요. 정오 전이라고만 하면 곤란하니까."

"아, 제가 시간을 정확히 정하지 않는 바람에……."

발안자인 나오가 미안한 투로 말했다. 어이쿠, 다음에 나올 전개가 눈에 보인다.

"……저도 잔소리가 심했습니다. 군사 행동의 버릇이 남아서…… 죄송합니다."

"저야말로 깊이 생각하지 못해서 죄송합니다. 내일부터는 가벼운 정찰 정도는 해 놓을게요."

손바닥 뒤집듯 말이 바뀌었다. 그러나 그녀의 말도 지당했다.

지금 나는 척후병이었다. 미리 주위 정보를 조사하는 것도 내 임무였다.

어쨌든 우리는 오늘도 첫 난관인, 화산으로 이어진 용암지대를 통과하기 위해 걸음을 옮겼다. 하지만 그곳에는 예상하지 못한 광경이 펼쳐져 있었다.

스티리아 양조차 입을 떡 벌리는 상황이었다.

"맙소사…… 무슨 일이 벌어진 게야……."
"이야~, 이거 편하겠네요. 저걸 따라서 갑시다."
"술집에서 오늘 다른 탐색 팀이 하나 있다고 들었는데, 설마……."
황야는 여전히 붉게 타오르고 있었다. 다만, 오늘은 화산으로 이르는 곳까지 한 줄기 순백색 길이 나 있었다.
보나 마나 우리 집 얼음 마이스터 씨의 소행이겠지.
용암도 간헐천도 평등하게 얼려버려 화산까지 최단 코스를 만들어 놓았다.
"용암도 어는구나……. 마법이란 대단하네요."
"으…… 으음, 하지만 간헐천까지 얼었다면……. 안쪽 깊숙한 곳까지 얼리지 않으면 불가능할 게야."
"……마도사, 그것도 궁정 마도사에 필적하는 실력자가 이 앞에……."
아, 그거 우리 집 아가씨입니다. 우리 집 애가 좀 대단하긴 하죠. 오빠로서 자랑스러울 따름입니다.
먼저 가고 있을 탐색 팀(아마 류에와 레이스) 덕분에 우리는 수월하게 화산 입구에 도착했다. 입구 부근 온천까지 얼리진 않았을까 걱정했지만, 다행히 오늘도 고온의 물이 보글보글 솟아나고 있었다.
"어디 보자…… 딱 좋군."
손가락을 넣어 수온을 쟀다. 아마 70도 전후겠지. 익숙하지 않은 사람은 따라 하지 맙시다.

바로 준비해 온 달걀을 꺼내려고 하는데—.

"카이본 공, 뭘 하시는 거죠?"

"아, 그게…… 온천 달걀을 만들려고요. 20분 정도 여기서 대기해도 괜찮을까요?"

"안 됩니다. 그건 탐색이 끝난 다음에 해주세요."

"음, 맞는 말이네. 자, 나오 공도 기대하며 보지 말고 들어갈 준비하게."

"아…… 네. 죄송합니다."

정신을 차리고 보니 옆에 나오가 와 있었다. 그렇게 온천 달걀이 먹고 싶었니…….

달걀은 전투 중에 깨지지 않도록 바위 뒤에 숨겼으니, 오늘도 던전 탐색에 나서 볼까?

화산에 발을 들인 순간, 어떤 위화감을 느꼈다.

그것은 뒤를 따르는 세 사람도 마찬가지였는지, 동시에 의아한 목소리가 새어 나왔다.

다름 아닌 기온이 내려가 있었다. 어제는 한 발 들이기가 무섭게 땀이 나오는 게 느껴질 정도였는데, 지금은 마치 욕실 안에 있는 정도의 더위밖에 느껴지지 않았다.

설마 이것도 먼저 간 우리 집 아가씨 짓인가?

하지만 쾌적해서 나쁠 것은 없었다. 우리는 그대로 어제와 같은 길을 따라갔다.

도중에 [소나]를 발동해 봤지만, 다행히 이곳은 『이상한 머시기』처럼 무작위로 내부 구조가 바뀌는 던전은 아닌 듯하여 안심하고 나아갔다.

"그나저나 마물이 나타나지 않는군요."

"던전은 주위에서 마물을 불러들일 뿐만 아니라 이상 번식도 일으킨다고 하지. 평소보다 높은 빈도로 마물이 나타난다고는 하나, 하루 이틀 사이에 솟아나진 않을 게야."

"그러나 방심은 금물입니다. 카이본 공, 당신의 힘을 의심하는 것은 아닙니다만, 부디 긴장을 늦추지 마십시오."

하지만 경계하는 게 허탈할 정도로, 앞으로 계속 나아가도 마물은 코빼기조차 보이지 않았다. 어쩌면 류에와 레이스가 마물을 모조리 소탕했을 가능성도 있지 않을까 싶어 내심 식은땀을 흘렸다.

……나오 육성 계획, 오늘은 개점휴업인가?

그렇게 생각한 그때였다. 어제 지나온 분기점 앞에서 기온이 한층 더 내려가기 시작했다.

"스톱. 잠깐 먼저 가서 상태를 보고 올게요."

"알겠습니다. 모쪼록 조심하십시오."

모퉁이에 몸을 붙여 앞쪽을 엿보기로 했다.

이 앞은 길이 좌우로 갈라졌고 그중 하나가 꽝이다. 다른 쪽은 천연 함정이라고 해도 좋을 대량의 간헐천이 솟는 곳이었다. 조심조심 그곳을 엿보았다.

"……와우. 여기만 아주 깡깡 얼어붙었군."

함정 루트가 새하얀 얼음으로 뒤덮여 있었다.

간헐천이 마치 바늘꽂이처럼 변했고 지면, 벽, 천장이 모두 얼음으로 덮여 완전히 얼음 터널로 변해 있었다.

설마 이런 무식한 방법으로 안쪽까지 갔나?

강행군에도 정도가 있잖아? 던전을 아주 갖고 노네, 갖고 놀아.

"이상이 없다고는 못 하겠지만, 안전한 건 확실해. 가자."

"무, 무슨 일이 있었나요……?"

"흠, 기온이 확연히 내려갔는데?"

모퉁이를 돈 순간 세 사람의 얼굴을, 나는 아마 당분간 잊지 못할 것 같다.

그 떡 벌어진 입들이란……. 주먹이 입에 들어갔다고 전해지는 곤도 이사미[#8]도 울고 갈 수준이었다.

"……마술과 마법은 본디 자신의 마력을 매개로 공기 중에 있는 마소(魔素)를 다루는 기술이야……. 그러니 당연히 그 장소의 영향을 크게 받는 법이지."

"오, 매켄 할아버지가 진지하게 강의하기 시작했다. 다들 잠깐 멈춰서 들어주자."

"예끼, 장난치지 마! 어쨌든 이곳은 땅과 불의 영향을 크

#8 곤도 이사미 에도 시대의 무사이자 무사 집단 『신센구미』의 국장.

게 받는 곳이란 말이야.”

“그렇죠. 매켄지 옹이 하려는 말은 저도 이해합니다. 이건 너무나도…… 비정상적이군요.”

“으음, 물 한 방울 없는 뜨거운 곳에서는 얼음을 만들기가 어렵다는 뜻인가요?”

“쉽게 말하면 그렇지. 이곳으로 들어간 사람은 아마 나보다 마도에 능한 인물일 게야……. 아니면 무시무시한 힘을 품은 물건을 소지했거나.”

“……어느 쪽이 됐건 함부로 관여하지 않는 편이 좋겠군요.”

야, 야, 큰일 났다, 류에. 너 완전히 위험인물로 찍혔어!

그 후로는 아마 류에와 레이스의 진행 방향에서 벗어난 영향인지 차츰 마물의 기척을 느끼게 되어 일행에게 경계를 촉구했다. 그러다가 얼마 안 있어서 어제 보지 못한 신종 마물이 나타났다.

“나오 님, 일단 물러나 있으십시오. 제가 유인하겠습니다.”

“아뇨, 그럴 수도 없겠는걸요. 케이브 배트 무리가 뒤쪽에서 접근 중입니다.”

“흠, 그럼 후방 마물은 내가 맡지. 나오 공, 조금 돌발적인 상황이지만 괜찮겠는가?”

“괘, 괜찮아요!”

예상하건대 그 갈림길에서 도망쳐 온 마물이겠지.

이 정도 상대라면 아마 매켄 할아버지 혼자서도 문제없을 것이다.

오히려 신경 쓰이는 것은 눈앞에 있는 이 녀석—.

"……정말로 마물 맞아?"

"저건 가고일종입니다! 아마 마을에 있던 인형에 씐 것이겠죠!"

위기감을 부추기는 절박한 목소리였다. 하지만…… 솔직히 기운이 빠졌다.

그것은 나오도 마찬가지인지, 당혹스러운 표정으로 그 상대를 바라보고 있었다.

"인형처럼 보이긴 하지만……."

"어째 기운 빠지게 생겼네."

만약 이곳에 나오가 없었다면 나는 당장에 소리쳤을 것이다.

「너, 시가라키 도자기 너구리#9지?!」라고……. 크기 약 3미터. 일본에서도 본 적 없는 그 모습에서 괴상한 공포를 느꼈다. 이구조 씨, 대체 무슨 문화를 퍼뜨린 겁니까?

"큭, 가고일종은 핵을 파괴하지 않는 한 계속해서 몸을 수복한다고 합니다. 나오 님의 힘으로 알아낼 수 없겠습니까!"

"자, 잠깐만 기다려줘!"

스티리아 양은 무기가 레이피어여서 단단한 상대에게 결정타를 주기 어려운 듯했다.

#9 시가라키 도자기 너구리 일본 시가라키 도자기를 대표하는 너구리 인형. 삿갓을 쓰고 지팡이를 짚었으며 거대한 음낭이 달려 있다.

가끔 『실드 배시』로 너구리 가고일의 공격을 막으면서 몸을 부수기도 했지만, 역시 그녀의 말대로 바로 수복이 시작되었다.

핵이라……. 나오가 만약 약점을 찾을 수 있다면 내가—.

"찾았어요! 저…… 다리 사이에 있는, 그…… 알이 두 개 있는 부분이요!"

"저 둥그런 부위로군요!"

"……Oh."

불○이었다. 참으로 실하게 생긴 ○알이었다. 하필 그곳이 약점이라니……. 아니, 약점인 건 맞지만…….

스티리아 양이 지체 없이 그곳을 노려 레이피어를 내질렀다. 그러지 마! 보기만 해도 아파!

기합과 함께 뻗어 나간 날카로운 찌르기— 하지만 살짝 비켜 나간 공격은 적의 균형을 무너뜨리는 데 그쳤다.

그것이 좋지 않았다. 공격을 받고 중심을 잃은 너구리 가고일이 무너지듯 앞으로 넘어왔다.

저 위치는 위험하다. 나는 반사적으로 칼을 뽑고 그대로 검술을 발동했다.

"『웨이브 모션』."

초급 검술. 급할 때 사용하는 원거리 기술이었다. 검에서 똑바로 날아간 파동은 고꾸라지는 너구리의 상반신을 완전히 절단해 스티리아 양의 머리에 부딪치는 사태를 막았다.

그리고 쓰러진 적에게 이번에야말로 그녀의 예리한 검이 꽂혔다.

나오, 제법인데? 여성에게 저런 행위를 강요하다니. 그리고 스티리아 양에게는 고환 브레이커 칭호를 수여하겠습니다. 앞으로도 열심히 너구리 가고일을 처리해주십시오.

"지금 그건…… 고대 검술 아닌가요?"

"우, 우와! 뭐가 이렇게 슝하고, 슝하고 나갔죠?!"

전투 종료와 동시에 두 사람이 나에게 다가왔다.

매켄 할아버지 쪽도 정리됐는지, 뒤에서 그가 걸어왔다.

"흠, 무슨 일이 있었나 보구먼?"

"엄청났어요! 카이본 씨의 검에서 빛나는 칼날 같은 게 이렇게 슝하고!"

나오가 눈을 초롱초롱 빛냈다. 마치 일요일 아침 텔레비전 앞에 앉은 아이처럼 흥분해서 손짓, 몸짓으로 내 행동을 재현했다.

하하하! 아무렴, 대단하고말고. 이 형은 변신도 할 수 있단다.

"일반인이 고대 검술을 쓰다니…… 그건 태고에 사용되던 비술……. 마술과는 달리 구전으로만 전해지는 기술입니다. 우리나라에서는 그랬어요."

"호오, 카이본 공은 고대 검술도 익혔는가?"

이게 그렇게 거창한 기술인가? 확실히 게임 시절 기술을 쓰는 사람은 지금까지 만나지 못했지만…… 마술, 마법은 몰라도 검술은 드문가 보지?

"엔드레시아 출신자는 모두 이 정도의 힘을 가졌단 말인가……."

왠지 엔드레시아 국민을 마음대로 전투 민족 취급하는 기분이 드는데…….

"흐음, 그럼 다음에 이걸 나오에게도 알려줄까?"

"뭐요?! 제정신입니까?! 물론 나오 님이 성장하는 것은 기쁜 일입니다만…… 그것을 전수한 사람은 인정해줄까요……?"

뭐지? 이번에는 오의 전수 이벤트처럼 취급받는 기분이 드는데?

잠깐, 이거 『검사』 레벨 10에 배우는 정말로 초급 중의 초급이라고?

당신이 술집에서 보여준 『라피드 브레이크』가 훨씬 우수한데?

"그렇다면 당신이 술집에서 사용한 기술, 그걸 가르치면 어떻죠?"

"……안타깝지만, 그건 불가능합니다. 그건 고대 검술을 배우고자 어깨너머로 흉내 낸 것입니다. 하루아침에 배우기에는 조금……."

이럴 수가, 게임 시절 기술을 자기 힘만으로 재현하다니?

"고대 검술은 마술과 마찬가지로 누군가에게 가르침을 받지 않는 한 절대 그 경지에 도달할 수 없다고 들었습니다.

그것을, 정말로 전수해주신단 말입니까?"

"아…… 네. 딱히 상관없어요."

이 대화를 옆에서 듣고 있는 나오가 말이죠, 꼬리라도 있으면 찢어져서 음속으로 날아갈 정도로 흥분해 있지 뭡니까.

아무리 저라도 이 상황에서 「그냥 관둘게요」라고는 말 못 하죠. 어떻게 반응하는지 보고 싶긴 하지만요.

"와아! 약속하셨어요?! 내일부터 방금 그 기술도 가르쳐 주셔야 해요!"

"알았다, 알았어. 그렇게 흥분하지 마. 자, 슬슬 다시 이동하자."

"허허허. 정말로 다재다능하고 통이 큰 사람이구먼. 거 기왕이면 어제 본 여성도―."

좋아, 두고 가자.

§ § §

"그럼 정리해 볼까?"

동굴을 나아가 그 광장, 마물 소굴로 생각되는 장소 앞까지 왔다.

틀림없이 격전지가 될 것이다. 설사 스티리아 양이나 매켄 할아버지가 진심을 다해도 머릿수로 밀릴 가능성이 컸다.

방금 들은 대로 레벨이 높다고 해서 게임 시절처럼 검술을 반드시 습득할 수는 없는 듯했다.

혈통인지, 아니면 재능인지는 모르겠지만, 역시 개인에 따른 차이가 있는 것 같았다.

그리고 안타깝게도 스티리아 양은 그 재능을 타고나지 못했다.

요컨대 그녀는 일 대 다수에 적합한 검술을 배우지 못했다.

반대로 매켄 할아버지는 마도까지 사용할 수 있었지만, 이 좁은 동굴에서 그런 걸 썼다간 붕괴할 위험이 있다는 이유로 힘을 억제해야만 하는 상황이었다.

"중앙에 큰 구멍. 그리고 천장에는 케이브 배트가 꽉 들어찼습니다. 게다가 미확인 마물, 상당히 느리게 움직이는 녀석이 일곱 마리, 구멍 주변을 어슬렁거립니다."

"위에서 오는 기습에 주의해야겠군. 그건 내가 어떻게든 하겠네. 위력이 낮은 마술이라면 견제 정도는 되겠지."

"저는 항상 하던 대로 먼저 접근해서 적들을 유인하겠습니다. 하지만 수가 워낙 많습니다. 몇 마리 놓칠 수도 있겠죠. 그때는 카이본 공께 맡기겠습니다."

"저는 약해진 적을 순서대로 빠르게 처리하면 되는 거죠?"

이곳으로 오면서 적의 레벨이 서서히 상승했다.

그래도 그다지 위협이 되진 않았지만, 나오는 아직 빠르게 잡지 못하는 수준이었다.

더구나 이런 큰 무리 앞에서는 나름의 각오와 준비가 필요했다.

“제가 앞서서 미확인 마물을 확인할까요? 아니면 스티리아 양이 먼저 돌입해서 유인할래요?”

“조금 걱정되긴 하지만…… 적을 유인하는 제 기술은 처음 마주치는 순간 최대의 효과를 발휘하는지라…….”

“오케이. 그럼 나오가 두 번째로 들어가서 곧바로 처음 보는 마물을 조사해줘. 난 그동안 매켄 할아버지와 주변 경계를 하며 잡졸을 처리해 둘게.”

작전은 정해졌다. 그렇다면 남은 것은 돌입뿐. 저마다 무기를 들고 광장으로 들어갔다.

스티리아 양이 갑주를 입었다고는 생각할 수 없는 속도로 달려갔고, 광장에 들어선 순간 자신의 방패로 근처 벽을 때려 소리의 파동을 퍼뜨렸다.

『견뢰 기사』의 고유 기술 『얼리 벨』. 적의 적개심을 한 몸으로 받는 그 보조기는 내가 쓰는 『워 크라이』와 거의 같았다.

그 불쾌한 소리에 이끌려 적이 일제히 그녀에게 달려들었다. 하지만 지팡이를 든 매켄 할아버지가 퍼뜩 뛰어들어 천장으로 돌멩이를 날렸다.

날아다니는 케이브 배트를 연달아 격추하며 천천히 주위를 내다볼 수 있는 곳으로 간 그는 주변을 노려봤다.

그동안 나오는 스티리아 양에게 달려드는 마물 중 아직껏 보지 못한 상대를 찾아 상세한 정보를 알아내려고 했다.

만약을 위해서 나도 그 마물을 시야에 담았다. 그런데…… 이거 조금 위험한데?

"나오. 저 마물, 커다란 도마뱀 같은데, 어때?"

"……저건, 저보다 조금 강한 적이네요."

그도 그럴 것이다. 내 [상세 감정]에는 그 마물, 『코도모 드래곤』의 레벨이 33으로 표시됐다. 다른 마물과 확연하게 차이 날 정도로 강했다.

움직임은 느릿했지만, 일곱 마리 모두 스티리아 양에게 향하고 있었다.

그런데 이 이름은 대체 뭐냐? 코모도 드래곤도 아니고 코도모#10 드래곤이라니?

"스티리아! 저 마물, 아직 내가 상대하기는 어려워!"

"큭, 알겠습니다! 카이본 공, 떨어뜨려 주시겠습니까?!"

공격을 막는 그녀에게 곧바로 정보를 전달하고 그 지시에 따라 달렸다.

제법 큰, 대형견 정도의 크기인 코도모 드래곤의 꼬리에 검을 내리쳤다.

꼬리는 의외로 쉽게 절단됐다. 그 고통에 찬 비명을 듣고 다른 드래곤들이 모두 나를 돌아봤다.

"카이본 씨, 제대로 노리셨어요! 꼬리가 약점 같아요!"

"알았어!"

#10 코도모 일본어로 「어린아이」를 의미한다.

다른 사람에게서 떨어진 곳, 광장에 있는 큰 구멍을 끼고 반대편으로 마물을 유도했다.

나오를 힐끔 보자, 그도 스티리아 양이 힘을 빼놓은 마물의 약점을 노려 정확히 칼을 휘두르고 있었다.

……아, 너구리 가고일이 섞여 있다. 또 불○ 크래셔가 됐네.

"그럼 이 틈에 이쪽도 끝낼까?"

약점은 꼬리라고 했지만, 다들 꼬리를 뒤로 숨겨서 노리기가 힘들단 말이지.

그런 고로—『대지열섬(大地烈閃)』.

광범위 바닥 쓸기 공격— 지면을 따라서 발사된 검기가 정확히 마물의 발을 잘랐다.

이렇게 되면 이제는 도마 위에 놓인 생선이나 다름없었다. 다가가서 목을 치면 끝이었다.

"역시 공격력을 낮추니 한 방에는 안 죽는구나."

문득 적을 해치웠다는 시스템 메시지 속에서 낯선 문장을 발견했다.

『어빌리티 효과 드롭』. 그 문장을 보고 다시 한 번 마물 시체를 조사했다.

시체 바로 옆에 조금 큰 유리구슬 같은 투명한 결정이 떨어져 있었다.

아하, 이게 [결정화]의 효과인가? 그리고 이게 마력 결정이고……. 가져도 괜찮겠지?

"카이본 씨~! 이쪽은 끝났어요! 그쪽은 괜찮나요~?"

"그래. 나도 막 끝냈어. 매켄 할아버지 쪽은— 마침 끝났군."

"암! 전부 격추했지만, 아직 숨이 붙은 것들이 있어. 그건 나오 공이 처리하게나."

시간이 좀 걸렸으나 생각했던 것보다 더 빨리 끝났다.

이제 겨우 탐색을 속행할 수 있겠다고 생각한 그때, 문득 어떤 사실을 깨달았다.

"……그런데 앞으로 갈 길은?"

어제 조사했을 때는 광장 안쪽으로 이어지는 길이 분명히 존재했다.

하지만 지금은 그 길이 보이지 않았다. [소나] 효과로 나타난 맵에도 아무것도 표시되지 않았다.

"음……? 설마 여기가 첫 번째 시련의 방이었나?"

"켄 할아버지, 해설 부탁해요."

"또 내 이름을 줄이다니……."

어제 들은 대로 다음 층으로 가기 위해서는 그 층의 보스를 해치워야 했다.

하지만 반드시 보스가 있지는 않으며, 이곳처럼 마물 소굴을 제패하면 다음 층으로 가는 새로운 길이 나타나는 경우도 있다고 한다.

즉, 내가 맵으로 본 길은 다음 층으로 가기 위한 통로가 아니었냐는 뜻이었다.

"카이본 공. 이 방에 있는 마물은 모두 해치웠습니까?"
"적어도 내 마법에는 반응이 없어요."
"그래도 길이 나타나지 않는다면…… 이것으로 던전이 끝…… 아니, 1층으로 끝날 리가 없는데……."
……설마 하며 광장 중앙에 있는 구멍을 들여다봤다.
그곳에는 용암이 아니라 부글부글 끓는 고온의 온천이 솟고 있었다.
하지만 순간 그 수면으로 물속을 헤엄치는 거대한 검은 그림자가 지나쳤다.
"전원 경계! 구멍 안에 뭐가 있어!"
"뭐라고……! 스티리아, 탐색을 한번 끝내세."
"왜죠? 매켄지 옹. 시련 상대일지도 모르잖습니까."
"고온 속을 헤엄치는 상대…… 내열성을 갖춘 대형 리저드종이거나 골렘종일 가능성이 있네. 힘을 소모한 지금 상대하기에는 조금 귀찮은 적이지 않은가?"
켄 할아버지의 발언에 이 장소의 첫 상황을 떠올렸다.
코도모 드래곤은 어디 있었지? 분명히 이 구멍 주위에 있었다.
그리고 만약 그 이름이 우연이 아니라 정말로 『어린아이』란 뜻이라면?
거기까지 생각이 미쳤을 때, 나오가 믿을 수 없는 소리를 했다.

"저기…… 앞으로 가는 길도 없지만, 돌아갈 길도 안 보이는데요?"

"뭣이……? 늦었나 보구먼……."

방금까지 맵에 표시되던 통로가 완전히 사라지고 없었다.

젠장, 역시 『이상한 머시기』잖아!

"현실을 받아들입시다. 쓰러뜨릴 수밖에 없을 듯합니다."

내가 그렇게 선언하자 세 사람도 진지한 얼굴로 고개를 끄덕이고 구멍에서 떨어졌다.

그것을 보다가 구멍을 향해 『웨이브 모션』을 썼다.

기술이 수면에 부딪친 충격으로 물기둥이 솟았다. 고온의 물에 맞지 않도록 얼굴을 가리고 바로 구멍 안을 엿봤다. 그러자 검은 그림자가 점점 크기를 불리더니—.

"온다!"

다시 맹렬하게 솟은 물기둥과 그곳에서 거대한 그림자가 나타났다.

그것은 의심할 여지없는 드래곤이었다.

날개는 없었다. 대신 온몸을 감싼 예리한 비늘과 사나움을 말해주는 이빨이 있었다.

보는 이를 두려움에 떨게 하는 눈빛은 도마뱀이나 악어라고 하기에는 너무나도 위풍당당했다.

"이 녀석은, 꽤 힘들…… 아니, 다크호스인걸."

확연히 달랐다. [상세 감정]을 발동할 것까지도 없이 피부를 찌릿찌릿하게 찌르는 살기를 맞으며 나는 그만 웃음 짓고 말았다.

"용족…… 그것도 성체 변이종……? 스티리아, 이곳에서 목숨을 걸어라."

하지만 내 마음속 흥분과는 별개로 켄 할아버지는 지금까지 들어본 적 없는 위엄 서린 목소리로 명령을 내렸다. 그 표정과 말투로 두 사람에게 긴장감이 퍼졌다.

"나오 공, 방금 입구가 있었던 곳에서 대기하게. 만약 열리면 바로 탈출하게나."

"카이본 공. 나오 님을 부디 잘 부탁드립니다."

잠깐, 그 결사의 각오는 뭐야? 이게 그렇게 강해?

"카이본 씨…… 저……."

그러자 나오가 눈에 눈물을 글썽이며 떨어지지 않는 걸음으로 다가왔다.

그리고 떨리는 손으로 내 손을 잡아 벽 쪽으로 살금살금 이동했다.

"……저는, 상대의 능력이나 약점을 볼 수 있어요. 하지만 현저히 강한 상대의 능력은 볼 수 없어요. 그리고 저 드래곤은 이름조차 모르겠어요."

그 말을 듣고 조금이지만 안도의 한숨을 흘렸다.

그것은 즉, 「그에게 내 능력은 들키지 않는다」는 말이나 다름없으니까.

정말로 나는 치졸한 인간이구나. 이런 상황에서도 자기 걱정밖에 하지 않는 걸 보면 말이다.

아니면 이것을 위기라고 생각하지 않기 때문일까?

지금 상황이 정말로 위기인지 판단하기 위해 [상세 감정]을 발동했다.

【Name】 타이런트 드래번

【종족】 상위 용종

【레벨】 86

그렇군. 첫 번째 층에서 나올 상대라고는 생각하지 못할 레벨이자 명실상부한 용족이었다.

그 레벨은 켄 할아버지조차 능가해 스티리아 양에게 닿으려 하고 있었다.

하지만 마물의 레벨은 솔직히 믿을 것이 못 됐다. 종족에 따라서는 레벨 차이를 허무하게 엎어 버릴 때도 있었다. 그것은 물론 이 상대에게도 해당되는 이야기였다.

"카이본 씨…… 제가 말을 건 바람에, 이런 일에 휘말리게 해서……."

"나오, 울지 마. 넌 귀엽지만 남자잖아."

"귀엽다는 말은 필요 없잖아요……."

하지만 저것은 분명히 두 사람이 죽음을 각오하는 것도

납득할 수 있는 능력을 자랑했다.

던전 마물에 비해 지나치게 강력한 시련 상대이자 명백한 이상 상황이었다.

누군가가 나오 일행을 처리하기 위해 꾸민 일이 아닐까? 그런 의심이 고개를 치켜드는, 순서나 상식을 무시한 배치였다.

……마음에 안 들어. 임시라고는 해도 세 사람은 이미 내 동료인데…….

"아무래도 이 녀석을 나오에게 마무리 짓게 하는 건 포기하는 편이 좋겠죠?"

"그런 소리나 할 상황인가! 카이본 공, 자네는 반드시, 무슨 일이 있어도 나오 공을 지켜주게! 이제 막 알게 된 자네에게 이런 부탁을 하자니 미안하네만, 나오 공만이라도 어떻게든 무사히 이곳에서 데리고 나가게!"

"원래는…… 제가 나오 님을 마지막까지 지키겠다고 맹세했습니다. 죄송합니다, 나오 님. 당신이 무사히 원래 세계로 돌아갈 때까지 지켜드리겠다는 약속, 지킬 수 없을……."

완전히 죽음을 각오한 말투였다. 그렇다면 좋다. 이 오빠가 힘 좀 쓰마. 그 사망 플래그, 꺾다 못해 박살 내주겠다.

"두 사람 모두 물러나 있어요. 저한테 작전이 있습니다. 두 사람은 나오를 지켜요."

"……불가능해. 나라도 시간을 버는 게 고작—."

"오늘 이곳에 온 탐색 팀 있었죠? 그거 사실 제 동료들입니다."

검을 들고 두 사람 앞으로 걸어 나갔다.

이 드래곤 양반이 여유를 부리는 건지, 태연하게 이쪽을 내려다봤다.

눈을 가늘게 뜨고 마치 우리의 마지막 저항을 비웃으려는 것처럼 보였다.

"제 동료들이지만, 대단하죠? 이 화산에서 그렇게 날뛰고 다니다니."

"카이본 공, 무슨……."

미안, 드래곤 양반. 나는 개인적인 일로 드래곤에겐 그다지 착해질 수 없거든. 그 왜, 사랑스러운 우리 집 아가씨를 실컷 괴롭힌 게 네 친구잖아?

"동료들도 대단하지만, 당연히…… 저도 꽤 하는 편입니다. 맡겨주십시오."

그 순간, 검을 허리에 붙이고 천장을 향해 크게 휘둘렀다.

검기는 용을 지나서 빛나는 비구름처럼 변했다.

나의 저항에 여유를 보이던 드래곤이 드디어 움직였다.

하지만 그 걸음을 내디디려고 한 순간, 다시 기술을 사용했다.

"움직이지 마. 움직이면 안 맞잖아."

얼음 마법을 발동해 주위에 튄 물을 사용해 얼음 족쇄를 만들었다.

못 부술 거다. 공격력을 떨어뜨리는 대신 마력이 무지막지하게 강화됐거든.

동굴 안인데도 방금 내가 쏜 검기가 구름처럼 점점 성장해 갔다.

그리고 끝까지 커졌을 때— 어빌리티 교체를 완료했다.

[빙제의 가호]

[멸룡검]

그날, 용신을 해치웠을 때 사용한, 용족 특화 어빌리티를 세팅했다.

"『천단(강마(降魔))』."

검을 한 번 더 머리 위로 들어 크게 내리쳤다.

거기에 호응해 빛의 구름에서 엄청난 크기의 참격이 흡사 벼락처럼 움직이지 못하는 드래곤에게 쏟아졌다.

이것은 『천단 시리즈』 중에서도 단발 위력만은 최강을 자랑하는 기술이다.

한 번 하늘에 머문 공격은 그 체공 시간에 비례해서 가속도를 붙이며 위력이 상승한다.

본래 사용법은 쓰러진 적이 일어날 때를 노리거나 함정으로 깔아두는 식이었다.

위력과 맞바꿔 범위가 좁았고, 그렇기에 이 좁은 동굴 안에서 채용하게 되었다.

“가라앉아라.”

일격은 광장에 있는 구멍보다 더 넓은 구멍을 새로 만들어 냈다.

단말마의 비명을 지를 시간조차 주지 않고 쏟아진 공격은 상대를 흔적도 남기지 않고 지워 버렸다.

무사히 상대를 쓰러뜨린 것을 확인하고 어깨에서 힘을 빼며 한 차례 한숨을 쉬었다.

“후우. 오랜만에 큰 기술을 쓰니까 제법 힘드네.”

역시나 이 클래스의 기술은 발동과 동시에 몸속의 무언가를 잃는 것 같은 기묘한 상실감이 몰려왔다.

하지만 사용한 보람은 있었다. 비장한 결의를 한 일행을 어느 누구 한 명 잃지 않고 사태를 무마할 수 있었다.

휴우, 나오가 완전히 『주인공을 지키며 소중한 동료가 죽고, 그 슬픈 과거를 짊어진 주인공이 힘을 각성해 홀로 고독 속에서 새로운 여행을 떠난다』 같은, 조금 다크 히어로 노선으로 들어가기 직전이었어.

안 돼, 안 돼. 넌 그런 슬픈 배경 스토리를 짊어지면 안 돼.

정석적이고 전통적인 용사가 되어 동료와 함께 목적을 무사히 완수하렴.

물론 네 목적이 뭔지에 따라 이야기가 달라지지만 말이야.

난 해방해야 할 칠성을 최악의 경우 소멸시킬 생각이니까.

"……왕전(王傳) 검술. 설마 그럴 리가…… 과거에 누출한 사람이……."

"세계는 생각보다 훨씬 넓은 것 같구먼……."

왕전은 또 뭐래. 뭔지는 몰라도 쓸 기술을 잘못 골랐나?

§ § §

결국 그 후 아무도 입을 열지 않은 채 묵묵히 화산을 빠져나왔다.

출구에는 먼저 화산으로 들어갔을 류에와 레이스가 있었다.

아무래도 땅에 대고 무슨 작업을 하는 듯한데…….

"허헉! 저들은 이틀 전에 본 그……!"

그 순간, 켄 할아버지가 지금까지 진지하던 분위기를 깨부수며 소리쳤다.

그 목소리에 류에와 레이스가 우리를 알아채고 돌아봤다. 그리고 그 손에는—.

"아, 카이 군이다! 어서 와!"

"어서 오세요, 카이 씨. 이것 봐요, 이런 곳에 달걀이 있지 뭐예요?"

"아, 그거 내 거야. 온천 달걀을 만드려고—."

하지만, 아아, 통탄할지고! 두 사람은 그 달걀을 부글부글 끓는 열탕에서 꺼내는 참이었다.

아…… 아아! 내 온천 달걀 계획이…… 맛간장을 뿌려서 후루룩할 계획이!

“아…… 아…… 못 지켰어……. 소중한 달걀을…… 레이스와 류에에게…….”

털썩, 무릎을 꿇었다. 딱딱한 돌바닥이 무력한 내 몸을 벌하듯 고통을 가했다. 미안하다, 달걀들아. 아름답게 먹어 주겠다고 약속했는데…….

“카이본 공, 왜 그러시죠? 역시 방금 기술의 반동이…….”

“아, 그런 게 아니에요. 에이, 됐어. 달걀은 아직 더 있으니까.”

“……그런가요? 정말로, 잘 모를 분이군요.”

아무렇지 않게 일어나서 두 사람 곁으로 갔다. 두 분, 파죽지세로 진격하셨더군요?

“저기, 혹시 이 달걀은 삶으면 안 되는 거였나요?”

“뭐~? 이런 곳에 있는 달걀인데? 당연히 삶으라고 있는 거라고.”

“……오호라, 류에가 대뜸 던져 넣었구만?”

“응.”

류에 아가씨는 당연하다는 듯이 귀엽게 고개를 끄덕였다. 여러분, 여기 좀 봐요. 이 사람이 위험인물로 찍힌 그 얼음 마도사예요.

세 사람도 우리 쪽으로 다가와서 자기소개를 시작했다.

나오, 그리고 켄 할아버지에 이어 스티리아 양이 앞으로 나오자—.

"처음 뵈어요. 우리 바깥사람— 카이 씨가 신세 지고 있어요."

레이스가 자연스럽게 한 발 앞으로 나왔다.

"반갑습니다. 저는 스티리아 세자드입니다. 카이본 공 덕분에 오늘 목숨을 건졌습니다."

레이스 안에 있는 뭔가가 반응했는지, 이상하게 힘이 들어간 몸짓으로 견제에 나섰다.

괜찮아, 이 사람은 아마 나오 일편단심이니까. 그렇게 경계 안 해도 돼.

그런 분위기 속에서 류에는 열심히 달걀 껍데기를 벗기고 그것을 사람들에게 나눠줬다.

아이고, 뭘 이런 걸 다……. 잘 먹겠습니다.

"나는 달걀을 삶는 것도 특기야. 봐, 안이 반투명하고 맛있어 보이지?"

"아, 정말이네요! 반숙은 저도 엄청 좋아해요."

"후훗, 많이 있으니까 맘껏 먹어."

글쎄, 그 달걀 제 거라니까요?

화산 지대를 뒤로하고 동굴을 빠져나온 차에 일단 류에, 레이스와 헤어지기로 했다.

이쪽도 이쪽대로 오늘 일을 정리하고 향후 활동 방향을 결정해야 했다.

만약 오늘처럼 지나치게 강력한 마물이 앞으로도 나타난다면 탐색을 이어갈 수 없을지도 모르니까.

"세 사람도 생각하고 싶은 일이 있을 테니까 모레까지는 탐색을 쉬는 게 어때요?"

"음…… 그게 좋겠구먼. 오늘은 나도 상당히 지쳤어."

"그, 그렇군요. 그럼 이틀 정도 쉬기로 할까요?"

아마도 그들 머릿속에 의문이 부풀기 시작했을 무렵이리라.

그렇다면 그것을 풀 시간, 나의 신상을 조사할 기회를 주자는 생각에 내가 직접 제안했다.

그리고 그동안 나는 느긋하게 휴일을 보낼 수 있다는 말씀!

내가 말하기보다 스스로 조사한 정보가 더 믿을 수 있으니까 그러는 편이 낫겠지.

괜찮아요. 수상한 사람이 아니에요. 길드에 정식으로 등록된 모험가랍니다.

§ § §

술집에서 오늘 전리품을 감정하고 이번에는 그 자리에서 환금했다.

세 사람과는 그곳에서 헤어져 혼자 먼저 길드로 향했다.

이번 용건은 오늘 얻은 『마력 결정』의 감정이다.

어쩐지 귀중품 같은 냄새가 나는 이 물체를 술집이 아니라 길드에서 제대로 감정받으려고 했는데…….

"……사람을 타락시킬 것 같은 어빌리티로군."

현재 길드에서 환금 중. 허둥지둥 금고에서 금화를 긁어모으는 직원들을 멍하게 바라보고 있다.

그 결정은 원래 세계에서 말하는 레어 메탈, 에너지 자원으로 분류되는 모양이었다.

길드에서 말하기로는 마도구를 만드는 데 필요한 마광석이라는 물질이 있는데, 고품질이거나 복잡한 물건은 이 마력 결정의 조각이 코어로서 필요하다나?

대규모 술식과 방대한 마력을 써서 어떻게든 작은 파편을 만들어 낼 수밖에 없는 귀중품이라서 마법과 마도구 문화가 발전한 서디스 대륙에 의존해 수입하는 것이 현실이었다.

하지만 최근 몇 년 사이 수출량이 줄어 시세가 천정부지로 솟는 바람에 조만간 이 마을에 흐르는 수로 관리 마도구를 중지해야 할 판국이라며 근심하던 모양이었다.

그래서 이 마음 착한 오빠는 본래 시세의 130퍼센트라는 양심적인 가격에 오늘 얻은 유리구슬만 한 결정 두 개를 팔기로 했습니다.

참고로 『타이런트 드래번』을 쓰러뜨릴 때 소프트볼 크기의 결정도 얻었지만, 보여주지 않는 편이 좋겠지?

그나저나…… 기뻐해주셔서 정말로 다행입니다. 기뻐서 눈물까지 흘리시고 말이야.

"오래 기다리셨습니다……. 두 개 합쳐서 97만 룩스입니다……."

"아, 감사합니다. 그럼 전 이만 실례하죠."

괜찮아. 접수처 너머에서 젊은 아가씨가 흐느끼는 소리 따위 안 들리니까.

「3개월간 무급 생활을……」, 「총수님에게 사정해 볼게」 같은 소리는 안 들리고말고요.

길드를 나오기 전에 게시판을 확인해봤다.

의뢰는 없었지만, 마을의 사소한 안내문이나 행사 정보지 따위가 나붙어 있었다.

그리고 무엇보다 게시판 앞에 우리 집 아가씨 두 명이 보였다.

"뭐 재미있는 거라도 있어?"

"아, 어서 와, 카이 군. 새벽시장이라고 하나? 지금 그 안내문을 보고 있었어."

"내일 새벽에 마을 사람들이 작게 가판을 열어서 일제히 재고 처분을 한다나 봐요. 그밖에도 제철 채소 같은 것도 나온다고 해요."

"오, 벼룩시장 같은 건가……. 마침 잘됐어. 나 모레까지 쉬기로 했으니까—.”

그 말을 꺼내기가 무섭게 레이스가 길드에서 모습을 감췄다.

평소 보여주지 않는 전력 질주로 사라져 버린 그녀의 모습에 멍해 있는데, 다시 길드 문이 열리고 평소처럼 천천히 레이스가 돌아왔다.

“내일 오후 의뢰를 취소하고 왔어요. 취소 수수료는 들었지만, 다음에 많이 납품하면 면제해준다고 약속했으니까 안심하세요.”

“어, 어서 와, 레이스. ……빨리 왔네?”

“그럼 내일은 일찍 일어나서 준비해야겠네요.”

숙녀처럼 빙긋이 웃었지만, 속으로는 의외로 말괄량이라고 재평가했다. 욕망에 충실한 건 좋은 일이라고 생각합니다.

점점 어깨에서 힘이 빠지고 그녀 본연의 성격이 겉으로 나온 것이리라.

함께 즐겁게 의논하는 두 사람을 바라보면서 그녀들과 느긋하게 여관으로 돌아왔다.

§ § §

다음 날 아침, 시장이 서는 거리로 나가 아직 아침 안개가 낀 길을 천천히 걸었다.

지금 시간은 아침 여섯 시. 정해진 시간에 일어나는 습관이 없고 자유롭게 의뢰를 받는 관계상 일찍 일어나는 습관이 없는 우리는 비몽사몽인 머리로 비척비척 길을 걸었다.

"……조금만 더, 일찍 잘 걸 그랬어요……."

"레이스도, 아침잠이 많았지……."

"두 사람 다 괜찮아? 이제 곧 시장에 도착하니까 힘내."

나도 졸렸지만, 슬프게도 졸음을 억지로 참으며 움직여야 하는 생활을 원래 세계에서 실컷 경험한 덕분에 두 사람보다 일찍 정신을 차릴 수 있었다.

차츰 사람이 늘어나더니 상점가에 접어들 무렵에는 인파가 몰려 말 그대로 시장 바닥을 이루었다.

좌판을 보니 민속 공예나 헌 옷, 지금 마을을 방문한 모험가나 싸움을 생업으로 삼은 사람을 노린 무구점, 게다가 오늘 아침 수확한 것으로 보이는 채소까지 나와 있었다.

없는 게 없는 잡다한 상품들이 호기심을 자극해 나도 모르게 어슬렁어슬렁 둘러보게 됐다.

"아, 다시마 같은 거다!"

"저거 가짜라나 봐. 건어물 가게의 간판 같은 물건이지."

"저기, 저거 먹을 수 있는 물건이었나요? 전에 딱 한 번 받은 적이 있었는데, 장작이라고 생각해서……."

"태웠어……?"

그렇게 가게들을 돌아보다가 작은 민속 공예품을 파는 가게를 발견했다.

산에 둘러싸인 영향인지 목공품이 눈에 띄었지만, 그것과 같은 수준으로 철광석 등 광산 자원도 풍부해 그 두 가지를 조합한 물건도 많이 보였다.

아름다운 광택을 뽐내는 목제 빗과 마치 묘안석(猫眼石)처럼 연마된 장식품, 거기에 더해 그 광택을 살린 반지 등…… 그 아름다움과 다양한 종류에 그만 걸음이 멈췄다.

"아, 예쁜 액세서리도 있어."

"이건…… 나무와 금속…… 놋쇠인가요? 예쁘네요."

미녀 두 명의 방문에 가게 주인인 아저씨가 놀라 자빠질 정도로 표정을 활짝 폈다.

무리도 아니었다. 레이스가 상품을 보기 위해 몸을 앞으로 기울였으니까.

여기서 그 대사를 하지 않으면 남자가 아니지.

아까부터 가게 주인이 의미심장한 눈빛을 보내오는 것도 그 때문이리라.

하지만 여기에는 한 가지 문제, 장애가 있었다.

바로 레이스였다. 아마 그녀는 지금까지 수많은 남성들에게 선물을 받아왔을 것이다.

그 고급스러운 가게에 다니던 사람들이 보낸 선물이라면 아마 노점에서 파는 물건과는 비교가 안 될 것이다.

……분하지만, 그 점은 다른 사람이 무슨 짓을 해도 흉내 낼 수 없는 부가 가치— 함께 고른다는 시추에이션으로 커

버하자.

“내가 두 사람에게 선물할게. 좋아하는 걸 골라 봐.”

“괜찮아? 좋았어! 전에는 이 머리 장식이었지? 이번에는 뭐로 할까?”

“괜찮으신가요? 저 정말, 무척 기뻐요, 카이 씨…….”

천진난만하게 기뻐하는 류에와 대조적으로 레이스는 감동한 것처럼 눈물을 머금었다.

……저기요, 그렇게까지 감사받으면 오히려 낯간지럽고 쑥스러워서 견디기가 어렵거든요?

“제 오랜 꿈은 이렇게 함께 걷는 것 말고도 또 한 가지, 언젠가 선물을 보내주던 분에게 직접 선물을 받는 것이었어요. ……이날을 쭉 꿈꿔 왔어요.”

“……그래. 그렇지. 드디어 직접 건넬 수 있게 됐어.”

레이스도 노점의 상품을 음미하기 시작했다.

마침 잘 됐다. 이 기회에 나도 좀 살까?

나는 작은 액세서리 중에서 디자인이 심플한 반지를 몇 개 골랐다.

이래 봬도 제가 제법 열중하는 성격? 의리파? 아무튼 만남을 소중히 하는 사람이라서요.

“주인장, 이 반지를 몇 개…… 음, 스무 개만 주시죠. 디자인은 달라도 되니까 가능한 한 무난한 사이즈로요.”

“이래 마이 사요? 그럼 쫌 은차줘야겠네. 자요, 이것도 가지가시우야~."

"……고맙습니다."

기습하지 마. 아기다르 사투리 쓰지 말라고! 웃기잖아. 진짜 웃기다니까?

계산을 끝내고 옆을 보자 두 사람이 후보를 정했는지, 두 개를 손에 놓고 비교하고 있었다.

류에는 이어 커프를 골랐나 보다. 옻칠한 것처럼 희고 매끄럽게 광택이 나는 본체에 산화 피막의 영향인지 일곱 빛깔로 빛을 반사하는 광석이 박힌 물건을 손에 들었다.

그리고 다른 하나는 왜 후보로 골랐는지 모를, 조금 독특한 모양의 헤어 벤드였다.

……뭔가, 장수풍뎅이 뿔이 달렸다. 검게 윤이 나고 엄청 리얼한 목제 뿔이…….

"류에, 널 위해서 하는 말이야. 그쪽 예쁜 걸로 해."

"으음, 그래? 그럼 그렇게 할까?"

"고민할 여지가 어디 있었는지 원……."

우리 집 아가씨가 아이들의 인기 스타로 전직하는 것을 막고, 이번에는 레이스를 봤다.

그 손에는 똑같이 이어 커프가 있었다. C자로 된 그것을 두 개 들고 곰곰이 바라보는 중이었다.

"레이스도 이어 커프를 골랐어?"

"아, 귀가 아니라 제 머리 날개에 달고 싶어서……."

레이스는 그렇게 말하며 머리에 난 날개를 파닥파닥 작게 흔들어 보였다.

……귀여워. 이 무시무시한 반전 매력에 무심코 머리를 쓰다듬고 싶어졌다.

"이 구릿빛 커프로 할지, 아니면 검은 목제 커프로 할지 고민하고 있어요."

그녀는 세밀한 장식이 없어서 심플한 반면, 아름답게 연마된 그것들을 나에게 보여줬다.

나는 구릿빛 이어 커프를 들어 레이스의 날개에 대 보았다.

"……응, 난 이게 어울린다고 봐."

"그럼 이걸로 할게요. 카이 씨라면 분명 이걸 고르실 거라고 생각했어요."

"하하, 나 시험받았어?"

"취향이 일치하는 건 기쁜 일이랍니다."

류에와 레이스가 고른 액세서리의 값을 치르고 두 사람에게 각각 건넸다.

그랬더니 류에가 직접 달아 달라고 부탁해서 천천히 귀에 손을 댔다.

류에의 귀는 여전히 말랑말랑하고 오돌오돌했다. 그 끝부분으로 쏙 들어가는 타입의 커프를 씌워줬다.

그러자 류에의 귀도 기쁜 듯이 약하게 떨렸다.

"거울이 없어서 볼 수가 없네. 어때? 어울려?"

"응, 잘 어울려."

"이거 그다지 강하게 고정되지 않으니까 평소에는 끼지 말아야겠다."

"후후, 그러네요. 격식을 차려야 하는 자리를 위해서 전용 액세서리를 가지고 있는 건 일종의 매너죠."

그렇게 말한 레이스는 이번에는 자기 차례라며 커프를 건네줬다.

레이스가 머리를 나에게 대자 윤기 있고 보드랍게 웨이브진 머리에서 달콤한 향기가 훅 올라왔다.

얼떨결에 두근거리며 머리를 헤치고 나온 날개에 손을 뻗었다.

긴장한 것처럼 움찔움찔 흔들리는 날개를 손으로 붙잡고 녹색 커프를 밀어 넣었다.

"으응……."

"미안한데 그런 소리 내면 나도 긴장돼."

"후후, 조금 심술부려 봤어요. 고마워요, 카이 씨."

이번에는 놀림 받았다. 분한 반면 어쩐지 즐겁기도 한 신기한 감각이었다.

그렇게 무사히 두 사람에게 선물을 한 나는 남자로서 최소한의 체면치레는 했다고 만족스러워하며 노점을 뒤로했다.

새벽시장을 돌아보던 중 군것질거리를 파는 가판을 발견

하고 그쪽으로 다가갔다.

그런데 두 사람이 나를 추월해 앞으로 가버렸다.

류에라면 이해한다. 하지만 레이스, 너 그렇게 식탐 부리는 캐릭터였어?

피식 웃으며 두 사람을 뒤쫓는데 먹음직스러운 냄새가 빈속으로 파고들었다.

철판 위에 평평한 원형 반죽을 나란히 깔고 뒤집개로 눌러 굽는 그 모습은 숙련된 장인을 연상하게 했다.

그것을 익숙한 손놀림으로 연달아 뒤집자 멀리서도 바삭한 식감을 상상하게 하는 아름다운 뒷면이 드러났다.

"카이 씨, 저건 뭐죠? 이구조 씨가 전한 음식 문화는 잘 몰라서요."

"뭘까? 둥글고 귀여워. 꾹 눌러서 굽는 게 조금 불쌍해."

"아마 오야키[#11] 아닐까? 쌀 생산지에서 파는 게 조금 어색하지만."

저것은 쌀농사를 짓기 어려운 곳에서 퍼졌다고 전해지는, 밀가루를 쓴 향토 음식에서 유래한 먹거리가 아니던가?

흠, 혹시 흉년을 고려해서 전수했나?

"아저씨, 안에 든 건 팥이에요? 아니면 야채?"

"오? 형씨, 이게 뭔지 알아? 우리 집은 야채를 달고 짭짜름하게 볶아서 넣은 거야. 어때? 아가씨들랑 하나씩?"

#11 오야키(お焼き) 밀가루나 메밀 반죽에 야채, 팥 등을 넣고 구운 음식.

두 사람에게 눈짓으로 물으려고 했는데 이미 돈을 꺼내는 참이었다.

그 모습을 보고 기분이 좋아진 아저씨가 웃으면서 막 구운 걸 세 개 건네줬다.

뜨거운 그것을 한 입 베어 먹자 구수한 향이 코를 찔렀다. 그리고 야채, 뿌리채소를 달고 짜게 볶은 소의 진한 맛이 입으로 퍼졌다.

소박하고 어딘지 모르게 그리운 맛에 절로 옛날 생각이 났다.

"아~, 엄청 그리운 맛이 나! 나 이거랑 비슷한 걸 먹어본 적이 있어."

"그렇죠? 이 야채를 먹으니까 옛날 생각이 나네요. 후후, 정말로 그리워요."

"너희도 마음에 들었다니 다행이야. 아저씨, 맛있게 먹었어요. 고마워요."

"뱉말을~. 또 오시우야."

더는 아무 말도 하지 않겠다. 이젠 아기다르 사투리도 익숙해졌어.

레이스와 류에의 옛날이야기와 함께 오야키를 먹으며 길을 걸었다.

레이스도 아직 장사가 궤도에 오르기 전인 옛날에는 자투리 채소나 상태가 안 좋은 채소를 싸게 사 와서 요리법을 궁리해 아이들과 먹었다고 했다.

그리고 류에도 먹을 것을 제대로 나눠주지 않아 수확할 가치가 없어 남은 채소를 모아 먹었다고 했다.

류에, 제발 그만! 자연스럽게 불행 에피소드를 풀어놓지 마!

떠들썩한 구역에서 벗어나자 타지에서 흘러든 상인이나 수상한 잡동사니를 늘어놓은 노점이 눈에 들어오기 시작했다.

그런 수상한 노점 앞에서 한 여성이 주저앉아 열심히 상품을 바라보고 있었다.

"어라? 스티리아 양이잖아? 어쩐 일이세요?"

"앗…… 카, 카이본 공이었습니까?"

"별일이네요. 오늘은 혼자 계신가요?"

"네. 오늘은 나오 님도 혼자 훈련하고 싶다고 하셔서요."

그녀는 바로, 갑옷을 입지 않은 탓에 한순간 누구인지 알아보지 못할 정도로 눈에 띄는 미녀, 스티리아 양이었다.

역시 어제 일로 내 정체를 의심하기 시작했는지, 어쩐지 태도가 딱딱하게 느껴졌다.

내 신상은 아마 지금 문의 중이겠지?

과연 내 정보가 제대로 내려올까? 뭐, 꿀돼지라면 「본본, 또 무슨 일을 저질렀군요?」라며 이해해줄 것 같지만.

"관심 있는 물건이라도 있나요?"

"아뇨, 그게…… 네. 사실은 이 그림이 조금 신경 쓰여서요."

스티리아 양이 보던 노점은 골동품 가게처럼 귀중품을 다루는 곳 같았다.

사연이 있을 법한 항아리나 엄중하게 쇠사슬로 감긴 책, 기묘한 장식품과 요사스러운 빛을 내뿜는 목걸이……. 그 라인업은 굳이 따지자면 저주의 아이템 샵 같았다.

나는 스티리아 양이 신경 쓰인다고 한 그림을 봤다.

"와아…… 이건 확실히 눈을 사로잡는…… 대단한 박력이 있네요."

그것은 어떤 전장을 묘사한 그림이었다.

수많은 병사들이 지켜보는 가운데, 한 기사가 용에게 덤비는 모습을 그린 그 유화는 싸움의 생동감을 느끼게 할 정도로 사람을 잡아끌었다.

"이 그림은……. 저한테도 보여주세요."

그때, 뒤에 있던 레이스가 한 발 앞으로 나와서 그 그림을 들고 뒷면을 보거나 액자를 보는 등 흡사 감정사처럼 조사하기 시작했다.

노점 주인은 그런 그녀를 재미있게 바라볼 뿐, 딱히 주의를 주거나 하진 않았다.

"알았어요. 이건 그 유명한 세컨더리아의 화가, 엘버슨 가문의 작품이죠? 이 가격으로 내놓았다면 뭔가 이유가 있는 것 아닌가요?"

"오오?! 역시 그랬군요. 레이스 님이라고 하셨나요? 저도 그렇지 않을까 생각했지만, 확신이 서지 않아서……."

웬일로 스티리아 양이 흥분해서 목청을 높이더니 레이스와 그림에 관해 이야기를 주고받았다.

그녀는 이 그림을 그린 화가 및 그 제자들의 작품을 수집한다고 말했다.

그리고 레이스 역시 저택 장식품을 모아 온 터라 다른 대륙의 고명한 미술품에 정통했다.

"제가 가장 좋아하는 건, 제자의 복제화이긴 하지만, 초대 엘버슨이 그렸다고 전해지는 아름다운 공주와 강마(降魔)의—."

"어머……! 자료로 작품명밖에 보지 못했지만, 그쪽 대륙에는 복제화가 현존하나요?"

"설마 이런 타향 땅에서 동호인을 만날 줄은 몰랐습니다. 멀긴 하지만, 만약 세컨더리아 대륙에 오실 일이 있으시면 부디 제 저택을 찾아주십시오."

"예. 꼭 찾아갈게요."

레이스와 의기투합한 스티리아 양은 그대로 그림을 구입하기로 결정했는지 즉석에서 현금을 탁 내놓고 흐뭇한 얼굴로 떠나가 버렸다.

……어라? 제 계약금보다 훨씬 고가 아니었나요? 300만 룩스라니……?

"응? 류에까지 뭘 그렇게 열심히 봐?"

"카이 군, 이거 봐 봐. 『저주받은 왕장수풍뎅이 뿔』이래."

군침을 꿀꺽 삼키며 다시 아이들에게 사랑받는 곤충이 되려는 아가씨를 끌고 그곳을 떠났다. 이 아가씨는 왜 머리에 뿔을 못 달아 안달이지?

§ § §

새벽시장을 다 보고 여관으로 돌아왔다. 일찍 일어나서 피곤했던 두 사람은 잠깐 온천에 들어가서 쉬겠다며 나가버렸다.

나도 그렇게 할까 생각했지만, 그 전에 꼭 해두고 싶은 일이 있었다.

여관 뒷산으로 이어진 길……이 아니라 그 앞에 마련된 정자로 가서 오늘 산 반지를 큰 통원목 테이블 위에 펼쳐 놓았다.

목제 프레임부터 금속 부조가 박힌 것 등 다양한 반지 중에서 대량 구매하여 덤으로 받은 반지를 하나 들고 조정용 줄칼을 꺼냈다.

"그럼 우선 시험 삼아 한 개 깎아서 요령을 익힐까?"

쓱싹쓱싹, 반지 안쪽을 천천히 깎아 넓혔다.

꽤나 좋은 줄칼인지, 나무 프레임뿐만 아니라 금속 부분까지 함께 깎였다.

사실 이런 지루하지만 세세한 작업은 내 특기다. 카빙(carving)이나 무 돌려 깎기, 그밖에도 나뭇가지를 깎아서 낚시찌를 만들기도 하고…….

"의외로 이런 건 류에가 더 잘할지도 모르지."

몇 개를 더 깎아 요령을 익혔을 무렵, 아이템 박스에서 새로운 반지 하나를 꺼냈다.

그러자 마침 그때 산에서 훈련을 마치고 온 것으로 보이는 나오가 내려왔다.

"안녕, 나오. 훈련하느라 수고했어."

"아, 카이본 씨! 안녕하세요? 뭐 하고 계세요?"

"가끔은 단순 노동이나 해 볼까 싶어서. 반지를 조정 중이야."

"수가 제법 많네요……. 발가락에도 끼우시려고요?"

"아니, 딱히 한 번에 끼려는 건 아니야."

역시 백치미가 있다.

그런 나오에게 반지를 하나 들게 했다.

"그 반지, 척 봐서 어느 손가락에 들어가게 생겼어?"

"이거요? 으음……."

"결혼반지는 눈으로 치수를 가늠하기 어려워서 깜짝 선물로는 좋지 않다고들 하지."

"아, 혹시 누구에게 드릴 건가요? 그래서 사이즈를 많이 준비한 거군요?"

"하하하, 상상에 맡길게. 자, 시험 삼아 내 손가락 중 어디에 들어갈지 맞춰 봐."

"혹시 한 번에 맞추면 무슨 상이라도 주시나요?"

"좋아, 생각해볼게."

나오는 조금 도전적인 미소를 지으며 내 중지에 반지를 가져다 댔다.

결과는…… 나중에 상품을 준비하게 됐다고만 말해 두겠다.

"카이본 씨, 저 내일도 훈련할 예정인데 함께해 주실 생각은 없나요?"

"일어날 수 있으면. 이 형은 휴일엔 푹 자고 싶단다."

"……어쩐지 형보다는 아저씨 같은데요?"

"이 녀석이?"

웃으면서 도망치듯 떠나는 그를 눈으로 좇다가 나도 여관으로 돌아가기 위해 반지를 챙겼다.

그러던 중 이번에는 온천에서 나온 우리 집 삶은 달걀 걸즈가 찾아왔다.

역시 요염하다. 평소보다 여섯 배는 더 요염하다. 내가 아니었으면 홀딱 빠졌을 것이다.

"카이 씨, 뭐 하고 계셨어요? 방금 그 소년이 웃으면서 걸어가던데……."

"응~? 잠깐 놀고 있었을 뿐이야. 반지 사이즈 맞추기 게임."

그렇게 말하며 나오가 끼워준 반지를 보여줬다.

아, 잠깐만요. 누님, 그렇게 대놓고 불쾌해하지 마세요.

"반지를……. 분명 귀여운 소년이긴 하죠. 저도 그렇게 생각해요."

"레이스 기분이 안 좋아졌어. 카이 군, 왠지는 모르겠지만 사과하자."

"부부 시추에이션 중에서 상위에 위치하는 반지 이벤트를 빼앗겨서 볼을 부풀리는 누님. 정말로 귀엽습니다."

아마 반쯤 장난이겠지만, 잠깐 진정해, 진정~!

"후후, 장난이에요. 그래도 그에게 상당히 관심을 보이시네요? 듣자 하니 비전 기술을 전수한다면서요?"

"그러고 보니 카이 군치고는 웬일로 착하지? 꽤 심술궂은데."

"두 사람이 나를 어떻게 보는지 좀 듣고 싶은데."

"심술쟁이 오빠?"

"조금 삐뚤어지고 못 말리는 사람이라고 할까요?"

믿고 물은 결과가 이거냐! 그게 아니잖아? 믿음직하다거나 동료를 생각할 줄 아는 멋진 오빠란 말이 나와야 하지 않아?! 내가 말하면서도 한 대 치고 싶어지네.

"어쨌든 나한테도 이래저래 생각하는 바가 있어. 게다가 레이스 씨?"

반쯤 장난으로 토라진 척했겠지만, 그래도 조금 분하긴 했으리라.

잘 들으세요. 저는, 반지는 특별한 물건이라고 생각합니다. 그런 고로—.

"내가 있던 세계에서는 결혼을 신청할 때 남자가 여자에게 반지를 선물하는 풍습이 있어."

"그건 이곳도 마찬가지예요."

"그래? 나는 처음 들었어."

"그리고 그 반지는 일설에 의하면 석 달 치 월급을 모아서 산다는 말이 있지."

뭐, 이건 속설이나 선전 문구일 뿐, 명확하게 정해진 형식은 없겠지만.

"즉— 그만한 물건을 찾아서 적절한 시기에 반지 이벤트를 진행하고 싶으니 당분간은 기다려주셨으면 합니다."

당연하다. 나도 남자다. 언젠가, 그래, 언젠가 그날이 오면 확실히 책임질 것이다.

"……아, 아라서여."

"아, 혀 꼬였다! 카이 군, 나한테도 줘. 실은 나도 반지가 없어."

"지금 이야기를 듣고 순수한 선물이라고 생각한 건지, 아니면 에둘러 프러포즈한 건지……."

아마 보나 마나 전자겠지. 너한테도 물론 주고말고.

그래도 그런 건 전부 끝낸 다음에 할 일이다. 여행이 끝나려면, 대체 언제가 될는지…….

개인적으로는 느긋하게 세계를 방랑하는 생활도 즐겁다고 생각하는데…….

시각은 아직 정오였다.

목욕을 하고 돌아온 두 사람이 다음으로 가고 싶다고 한 곳은 뒷산이었다.

두 사람은 화산에 갈 때 지나갔을 뿐 정상까지 오른 적이 없다고 했다.

이 산은 지열의 영향인지 다른 곳보다 기온이 높아 길에서 조금 벗어나면 파릇파릇한 초목이 우거졌고, 작은 식물원처럼 다양한 식물이 자생했다.

그런 녹음 짙은 숲을 구경하며 하이킹 겸 이곳을 찾았다.

그나저나 여관 바로 뒤에 이런 산길이 있으면 할 수 있는 일이 많겠는걸? 예를 들어 여름에 담력 시험을 하거나 텐트를 치고 캠핑을 하거나…….

"밤에 여관을 빠져나온 젊은 커플이 이 산으로 들어왔지만, 다음 날이 되어도 돌아오지 않았고 이윽고 변사체로 발견됐다……. 그 이후 이 산에서는 젊은 남녀의 귀신이 나타나……."

이런 얘기를 한 뒤 담력 시험을 하는 거다. 음, 재밌겠다.

아무쪼록 흉내는 내지 마시길. 여관에 민폐가 됩니다.

그런 생각을 하고 있던 그때, 앞을 걷던 레이스의 걸음이 느려지더니 내 옆으로 왔다.

"……지금 그 이야기 사실이에요? 그런 이야기가 내려오고 있어요……?"

옆에 나란히 선 레이스의 목소리는 떨리고 있었다. 미안,

이런 이야기에 약했구나.

참고로 일본에 있을 때는 슌과 다리아와 함께 심령 스폿을 탐방하기도 했다. 그러나 심령 현상이나 신비한 체험은 결국 경험하지 못했다.

"그런 고로 경험상 그런 소문은 대개 지어낸 이야기라고 생각해."

"와아~! 그런 일을 하고 다녔어? 재밌을 거 같으니까 다음에 얘기해줘."

"너, 전에 마인즈밸리에서 언데드를 엄청 무서워하지 않았어?"

방금까지 열심히 주위를 보던 류에가 신이 나서 다가왔다.

"내가 무서운 건 진짜뿐이야. 그런 장소 근처에서 무서운 이야기를 듣는 건 싫어. 이쪽으로 다가오거든. 그래도 여기는 그런 게 전혀 없으니까 괜찮아."

"그렇군. 레이스, 들었지? 이 성기사님이 보장하셨으니까 겁먹을 필요 없어."

"저, 정말인가요? 그보다…… 류에가 성기사였나요? 전 마도사라고 생각했는데……."

그러고 보니 최근 마술, 마법만 썼지. 바르게 정정해 놓자. 이 아이는 성기사입니다. 그것도 초강력 방어, 광범위 화력을 자랑하고 성기사 검을 전부 얻은…….

"내가 무서워하는 건 정말로 가까운 곳에 그런 게 있을 때뿐이야."

"알았어. 무서운 이야기를 할 때는 참고할게."

"……절대로 하지 마세요!"

마음에 메모. 레이스는 무서운 이야기에 약하다. 기억했다.

산 정상에 도착하자 방금까지 주위를 두리번거리던 류에가 이번에는 기대감에 부푼 것처럼 말을 걸어왔다. 왠지 대단히 들떠 보였다.

"여기는 기후로 보나 환경으로 보나 먹을 수 있는 식물이 많이 있겠어. 잠깐 찾아보고 와도 될까?"

듣고 보니 그늘도 적당히 있고 기온도 적당했다. 가볍게 주위를 돌아보기만 해도 그럴싸한 식물이 보였다.

수맥의 영향인지 도중에 습지 같은 곳도 있었고, 류에 말마따나 산나물을 채취하기에는 딱 좋은 곳 같았다.

"그럼 찾아볼까?"

그러자 한때 아이들을 위해 절약 생활을 하던 레이스도 흥미진진하게 관심을 보였다.

산 생활이 길어도 너무 길었던 류에가 알려준다고 하여 레이스도 의욕을 내비치며 주위 수풀로 들어갔다.

흠, 계절을 생각하면 초봄부터 초여름에 나는 산나물을 캘 수 있을 것 같지만, 가을에는 버섯도 많이 자랄 것 같은 멋진 곳이었다.

“응? 이 향은…… 아카시아 나무 발견.”

원래는 아까시나무라고 불리는, 포도송이 같은 흰 꽃이 맺힌 나무를 발견했다.

달콤한 향기가 강해 온갖 벌이 꼬이는 조금 위험한 나무다.

아카시아 벌꿀은 나름대로 유명하지만, 이 꽃은 꿀이 다가 아니다.

“봉오리를 몇 개 가져가자. 튀겨 먹으면 맛있으니까.”

그렇다. 직접 먹을 수 있다. 심지어 제법 맛있다.

꽃을 송이째로 따서 세 명이 먹을 수 있을 정도만 수확해 조심조심 물러났다.

벌뿐만 아니라 가지에도 가시가 있기 때문에 주의가 필요했다.

일단 난 이 정도면 볼일은 다 봤다.

중천에서 내리쬐는 햇볕 때문에 땀이 맺혀 나무 그늘에 들어가 쉬기로 했다.

그럼 두 사람이 뭘 하는지 볼까?

열심히 무언가를 모으는 류에게로 레이스가 채집한 식물을 가져갔다.

그리고 무슨 말을 듣더니 풀이 죽어 원래 있던 곳에 도로 심었다. 그것을 몇 번이나 반복하는 모습이 어쩐지 귀여워서 무심코 입꼬리가 올라갔다.

먹을 수 있을 것 같으면 보이는 족족 가져가고 있나 보군.

보고 있기 딱해 함께 찾아주러 다가가려는데, 레이스가 이미 몇 번째인지 모를 확인을 받기 위해 식물을 들고 류에에게로 뛰어갔다.

"아, 레이스, 레이스! 이거 먹을 수 있어. 맛있는 나물이야!"

"저, 정말인가요? 드, 드디어 찾았다……. 후후, 많이 캐 올게요."

드디어 레이스도 나물을 찾았나 보다. 그녀는 기뻐하며 수풀 속으로 들어갔다.

어디 보자, 대체 뭘 찾았나? 나도 레이스의 뒤를 쫓아가 보기로 했다.

그러자 수풀 안쪽에 군생한 무언가를 열심히 따서 보자기처럼 치맛자락에 채우는 레이스를 발견했다.

마치 꽃을 가지고 노는 아이 같은 모습이 평소와 달리 무척 말괄량이처럼 보였다. 정말이지 이 누님은 귀엽다.

"레이스, 뭘 찾았다며?"

"아, 카이 씨, 보세요. 이거 전부 먹을 수 있대요."

기뻐하며 돌아본 레이스의 머리카락에는 어디서 걸렸는지 모를 나뭇잎이 묻어 있었다.

그걸 떼어 주면서 레이스가 품에 모은 것을 봤다.

"응? 산마늘이잖아? 웬일이래."

이름 그대로 마늘과 닮은 강한 향이 나는 산나물이었다. 고명으로 쓰거나 데쳐 먹는 등 이용법도 다양하며 지역에 따라서는 고급 재료로 취급받는다.

하지만 레이스 씨, 그렇게 많이 끌어안아도 괜찮겠어? 방금 온천에 들어갔다가 나왔으면서.

“레이스, 너무 많이 따진 마.”

“아…… 죄송해요. 저도 모르게…….”

“그리고 냄새가 강하니까 돌아가면 온천에 한 번 더 들어가자.”

처량한지고. 레이스 씨는 눈물을 머금고 아이템 박스를 열었다.

§ § §

저녁을 먹으며 두 사람에게 내일 일정을 물었다.

참고로 오늘 식사에는 방금 딴 산나물 튀김을 곁들였다.

외부 음식도 얼마든지 가지고 와도 된다고 했다. 아, 두릅 맛있다……. 아카시아 꽃 튀김 맛있다…….

“내일은 정말 아무런 일정이 없어요. 어디에 갈지 고민되네요.”

아삭아삭, 바삭바삭.

“그럼 소풍 겸 전원 풍경이라도 구경하며 걸을까?”

“좋네요. 전에 모든 노온에 물을 댔으니까 구경하기 좋을 거예요.”

아삭아삭, 바삭바삭.

"좋아. 그럼 도시락이라도 준비할까?"

"후후, 그렇다면 이따가 주방을 빌릴 수 있는지 물어볼게요."

아삭아삭, 바삭바삭.

"류에, 튀김을 혼자 다 먹으려고 하지 마."

"그치만 맛있는걸. 나는 이 바삭바삭한 식감이 너무 좋아. 토스트의 겉면, 구운 새고기 껍질, 이 세상의 바삭한 건 모두 좋아해."

"……아, 그러세요. 그럼 다음에 감자 칩이라도 만들어볼까?"

류에는 혼자 묵묵히 튀김을 먹고 있었다. 하지만 고구마와 호박을 남기는 건 그냥 넘어갈 수 없군. 그야 바삭바삭하진 않지만 말이야.

덧붙여 류에는 소금파였다.

휴일. 그것은 의무나 책임에서 해방되어 그 누구의 방해도 받지 않으며 자유를 구가하는 날. 작은 노예 해방이라고도 할 수 있는 행복한 하루를 일컫는다.

계약을 맺고 일이라는 의무를 다한 후에 얻은 『휴일』이다.

그래, 그러니까—.

"……딱히 새벽시장이 열리는 날도 아닌데, 아직은 괜찮잖아……?"

최근 점점 행동에 거리낌이 없어지는 누님이 내 위에 올라타 있었다.

“어제는 기껏 쉬는 날이었는데 시작이 상쾌하지 못했어요. 오늘은 그만큼 푹 잤으니까 충분히 휴일을 즐겨야죠.”

“알았어……. 일어날게, 5분만 더 있다가 진짜 일어날게…….”

“지~금~ 바~로~요~.”

이불 위에서 몸을 흔들어 머리가 같이 흔들리게 되니 강제로 잠기운이 빠져나갔다.

눈을 뜨자 아직 어둑한 실내가 눈에 들어왔다. 시선을 창문으로 돌려도 창호지 너머로 아침 햇살은 느껴지지 않았다.

섭섭함을 떨치고 이불에서 빠져나와 느릿느릿 창문을 열었다. 창밖으로 펼쳐진 것은 정적과 새벽 어스름이 깔린 아기다르의 풍경이었다.

메뉴를 열어 시각을 확인했다. 출력되는 숫자는 『4:00』.

“……레이스, 무슨 할 말 없어?”

“안녕히 주무셨어요?”

아니야. 그게 아냐! 네가 무슨 소풍 당일 초등학생이야?

초등학생도 아직 이불 속에 있을 꼭두새벽이잖아…….

“……그럼 가끔은 새벽 등산이나 가 볼까.”

동도 채 트지 않은 이른 아침이었다. 희미한 어둠에 싸인 산으로 나가자 마치 본격적인 등산을 시작하는 기분이었다.

“류에게 조금 미안한데…….”

"무슨 짓을 해도 안 일어나는걸요……. 코를 막아도, 베개를 빼앗아도, 이불을 덮어도요."

"뭐야, 그거. 무서워. 너무 괴롭히지 마. 난 아이는 자면서 큰다고 믿어."

"……류에를 벽장에 넣은 카이 씨가 할 말인가요?"

"아니, 나도 모르게 그만. 안 일어나는 걸 어떡해."

멍석말이도 아니고 이불말이를 해서 벽장에 던져 넣어 놨다.

행복한 얼굴로 이불에 말린 모습이 어찌나 귀엽던지.

"그나저나 아침에 산을 타니까 기분이 좋네요."

"그러게 말이야. 기분이 상쾌해."

내가 있던 세계에서는 별다른 목적 없이 그냥 산을 타는 사람이 늘어나는 추세였다.

젊은이들 사이에서 등산이 유행처럼 번지기도 했지만, 나는 그런 풍조를 어딘지 모르게 냉소적인 눈으로 바라본 기억이 있다.

하지만 지금 이렇게 걸어 보니, 의외로 목적 없는 등산도 나쁘지 않았다. 이 상쾌함을 체험할 수 있다면 이렇게 아침 일찍 산을 타는 것도 나쁘지 않다는 생각이 들었다.

어쩌면 그것도 레이스와 함께이기 때문일지도 모르지만 말이다.

"햇빛 아래에서 보는 산도 아름답지만, 이렇게 안개에 덮인 풍경도 환상적이라서 좋네요."

“그러게. 정말로 멋져.”

느긋하게, 천천히 신선한 공기를 마시며 올라가자 산길 앞에서 어렴풋이 어떤 소리가 들렸다.

뭔가 딱딱한 물건이 서로 부딪치는 소리와 거기에 맞춰 작게 들리는 사람 목소리…….

설마 나오가 이런 새벽부터 훈련하나?

“이렇게 이른 아침부터……. 그 소년, 노력가네요.”

“그렇지? 잠깐 보고 갈까?”

우리는 조금 걸음을 빨리해서 꼭대기 광장으로 향했다.

“타앗!”

“자세가 앞으로 너무 기울었어요. 그래서는 행동을 간파당합니다.”

“하압!”

“익숙하지 않은 격투술은 자제하십시오. 허점이 생깁니다.”

도착한 산 정상에서는 나오와 스티리아 양이 대련 중이었다.

언제나 나오에게는 마음이 약해지던 그녀가 감정을 드러내지 않으며 담담하게 지시를 내렸고, 동시에 마음이 여린 나오가 동료에게 검을 휘둘렀다.

이윽고 방패에 막힌 일격을 커버하듯 내지른 다른 한 손의 찌르기가 스티리아 양에게 닿았고, 그제야 두 사람이 우뚝 멈췄다.

“한판, 드디어 따냈어. 스티리아.”

“훌륭합니다, 나오 님.”

내가 나오의 건투에 박수를 보내자, 역시 우리를 알아차리지 못했었는지 두 사람이 놀라며 돌아봤다.

“멋졌어, 나오. 그리고 두 사람 다 잘 잤어요?”

“안녕하십니까, 카이본 공. 지는 모습을 보여드렸군요.”

“안녕하세요, 카이본 씨. 보고 계셨군요?”

“그래. 정말 열심히 했어. 대단해.”

“맞아요. 아직 싸움을 시작한 지 얼마 되지 않았다고 들었는데, 꽤 모양이 잡혀 있었어요.”

“아, 오늘은 사모님께서도 오셨네요? 안녕하세요?”

……사모님? 아, 그러고 보니 전에 레이스가 『바깥사람』이라고 말했지.

그 말에 레이스가 천천히 앞으로 걸어 나가 나오의 머리를 살며시 쓰다듬고 돌아왔다.

“정말로 착한 아이네요.”

“……너도 성격 참 특이해.”

나오는 이제 묵묵히 검 휘두르기 연습을 시작했다.

안개를 걷어내듯 검을 날카롭게 뻗는 모습은 마치 이야기에 나오는 용사 같았다.

나는 그런 그의 이야기에 잠깐 끼어든 변수겠지.

조금은, 조금은 그와 같은 이야기, 정통적으로 내려오는 영웅담을 부럽게 생각하는 것은 내가 아직 어린애이기 때문일까?

“아까부터 저 아이의 움직임을 보고 있었는데, 격투술이 미숙한 건 어쩔 수 없다고 쳐도 세세한 부분에 조금 군더더기가 있는 느낌이네요.”

“음? 그래?”

옆에 있던 레이스가 작게 중얼거렸다.

그 말을 듣고 열성 엄마이자 나오를 극진히 아끼는 누님 스티리아 양이 그냥 넘어갈 수 없다는 양 다가왔다.

“나오 님은 원래 싸움과는 무관한 분이었습니다. 다소 부족한 부분은 눈감아주십시오.”

“그런가요? 그렇다면 더더욱 지금 교정해야 해요. 추측이지만, 성능이 좋은 장비만 골라서 쓰게 하고 있죠?”

레이스는 연이어 무엇이 잘못됐는지, 어떻게 하면 나아지는지를 강의했다.

그녀가 말하길, 「그의 체구나 근력, 동작에 맞춰 장비를 바꾸지 않으면 곧 한계가 올 것」이라고 했다.

“저 건틀릿만 해도 그래요. 아마도 저 아이는 악력이 약하겠죠. 검으로 힘이 잘 전달되지 않아 필요 이상으로 힘이 들어갔어요. 그리브도 마찬가지예요. 가죽으로 만들었어도 저렇게 단단한 물건은 저 아이처럼 기민하게 움직이는 검사의 발목에 부담을 줄 거예요."

이 사람, 눈썰미가 좋은 줄은 알았지만, 그런 것까지 알 수 있나?

"개선한다면…… 건틀릿의 글러브 부분을 얇고 마찰력이 강한 소재로, 그리브는 발목 주변 소재를 부드러운 것으로 바꾸세요. 마지막으로 당분간 검이 아니라 몸을 움직이는 격투술 위주로 대련해서 몸에 익히는 게 좋을 거예요."

이렇게까지 구체적인 방안을 제시하자 스티리아 양도 괜한 훈수로 치부할 수는 없었는지, 바로 훈련 중인 나오에게 가서 이야기를 꺼냈다.

그러자 나오가 놀란 얼굴로 이쪽으로 다가왔다.

"대, 대단해요! 확실히 발목이 자주 아프거나 검이 손에서 빠지지 않도록 강하게 잡곤 했어요!"

"장비를 바꾸면 지금보다 훨씬 강해질 수 있을 거예요."

……그 혜안에 감탄했습니다.

§ § §

"눈을 뜨니 나는 어둠 속에 있었어. 좁고, 하지만 아늑한 장소에……."

뜬금없는 류에의 고백— 어딘가 공포를 품은 한편 서운함이 느껴지는 모순된 말이었다. 그랬군…….

“그렇게 마음에 들었다면 다음부터는 벽장에서 자는 게 어때?”

“시, 싫어! 왜 나만 안 깨웠어? 두 사람 다 치사해!”

“아니, 깨우려고 별짓을 다 했는데도 안 일어나길래 그만…….”

“괜찮아요? 자, 손 이리 내밀어요. 이불에서 꺼내줄게요.”

방으로 돌아오자 벽장 속 주민이 된 류에가 깨어나 있었다.

안쪽에서 들리는 흐릿한 목소리에 웃으며 문을 열자 녹아내릴 것 같은 표정을 한 류에가 이불에서 팔을 축 늘어뜨리고 있었다.

“으음…… 묘하게 아늑했는데…….”

그 기분, 조금은 이해한다.

어릴 적 누구나 한 번은 벽장 속을『비밀 기지』라고 부르며 들어가 본 적이 있지 않을까? 아마도 그 이유 모를 습성에는 모 국민 애니메이션도 적지 않은 영향을 미쳤지 않았을까 생각하지만 말이야.

“그나저나 아직 여섯 시밖에 안 됐잖아? 두 사람은 대체 몇 시에 일어난 거야?”

“네 시. 보통은 다들 자는 시간이지. 보통은.”

“우…… 죄송해요.”

류에를 끌어낸 레이스가 조금 민망하게 사과했다.

나도 제법 귀중한 체험을 했으니까 그렇게 신경 쓰진 마시게.

그리하여 오늘도 두 사람과 휴일을 마음껏 즐겼다.

이 이틀 동안의 시간에는 두 사람을 향한 사과의 의미도 포함되어 있었다.

마음에 두지 않는다고는 했으나, 역시 둘의 의견을 묻지 않고 의뢰를 받은 것이 마음에 걸렸다.

그래도 어제오늘 보여준 두 사람의 다양한 표정이 그런 내 마음을, 그리고 희미하게 품은 앞날에 대한 불안감을 몰아내줬다.

내일은 나오 일행도 내 신상을 조사해 오겠지.

모든 것은 거기서부터 시작이다. 아직 서로를 탐색하는 불확실한 관계. 하지만 이제부터는 나도 마음을 굳히고 일행에 녹아들어야 한다.

어두운 방, 이불 속에서 나는 그렇게 몰래 새로이 결의를 다졌다.

3장 타도해야 할 것

"지금까지 저지른 무례를 부디 용서해주십시오. 모든 잘못은 이 일행을 이끄는 제가 모자란 탓입니다. 모든 벌은 제가 달게……."

일이 귀찮아졌다!

휴일이 끝나고 오늘도 약속 시간에 맞추고자 일찍 여관을 출발했더니 나오 일행이 새파랗게 질린 얼굴로 기다리고 있었다.

그리고 방금 그 사과가 이어졌다. 부탁이니까 고개를 드세요, 스티리아 양.

매켄 할아버지조차 미안한 분위기를 전면에 내세우고 있잖아요.

나오도 울지 마! 아무것도 안 해! 아, 정말이지, 일행에 자연스럽게 녹아들려고 했는데 오히려 엎드려 절할 기세잖아!

"설마 이 대륙 영주이자 길드 책임자의 오른팔이었다니……. 이번 일은 저도 세컨더리아 대륙의 일개 국가에 소속된 몸으로서 그냥 넘어가리라고는 생각하지 않습니다. 이때까지의 일도 포함해 모든 게 끝나면 정식으로 사과하고 보상을…….”

어쩔 수 없지. 일단 한번 분위기를 전환하자! 손뼉을 짝 쳐서 사람들의 의식을 환기시켰다.

“크흠, 일단 정답 발표 및 설명을 하겠습니다. 우선 영주가 아니라 영주와 동등한 대우를 받을 뿐입니다. 그리고 길드는 제가 여행하기 편하게 뒤를 봐주는 거지, 딱히 제 직분이 높은 건 아니에요. 다만, 이미 아시다시피 실력에는 다소 자신이 있습니다. 그리고 귀족과도 어느 정도 친분이 있다는 사실은 조사하셨을 테죠? 검술이나 마법도 그쪽에서 알게 됐다고 보시면 됩니다.”

이미 이들이 어떤 꿍꿍이를 숨기고 이 대륙을 찾은 건 아니라는 것을 알았으므로 내 정보나 힘을 밝혀도 문제없으리라 생각해 얼추 설명했다.

그들이 말하던『왕전 검술』이란 것도 아마 유서 깊은 분들에게 전해지는 기술이라고 예상하고 그럴싸한 이유를 만들어 냈다.

그러자 스티리아 양이 납득한 것처럼 고개를 끄덕였다.

“실제로 이렇다 할 권한을 가지진 않았으니까 지금까지 하던 대로 대해 주세요. 그냥 무슨 일이 있을 때 써먹을 비장의 무기를 얻었다고 생각하시면 됩니다.”

“그, 그렇군요……. 하지만 그러기에는 너무나도 그…… 보수가 적습니다. 이야기를 들은 바로는 카이본 공은 길드 최강,

엔드레시아까지 펼쳐진 거대 조직의 최고 전력이시라고 알고 있습니다. 그런 분을, 설마 그런 가격으로 고용했을 줄은……."

"암, 안 될 말이지. 쉽게 말해 우리나라가 그쪽 조직에 큰 빚을 지는 꼴이네. 그건 우리 입장으로서도 피하고 싶어."

매켄 할아버지가 말씀하시길, 원래대로라면 성체인 용을 단독으로 해치울 수 있는 사람을 고용하려면 나라가 작위나 토지를 내려 정식으로 객장(客將)으로 임명해야 할 정도라고 했다.

이번에는 그들이 그런 보수를 갑자기 준비할 수 없으므로 추가 계약금을 지불하는 형식으로 마무리 지은 듯했다.

그 액수가 참…… 계약금만으로 그 여관에 반년 가까이 머물 수 있는 수준이더라…….

좌우지간 내 신상과 어엿한 신분을 가진 사람임을 알게 된 덕분인지, 일행 중에서 가장 의구심을 품던 스티리아 양의 태도가 부드러워진 것은 요행이었다.

우선은 이것으로 진정한 의미로 시작점에 서게 됐다고 생각하면 되겠지?

"그럼 오늘부터 다시 잘 부탁합니다."

"그래. 잘 부탁하네, 카이본 공."

"자, 잘 부탁해요, 카이본 씨."

"잘 부탁드립니다, 카이본 공."

§ § §

내가 나오 일행에 참여한 지 벌써 4주가 지났다.

처음에 비하면 나오의 레벨도 무려 38까지 올랐다.

물론 해방자는 축복받은 스테이터스를 가졌고 성장률도 높기 때문에 게임 시절 캐릭터로 따지면 70레벨 남짓한 힘을 가졌지만…….

“나오! 들려?”

분화구 내부를 따라 나선형으로 난 통로를 달리며 반대편 통로에 있는 나오에게 소리쳤다.

“네!”

“내가 그쪽으로 적을 몰고 갈 테니까 기술 쓸 준비해!”

나는 약속대로 나오에게 검술 『웨이브 모션』을 가르쳤고, 그는 그것을 완벽하게 익혔……다고 하기에는 애매하지만, 비장의 무기가 될 만한 기술을 익힐 수는 있었다.

원래 참격을 날릴 뿐인 초급 기술이었지만, 어떻게 된 까닭인지 그의 경우에는 양손에 든 검이 빛을 둘렀고, 그것을 내리쳐 적을 갈라 버리는 기술이 되어버렸다.

요컨대 날아가야 할 빛의 참격이 칼끝에 붙어서 떨어지지 않았다.

처음에는 실망했지만, 발동에 시간을 들이면 들일수록 위력이 늘어난다는 사실이 판명되어 지금은 그의 필살기처럼 취급받았다.

그런 나오와 내가 지금 있는 곳은 어디인가? 그 답은 화산 동굴 제4층, 그리고 오늘은 단둘만 탐색 중이었다.

"슬슬 합류 지점인데……."

나선형 통로를 전속력으로 내려가 나오가 기다리는 곳 바로 옆까지 왔다.

현재 내 등 뒤에는 수십 마리에 이르는 마물이 나를 없애려고 떼 지어 쫓아오는 상태였다. MMORPG에서 흔히 말하는 『몹몰이』였다.

마지막 커브를 돌자 양손의 검을 만세 자세로 든 나오가 보였다.

칼끝에는 빛나는 칼날이 생겨 어두운 동굴을 밝게 비추었다.

"나오, 지나치는 순간 전력으로 내리쳐!"

"네! ……웨이브 모션!"

나오와 지나친 직후, 뒤에서 어마어마한 굉음이 울려 퍼졌다. 난 지체 없이 그에게 다가갔다.

마른침을 삼키며 흙먼지가 가라앉기를 기다렸다. 먼지가 천천히 통로 바깥쪽, 분화구 쪽으로 빠지며 시야가 트였다.

그곳에는 거의 원형이 남지 않은 마물 사체와 으스러진 바위가 어지럽게 흩어져 있었다.

깊이 패인 구덩이는 그의 일격이 얼마나 날카롭고 강력했는지 말해줬다.

이거 참, 이제는 완전히 다른 기술이군.

"아, 해냈어요! 또 레벨 업…… 능력이 성장했나 봐요!"

"이 작전으로 하길 잘했어! 그럼 오늘은 이 앞에 뭐가 있는지만 확인하고 돌아갈까?"

그날, 참된 의미로 일행의 동료로 들어간 후로 우리는 파죽지세로 던전을 돌파했다.

물론 그것은 『타이런트 드래번』을 쓰러뜨린 후부터 출현하는 마물이 다시 평범한 수준으로 돌아왔고, 그 후 등장한 계층 보스도 극단적인 힘을 가지 않았기 때문이었다. 역시 그 드래곤이 특이 케이스라고 봐야 할 것이다.

그리고 지금은 왜 두 명밖에 없느냐면, 나오의 레벨이 오르기도 해서 「슬슬 본격적인 훈련을 쌓아야 한다」는 나의 제안이 채용되었기 때문이었다.

매일 교대로 나오와 2인조로 던전에 도전해 다양한 종류의 연계 방법을 익히게 한다는 방침이었다.

의외로 내가 세운 방침에 가장 먼저 찬성한 사람은 스티리아 양이었다.

솔직히 두 사람뿐이면 방어가 허술해진다며 반대 당할 각오로 제안했는데…….

어쩌면 둘만 남을 수 있는 기회라서……? 그렇게 생각하는 것은 삐뚤어진 인간의 천박한 생각일까?

“그나저나 제법 높은 층까지 왔네요. 아래로 용암이 보여요.”

“저건 1층 어딘가로 이어진 걸까?”

“그럴지도 몰라요. 카이본 씨 동료 두 분이 갈림길 앞으로 간 적이 있었죠? 어쩌면 거기가 아닐까요?”

완만하게 경사진 통로를 올라가자 눈앞에 거대한 벽이 나타났다.

이 층 아래쪽에서만 마물 사냥을 하던 까닭에 이곳까지 올라온 것은 이번이 처음이었다.

물론 올라오면 올라올수록 마물 수가 늘어나서, 지금까지 이곳까지는 오지 못했다고 하는 편이 옳을 것이다.

그래서 이번 몰이 사냥으로 단번에 나오에게 경험치를 몰아주고, 또한 위층까지 통로를 개척한다는 작전을 세운 것이었다.

“막다른 길……일까요?”

“탐지 마법을 써볼게.”

이제는 익숙한 [소나]를 발동했다. 아무래도 이 벽 너머에 공간이 있는 듯했다.

하지만 영 불확실한 반응이었다. 어쩌면 1층 시련의 방처럼 변동하는 장소일지도 모르겠다.

벽을 깨부술까 하는 생각도 해 보았으나, 그러다가 공간이 소실되면 본전도 찾기 어려웠다.

그것을 설명하자 나오가 천천히 주위를 살펴보았다.

"게임…… 앗, 제가 살던 세계에 있는 영웅담이나 옛날이야기에서는 이럴 경우 주위에 꼭 장치가 있었어요."

나오는 바닥에 쭈그려 앉아 바위를 뒤집거나 그 뒤쪽을 살피기 시작했다.

척후로서 선수를 빼앗길 수는 없다며 나도 모퉁이나 천장을 조사했다.

하지만 [소나]에도 반응하지 않는다면 설사 있다고 해도 상당히 작을 터였다.

"……아, 뭔가가 있어요. 이거 보세요!"

"선수를 빼앗겼네. 어디 볼까?"

벽 옆의 작은 바위 뒤쪽 땅에 사각형 금속판이 묻혀 있었다.

붉은 광택이 나는 그 금속판은 부자연스러운 삼각형 구멍이 뚫려서 마치 그곳에 무언가를 꽂으라고 말하는 듯했다.

"이건…… 열쇠를 찾지 않으면 지나갈 수 없는 패턴인가?"

"그럴지도 모르겠네요……. 여기로 올 때까지 수상한 장소가 있었던가요?"

"글쎄…… 왔던 길을 샅샅이 뒤져야겠군."

지금 단계에서는 앞으로 갈 수 없나? 그것을 안 것만으로도 다행이라 여기고 오늘은 이만 철수하기로 했다.

"수고하셨습니다. 나오 님, 카이 공."

"다녀왔어, 스티리아."

"지금 돌아왔어요."

동굴을 나와 화산 지대에서 빠져나오자 그곳에는 오늘도 사복 차림인 스티리아 양이 나오를 마중 나와 있었다.

연상 누님이 매일 마중을 나오다니, 세상 모든 남자 고등학생이 들으면 질투로 저주받아 죽지 않을까? 아, 만약 나도 그 또래였다면 아마 화산에 두고 왔을 거다.

"오늘은 나오가 큰 활약을 했어요. 혼자 서른 마리 가까운 마물을 쓰러뜨렸으니까요."

"뭐요?! 카이 공, 그런 위험한 싸움을 시키셨습니까! 나오 님이 잘못되면 어떻게 하실 생각인가요?"

"너무 감싸기만 하는 것도 안 좋지 않나요? 나오는 이미 제 눈으로 봐도 훌륭한 검사입니다. 그 정도는 할 수 있다고 생각하고 믿은 거죠."

"하지만 당신은 어디까지나 검사입니다. 나오 님을 치료하실 수 없지 않습니까……!"

"수단이 없지는 않아요. 게다가— 제가 만에 하나라도 나오에게 위험이 미칠 작전을 세울 리가 없잖아요?"

본본 선생님의 몰이 사냥 강의를 과보호 누님에게 설파했다.

조금 옥신각신했지만, 함께 행동하게 된 후 나름대로 시간이 지나 이 정도 말싸움도 일상다반사가 됐다.

물론 사이가 험악해지거나 하지는 않았다. 그 정도 신뢰 관계는 쌓았기 때문이었다.

보라. 호칭도 『카이본 공』에서 『카이 공』으로 바뀌지 않았는가.

"그래서 나오의 기술이라면 틀림없이 전부 해치울 수 있다고 판단했죠."

"……작전은 이해했지만, 그래도 마음이 편치 않습니다. 가능하다면 가까운 곳에 저나 매켄지 옹이 있을 때 해주셨으면 좋겠군요."

"스티리아, 괜찮아. 나는 이미 예전처럼 살짝 부딪치기만 해도 넘어지는 몸이 아니야. 이곳으로 온 후로 엄청 강해진 건 사실이야."

연상연하 콤비가 왠지 좋은 분위기로 변하고 있지만, 나도 조금 지쳤다. 자, 자, 감격의 눈물을 흘리기 전에 배부터 채우러 갑시다.

나오가 이 마을에 머문 지 꽤 됐고, 내가 실수로 해고당할 기미도 없었기에 지금은 마을에서 외지인을 볼 기회가 부쩍 줄었다.

처음에는 관광을 즐기는 사람도 있었지만, 지금은 화산지대 주변에서 소재를 채취하는 사람이 드문드문 남았을 뿐이었다.

약간 쓸쓸해진 마을을 돌아보면서 우리는 오늘도 술집으로 향했다.

"아, 맞아. 오늘 밤쯤에 그쪽 방에 가도 될까요? 오늘 탐색에 관해 보고하고 싶은 일이 있는데."

4층 최상부까지 도착한 것, 그리고 그곳에서 본 벽과 장치에 관해 이야기했다.

그러자 스티리아 양은 「던전치고는 그런 장치가 적어 슬슬 나올 때가 됐다고 생각했다」고 말했다.

그러고 보니 세컨더리아 대륙의 전쟁이 시작된 이유도 던전의 자원 때문이라는 듯했다.

그녀가 말하길 세컨더리아 대륙에 봉인된 칠성의 영향 때문인지, 조금이라도 칠성 주변 지역으로 가면 크고 작은 던전이 간간이 보이며 이권을 둘러싼 분쟁이 빈발했다. 그리고 긴 역사 속에서 그 이권 다툼은 결국 나라 간의 전쟁으로까지 발전했다.

칠성을 해방해 던전의 근원을 뿌리 뽑고 그 공적으로 전후 교섭 테이블에서 우위를 점하고 싶다. 그것이 그들의 진짜 목적이자 나오가 소환된 이유였다.

"오늘 벌이도 쏠쏠하군. 이미 제 계약금 이상으로 벌지 않았나요?"

"네. 하지만 그건 카이 공이 저희와 교섭해주셨기 때문입니다. 원래대로라면 이런 금액으로 힘을 빌릴 수는 없으니까요……."

"그건 말하지 않기로 했잖아요? 저는 여행을 하는 몸입니다. 언젠가 그쪽 대륙으로 갈 일도 있겠죠. 그때 곤란한 일이 있으면 도움을 빌릴게요."

"그거야 물론입니다. 카이 공 덕분에 목숨을 건졌으니까요. 은혜를 갚을 수 있다면 저는 일시적으로 카이 공에게 충성을 바칠 수도 있습니다."

조금 호들갑스럽지만, 호의는 고맙게 받아들이자.

그나저나 세컨더리아 대륙이라……. 아직 한참 후의 일이겠지만, 제법 재미있는 곳이겠다. 물론 전쟁에 휘말리긴 싫지만.

"좋아, 정산 끝. 그럼 오늘은 여기서 해산할까요?"

"카, 카이본 씨! 마침 점심인데 같이 뭐라도 먹고 가지 않을래요?"

그런데 여기서 점심 제안이 들어왔다. 괜찮아? 옆에 있는 누님이랑 둘이서 먹고 싶었던 거 아니야? 누님이 복잡한 표정을 짓진 않을까? 아, 함께 와 달라는 표정이다.

"그럼 같이 먹을까? 나오, 뭐 먹고 싶은 거라고 있어?"

이 마을은 사실 식당이 많았다.

물론 쌀농사가 번성한 곳이라서 솥밥이니 주먹밥이니 정식이니 하는 일식집 분위기의 가게가 대부분이지만 말이다.

쌀이라면 환장하는 사람으로서는 기쁘기 그지없지만, 사실은 최근 좀 물렸다.

나오도 겉으로 보기에는 순박하고 귀엽지만, 본디 남자

고등학생이다. 슬슬 기름지고 든든한 음식을 먹고 싶어 하지 않을까?

"먹고 싶은 거요? 갑자기 물으셔도 잘 안 떠오르네요."

"그럼 마을 안을 돌아볼까? 가다 보면 마음에 드는 가게도 나오겠지."

술집이 있는 뒷길은 역시 원래 세계와 비슷한 술집이나 어쩐지 향수가 묻어나는 붉은 초롱이 걸린 선술집이 처마를 맞대고 있어서 그런지 점심 영업을 하는 가게는 거의 없었다.

한편 큰길에는 백반집이나 소바 가게 등, 이거 완전히 일본 아니냐고 따지고 싶어지는 음식점이 눈에 띄었다.

그러나 안타깝게도 고기집이나 라멘 가게 등 젊은이가 좋아할 만한 곳은 없었다. 한창 많이 먹을 때인 나오에게는 조금 부족하게 느껴지리라.

"정말로 따로 먹고 싶은 거 없어? 말하면 만들어 줄지도 몰라."

"으음…… 그럼 저기, 튀김 요리인데…… 가라아게#12라고 아세요?"

뜻밖에도 나오의 입에서 나온 이름은 기름진 음식의 대표

#12 가라아게(から揚げ) 일본의 튀김 요리. 보통은 닭튀김을 말하지만, 다른 고기를 사용하는 경우도 있다.

주자, 튀김의 정석 가라아게 님이었다. 음, 그건 멋지지. 마음대로 레몬을 뿌리는 사람과의 공방, 엄습하는 마요네즈파의 마수! 제3세력 오로시 폰즈![#13] 정말로 멋진 음식이야.

"제가 살던 지방에서는 다른 이름으로 불렀어요. 비슷한 요리라면 이 세계에도 있었지만……."

흠, 혹시 나오는 홋카이도 출신인가? 그렇다면 그건 튀김옷에 간장 맛이 밴 『잔기』가 아닐까?

어쩐지 나도 오랜만에 먹고 싶어졌다. 어디, 그럼 매일 열심히 훈련하는 나오를 독려하는 의미로 실력을 발휘해 볼까?

"가라아게는 엔드레시아에서 먹어본 적이 있어. 만드는 법도 아니까 숙소 주방을 빌려서 만들어 볼까?"

"뭐요?! 카이 공이 요리를 한다고요?!"

"네?! 요리하실 줄 알아요?!"

너무들 놀라신다~. 그렇게 안 어울려요?

여관으로 돌아와 종업원에게 부탁해 봤으나, 주방을 쓰려면 주방장의 허가가 필요하다고 했다.

바로 주방으로 가자 소매 달린 흰 앞치마를 입은 햄쥐 족이 팔짱을 끼고 떡하니 버티고 있었다.

『손님, 내 요리에 불만이라도 있나?』

귀여운 얼굴과 조그만 몸집으로 애써 위엄을 유지하려는

#13 오로시 폰즈 감귤류 과즙으로 만든 소스에 무를 갈아 올린 것.

모습이 무척 귀여웠다. 하지만 그녀는 이곳을 감독하는 주방장이었다. 그에 합당한 예의를 갖춰 교섭해야 했다.

"주방장님 실력에는 감탄했습니다. 습도나 온도에 신경 써서 엄중하게 보관한 가다랑어포를 요리 직전에 깎아 처음으로 우려낸 환상적인 국물! 그 실력과 고집 있는 방식에는 머리가 절로 숙여지더군요."

겉모습이나 나이는 상관없었다. 그 실력은 존경해 마땅한 일류였다.

『손님, 당신 동업자군? 그렇게 자세히 아는 사람은 흔치 않지. 설마 마을 밖에 이세계 요리를 아는 사람이 있을 줄은 몰랐어.』

지금 이렇게 호탕한 대화를 주고받고 있지만, 이것은 전부 널빤지에 적힌 말이었다.

내 귀에 들리는 것은 귀여운 얼굴을 한 소녀의 『찍찍』이라는 울음소리뿐이었다.

"그 이세계에서 온 소년이 고향의 맛을 재현해달라고 부탁했거든요. 이 주방을 쓰게 해주실 수 없을까요?"

그 결과, 만드는 모습을 구경하게 해달라는 조건으로 허가가 떨어졌다.

§ § §

지금 있는 곳은 바로 나오 방 앞.

내 양손에 들린 큰 접시에는 본토의 풍미를 살린 잔기가 수북하게 쌓였다.

잔기는 보통 가라아게와의 경계가 모호하지만, 어패류를 쓰는 경우는 당당히 잔기라고 부를 수 있단 말씀!

이번에는 보편적인 닭고기와 잔기의 대표 격이라고 할 수 있는 문어를 써 봤다.

낚시꾼 여러분, 받은 재료는 잘 활용했습니다!

"문 열어줘, 너무 많이 만들어서 양손을 못 써."

보라! 이 압도적인 볼륨! 자, 무릎을 꿇어라, 잔기의 시간이다![#14]

"우와~! 진짜 잔기다! 먹어도 돼요?!"

"그래……. 더 먹어도 돼."

테이블에 접시를 올려놓자 나오가 득달같이 달려들어 자신의 접시에 잔기를 수북이 쌓았다. 막 튀겨 뜨거울 텐데도 불구하고, 그는 입을 크게 벌려 잔기를 한입에 넣어버렸다.

조금 우스운 얼굴로 후후 숨을 뱉으며 기쁘게 먹는 모습은 만든 사람을 흐뭇하게 해주는 무엇보다 뿌듯한 보수였다.

#14 자, 무릎을 꿇어라, 잔기의 시간이다 게임 『판타지 스타 온라인 2』에 등장하는 하기토 펨토의 대사 「자, 무릎 꿇어라, 참회의 시간이다」의 패러디.

"나오 님…… 그렇게 급히 드시지 않아도……."

"자, 흰 쌀밥이 왔어. 주방장님, 감사합니다."

뒤에서 주방장이 나타나서 솥을 살며시 놓고 갔다.

그녀가 떠나면서 『됐어. 오랜만에 진짜배기의 솜씨 잘 봤어, 형씨』라고 적힌 팻말이……. 쿨하고 멋있어야 할 텐데 역시 주방장은 귀엽네요.

나 역시 만족스러운 완성도에 흡족해하는데, 쌀밥을 손에 든 나오가 밥그릇을 조용히 테이블에 올려놓았다.

"나오, 왜 그래? 입에 안 맞아?"

고개 숙인 그의 표정을 볼 수가 없어 대답이 돌아오기를 기다렸다.

그러자 그때, 테이블에 툭 떨어지는 빛나는 것을…… 보았다.

……그래, 그렇겠지. 내 배려가 조금 부족했다.

그것은 의심의 여지가 없는 눈물이었다. 그리운 맛이 마음속에 있던 감정을, 고향에 대한 향수를 뒤흔들어 놓았겠지.

"……미안, 나오. 수행 중인 너한테 줄 게 아니었는데……."

"아뇨…… 괜찮아요. 그냥 조금 그리워졌을 뿐이에요."

……아직 열일곱 살이다. 그는 아직 어린아이이다. 집이 그립고 가족이 그리운 게 당연하다. 착하고 순박한 그라면 더더욱 그렇다.

"나오 님…… 정말로 사과해서 끝날 일이 아닌 건 압니다. 제가 반드시, 원래 세계로 돌아갈 수 있도록 이끌겠습니다……."

스티리아 양이 결의를 새롭게 다지며 힘주어 말했다.

이 누님도 마음이 아프겠지. 그녀가 그를 아끼는 것은 누가 봐도 자명하니까.

……오늘 탐색에서 발견한 벽과 장치, 그리고 그 계층의 지형으로 봐서 아마도 종착점은 가까울 것이다.

첫 계층 보스 이후로는 순조로웠다. 하지만 첫 시련에서 그런 변수가 발생한 이상 이대로 아무 일도 없이 끝나리라고는 생각할 수 없었다.

어쩌면 다시 일행이 죽음을 각오해야 하는 국면에 직면할지도 모른다. 그래도 분명 그들은 포기하지 않으리라.

하지만 지금 그는 이렇게 자신의 현재를 바라보고, 그리고 그리운 고향을 떠올리고 있었다.

그것은 분명 지금 그에게 필요한 일일지도 몰랐다.

여기까지 그는 쉬지 않고 달려왔다. 그렇다면 마지막 시련을 앞두고 조금만 멈춰 서서 각오를 다질 시간이 있어도 좋지 않을까?

지금은 두 사람만 있게 남겨 두고 방을 나왔다. 그런데 이야기를 들었는지, 복잡한 표정을 지은 매켄지 옹, 켄 할아버지가 홀로 복도에 서 있었다.

나는 뭔가 할 말이 있어 보이는 그와 함께 조용히 자리를 떴다.

우물…
울컥

“카이, 잠깐 나 좀 보세.”

“그러죠. 어디로 갈까요?”

“모든 걸 벗어던지고 얘기하는 곳이지.”

연결 복도를 건너 본관에서 접수를 마치고 청소가 막 끝난 목욕탕으로 갔다.

서로 한마디도 하지 않고 그대로 온천에 몸을 담갔다. 이윽고 켄 할아버지는 더 이상 침묵을 견디지 못하겠다는 듯이 한숨을 토했다.

“……이보게, 카이. 엔드레시아의 칠성에 관해 얼마나 알고 있나?”

“……모든 칠성 중에서도 가장 힘이 강한 괴물 중의 괴물이라죠?”

“그래. 그리고 나는 그것에게 위협당하던 엘프 일족의 후예라네.”

그의 고백에 가슴이 조금 술렁거렸다. 물론 그의 이름에 『그 씨족의 이름』이 없는 것은 확인했다. 그 한순간 끓어오른 마음을 가라앉히려고 탕 속으로 의식을 담가 녹였다.

그의 일족은 원래 엔드레시아 최북단에 위치한 숲, 즉, 류에가 살던 『얼음 안개의 숲』에서 살았다고 했다.

하지만 용신의 폭거에 견디다 못해 멀리 떨어진 땅, 세컨더리아 대륙으로 이주했다.

“나는 아버지와 할아버지 대부터 칠성에 관한 이야기를

들었네. 그 날개는 만물을 날려 버리고 발톱은 대지에 아물지 않는 상처를 남기며, 이빨은 이 세상 살아 있는 모든 것을 깨물어 부순다고 하더군."

조용히 켄 할아버지의 독백이 이어졌다.

"나는 사실 그렇게 무서운 용신과 동료라는 칠성을 해방하는 데 반대했다네. 그래서 나는…… 해방자 소환 마법을 쓸 때 힘을 뺐어……. 조금이라도 달성할 가망이 적은 자가 오길 빌면서……."

"……켄 할아버지였어요? 나오를 부른 사람이……."

"소환술을 사용한 직후, 퍼뜩 정신이 들더군. 내가 무슨 짓을 한 건가, 하고. 그래서 내가 그를 따라다니는 건 의무이자 속죄라네."

틀림없이 나오의 자세를 보고 자신의 죄가 얼마나 무거운지 새삼 깨달았겠지.

그래서 그는 1층 시련의 방에서도 가장 먼저 앞으로 나갔던 것이리라.

"스스로 생각해도 이제 와서 무슨 염치인가 싶지만, 그래도 들어주게. 부디, 부디 나오 공을 지켜주게나. 이 화산 동굴을 무사히 돌파하고 그가 힘을 기르는 데 조력해주게."

"……새삼스럽네요."

정말로 새삼스러웠다. 방금 나오의 흐느낌을 듣고 죄책감이 되살아난 게 아닐까.

“나에겐 이대로 아무 일도 없이 탐색이 끝나리라는 생각이 도저히 들지 않아……. 만약 다시 그 용에 버금가는 상대가 나타났을 때, 자네에게 『목숨을 걸어라』라고 말할 입장도 아니야. 허나—.”

역시 그도 나와 마찬가지로 던전에 이상함을 느끼고 있나 보다.

그는 안달이 나는 듯 말이 점점 빨라지며 내 쪽으로 몸을 돌렸다.

“저는 분명히 계약했습니다. 나오가 만에 하나라도 잘못되지 않도록 최선을 다하겠다고요.”

나 참…… 울지 마요, 변태 영감님. 정말이지 난감한 일행이네.

그런 모습을 보여주거나 이런 식으로 부탁하면, 어떻게 반응해야 할지 모르겠잖아.

왜냐하면, 나는—.

친절함도 지령을 위해서도 아닌, 지극히 개인적인 이유로 그들을 돕고 있으니까.

§ § §

켄 할아버지와 헤어지고 우리가 먹을 잔기를 가지고 방으로 돌아왔다.

종업원이 말하길 오늘은 두 사람 모두 점심 전에 돌아왔다고 했다.

“다녀왔어. 배고프—.”

“쉿…….”

문을 열자 류에가 입술에 손가락을 대고 조용히 하라고 눈치를 줬다.

류에의 옆에는 웬일로 레이스가 잠들어 있었다.

방석을 접어 베개 삼고 창으로 비치는 햇살을 이불 삼아 잠든 레이스를, 옆에 앉은 류에가 애정 어린 눈길로 바라봤다.

부드러운 머리카락을 쓰다듬는 류에의 얼굴에선 조금 죄책감이 엿보였다.

“최근 무리하게 의뢰를 받았어. 아마 피로가 쌓였을 거야.”

“그래? 매일 정말로 즐거워 보였지.”

“레이스는 마족이라서 성장도 빨라. 나도 모르게 말리기는커녕 의뢰를 닥치는 대로 받아 버렸어. 그래서 오늘은 조용히 쉬게 해주려고.”

그 상냥함에 닿아 있기 때문일까? 잠든 레이스의 얼굴은 무척 안심한 것처럼 평온해 보였다.

나도 조용히 조심조심 옆에 앉아 그런 두 사람에게 다가갔다.

“……마을에 왔던 사람들이 많이 빠져나가서 이제야 뭐가 좀 보여. 아마 이제 곧 움직일 거야."

"……자객."

변함없는 어조로 나직이 중얼거린 류에의 얼굴이 자애에 찬 표정에서 등골이 오싹해지는 냉소로 바뀌었다.

"내가 미끼가 되어서 끌어낼게. 그대로 없애도 될까?"

"……아니, 내가 처리할게. 포박만 하면 돼. 게다가 아캄에게 전언을 남길 생각이야."

나는 조용히 색색거리는 레이스의 머리카락을 만졌다. 간지러운 듯 표정을 일그러뜨리는 모습이 평소의 당차고 빈틈없는 누님과는 달라도 너무 달라서…….

잠든 너는 이토록 무방비하구나.

햇빛을 받아 빛나는 그녀의 머리카락을 조심스레 매만졌다.

닿을락 말락 한 머리의 날개가 마치 고양이 귀처럼 움찔 반응했다.

날개를 펼치고 다시 대륙으로 날아오른 그녀를 떨어뜨리려고 한다면…….

자유를 빼앗아 새장에 가두려고 하는 족속이 있다면…….

이 여행을, 이 마을에서 보내는 일상을 망가뜨리는 족속이 있다면—.

결의를 새롭게 다지고 잠든 레이스의 뺨에 손을 뻗었다.

……없애야 한다. 흔적조차 남기지 않고.

그때였다. 레이스의 흰 뺨에 손이 닿은 순간, 그녀의 눈이

번쩍 뜨이더니 내 시선과 딱 맞아버렸다. ……대단히, 어색했다.

"자, 잘 잤어? 레이스."

"……쿠, 쿠울."

왜 또 눈을 감니?

다음 날 아침. 어제 푹 쉰 덕분에 레이스의 피로도 풀린 것 같았다. 내가 눈을 뜨자 기운차게 인사하고 함께 이불을 개자고 했다. 그리고 웃으면서 나를 이불에 돌돌 감으려고 했다.

그런 레이스의 장난에 마주 웃으며 이불에서 빠져나온 나는 레이스를 벽장에 넣으려고 했다.

그런데 그곳이 묘하게 마음에 들었는지, 류에가 또 다시 무릎을 끌어안고 틀어박혀 있었다.

"얘도 참……. 어서 나와."

"후후, 역시 마음에 들었어."

류에를 끌어내려고 손을 내밀었을 때였다.

바닥이 크게 흔들리며 류에와 이불이 함께 쏟아졌다.

아직 계속되는 큰 진동이 온몸을 흔들었다. 나는 황급히 자세를 낮추고 두 사람을 끌어안았다.

"지진이야, 머리 숙여!"

"어? 응? 이게 무슨 일이야?! 거대한 마물인가?!"

"이건…… 뭘까요……? 마법, 인가요?"

격심한 상하 진동 때문에 무릎을 몇 번이나 바닥에 찧었다. 생각보다 훨씬 큰 지진이었다.

당황하는 두 사람을 진정시키기 위해 몸을 감싸고 진동을 견뎠다. 진동은 차츰 약해지더니 이윽고 느낄 수 없을 만큼 잦아들었다.

방에 있는 이로리를 확인했다. 주전자를 매달아 놓는 갈고리도 흔들리지 않았다. 지진이 완전히 멎었다고 확신한 나는 두 사람에게 말을 걸었다.

"이제 괜찮아. 진동이 꽤 컸어……. 두 사람 다 다친 데 없어?"

"방금 벽장에서 떨어질 때 부딪쳤을 뿐이야. 괜찮아."

"저, 저도 괜찮아요……. 지금 그건 뭐였죠?"

지진……이라고 생각하지만, 그런 것치고는 초기 미동을 느끼지 못했다.

게다가 그 격한 진동은 단순한 지진과는 조금 다른 느낌이…….

곧바로 여관 종업원이 찾아왔다. 만약을 위해서 오늘은 바로 피난할 수 있게 본관으로 방을 옮겨달라고 하여 그곳에서 식사를 마쳤다.

그러자 우리와 마찬가지로 피난 온 나오 일행이 달려왔다.

"여러분은 괜찮았나요?!"
"그래. 딱히 다치진 않았어. 그쪽은 어때?"
"저희도 무사해요. 저기—."
"나오 공에게 지진이라는 현상을 들었습니다. 들어 보니 오늘 탐색은 중지하고 잠깐 상황을 보는 편이 좋을 듯합니다."
"지진에 관해선 저도 조금 압니다. 확실히 오늘은 그만두는 편이 낫겠네요."
도중에 연결 복도 일부가 부서지거나 산 일부가 무너진 것을 보았다. 어쩌면 던전에도 영향이 있었을지 모를 일이었다.
그들의 제안을 받아들이기로 하고 오늘은 탐색을 중지했다. 나오 일행은 마을 상황을 보러 가겠다고 했다.
이 마을은 주변 대부분이 산으로 둘러싸인 관계상 여차할 때 도망칠 곳이 한정되는데…… 유사시 피난 경로는 확보되어 있을까?
"우리도 잠깐 마을을 보러 갈까?"
"그게 좋겠어요. 사람들이 걱정이에요."
"다친 사람이 있으면 고쳐줘야겠어."

여관을 나와 큰길로 나가자 역시나 방금 사태의 영향으로 가게 앞 상품이 넘어지거나 간판이 떨어진 가게가 있는가 하면 짐마차의 차축이 부러져 오도 가도 못 하는 행상인도 보였다.
전에 찾은 건어물 가게도 장식해 놓은 다시마 오브제가

산산조각 나는 등 생각보다 피해가 큰 듯했다.

"그래도 부상자가 거의 없어서 다행이야. 게다가 비관하는 사람도 없고……."

"그러네요. 어째선지 웃는 분들도 많고요……."

정말로 그랬다. 귀를 기울이면「하이고~! 간만에 흔들리꾸만」,「시방, 이런 건 흔들린 축에두 안 들어야」,「이거도 팔긴 글렀으니까 마카 묵고 치압시다!」라는 등 긍정적인 것 같으면서도 얼빠진 것 같은 대화가 들려왔다.

이 사람들, 너무 굳세잖아…….

그나저나 이상했다. 지진에 꽤 익숙한 분위기인데 이 대륙에서 오래 산 레이스는 방금 같은 반응을 보이지 않았던가? 이 차이는 대체 뭘까?

가까운 곳에서 검은 잔해를 회수하는 건어물 가게 주인에게 조금 전 지진에 관해 물었다.

"그냥 화산 지진이야. 던전화란 거 때문에 실실 흔들렸는데, 오랜만에 큼지막항기 와서 놀랬어."

"화산 지진…… 그거 위험하지 않나요? 분화할 위험성은요?"

"모르지. 그래두 증말로 큰일이 날라문 튀어야지."

다시 말해 대단히 국지적인 현상이란 뜻……. 오히려 평범한 지진보다 긴급성이 높은 듯한데…….

그들은 피난 가지 않아도 괜찮을까?

아니면 오랜 세월 이곳에 살던 사람들만 느낄 수 있는 진동의 차이가 있는 것일까?

우선 큰 피해도 없고 부상자도 없어 보이므로 큰길을 벗어나 이번에는 마을 뒷문 쪽을 보러 갔다.

그러자 마침 뒷문에서 한 젊은이가 다급하게 달려오고 있었다.

마을 주민일까? 조금 촌스러운 복장을 한 청년이었다.

그 청년은 옷 곳곳이 찢어졌고 찰과상 같은 것이 얼핏 보였다.

방금 지진으로 무슨 사고에 말려들기라도 했나?

"당신들 모험가지?! 밖에서 동료가 크게 다쳐서—."

"다쳤다면 내가 고쳐줄게. 안내해줘."

그 말을 듣고 류에가 한 발 앞으로 나섰다.

그렇다면 나도 함께 가겠다고 따라나서려는데 류에가 손을 들어 제지했다.

"카이 군, 이건 **내가 나설 일**이야. 레이스와 같이 기다려 줄래?"

류에는 평소 듣기 힘든 강한 어조로 지시했다.

"내가 **예상한 대로**였어. 잠깐 다녀올게."

"……알았어."

류에 혼자만 오는 것이 불만인 것처럼 청년은 한순간 떨떠름한 표정을 지었다가 돌아서서 뛰어갔다. 류에도 그를 쫓아 달렸다.

§ § §

이 마을은 지금까지 방문한 어떤 마을보다도 평화롭고 주민들도 모두 친절하며 다정했다.

의뢰를 받으러 가면 할머니가 「아이고, 류에, 오늘도 왔어!」라며 나에게 주먹밥을 줬다.

레이스와 함께 걸으면 아저씨들이 넋이 나간 표정으로 실없이 말을 걸었다.

오랜 옛날, 엘프 마을에서도 농사를 본 적이 있었다. 그래도 절대 함께 시켜주지 않았던 농사일을 돕게 해줬다.

오래된 시대의 그리운 숲을 떠올리게 하는 생활은 어째선지 가슴을 참을 수 없을 정도로 옥죄었다.

옆에 있는 레이스가 그런 나와 함께 웃어줬다. 「즐겁네요」, 「오늘은 뭘 하게 될까요?」, 그런 식으로 매일 즐겁게 이야기하는 레이스를 보는 것이 무엇보다 기뻤다.

그러니까— 내가 지켜야만 한다.

"그래서 어디로 가면 돼? 이 앞은 강과 숲밖에 없는데."

"……조금만 더 가면 돼요."

"그래. 조금만 더 가면 되겠어. 이 강을 건너면 숲에 가려서 마을에서 보이지 않을 테니까."

"……너, 눈치챘었나?"

강을 건넌 곳에서 남자가 결국 멈춰 섰다.

뒤쪽 숲에서 여러 시선을 느꼈다. 동시에 무언가 좋지 않은 물건, 온몸에서 힘이 빠지는 듯한 감각에 휩싸였다. 마도구…… 아마 마법을 봉인하거나 하는 물건이지 않을까?

"우리 목표는 마족 여자와 그 남자다. 원래 너는 표적이 아니지만…… 혼자 따라온 게 실수였군. 미안하지만, 인질이 되어줘야겠어."

그 말과 함께 숲에서 검정 일색인 사람들이 나타났다.

전부 여덟 명— 눈앞에 있는 청년을 포함하면 도합 아홉 명.

처음부터 알고 있었어. 네가 마을 사람이 아니란 건.

복장이 마을 사람과 같은데 왜 너는『그 이상한 말』을 쓰지 않지?

게다가…… 이 마을에는 너처럼 정체를 숨긴 마족은 살고 있지도 않았어.

"이래 봬도 나는 내 능력에 자신이 있어. 정말 인질로 잡을 수 있다고 생각해?"

"우리 쪽도 이미 너에 관해 조사했다. 고위 마도사라지? 우리가 아무런 대책도 없이 이곳에 온 줄 알았나?"

"가장 경계해야 할 그 남자 때문에 준비한 마도구다. 무의미하단 걸 알면서도 저항할 테냐?"

"무의미한 살생은 하지 않는다. 계집, 얌전히 붙잡혀라."

남자들이 입을 모아 투항하라고 말했다. 그것을 보고 그들이 보통 사병은 아니라고 짐작했다.

아마 정예일까? 자신감과 쓸모없는 절차를 생략하려는 의지가 전해졌다.

그렇지만…… 대책이란 대체 뭐지? 옛날에 이런 그림책을 본 적이 있어.

『겨울을 대비해 음식을 모으는 부지런한 자와 늘 놀기만 하는 게으름뱅이의 이야기』.

나는 말이야, 그 이야기를 믿고 그 숲에 마지막까지 남은 동료에게 필사적으로 음식을 나눠줬어.

그래도— 다들 죽었어. 숲을 나간 아이들 외에는 모두 죽어버렸어.

"……대책 같은 건 없어. 다들 얼어 죽어. 영원히 끝나지 않는 겨울을 견디는 인간은 아무도 없으니까."

자, 끝내자. 너희의 생명을 얼리자.

내가 사람들을 구하기 위해서, 더 이상 돌아오지 못하도록 숲을 닫기 위해 만든 이 마도로…….

내가 치를 떠는 계절. 가장 싫어하는 추위. 정말로 싫어하는 상대에게만 사용하는 이 마도로—.

"지령을 내린 인간을 원망해. 나는 이제 누군가를 원망하긴 싫으니까."

강이, 숲의 나무들이, 풀밭이 수분을 잃어 갔다.

모든 것이 안개가 되었다. 내 마력을 먹으며 얼음 안개가 되어 갔다.

내 의지대로 움직이는 마수처럼 흰 얼음 안개가 주위를 둘러싸며 소용돌이쳤다.

“야! 마력 조작 방해는 어떻게 됐어!”

“하고 있어! 안 돼…… 검을 뽑아, 직접 쳐!”

몸에 달라붙는다. 몸속으로 침투한다.

이 얼음 안개가 닿는 장소라면 나는 어디든 똑같이 끝을 선사할 수 있으니까.

진저리나는 마도의 이름을 읊어 이 참극을 끝내겠다.

“『니플헤임』.”

안쪽부터 얼어붙게 만드는 마도. 생명을 가진 모든 것을 얼리는 최악의 마도.

카이 군은 자기가 처리하겠다고 말했지만, 괜찮아. 내가 할게.

카이 군은 아직 사람을 죽인 경험이 적으니까. 그러니까 익숙한 내 손을 더럽히는 쪽이 나아. 이미 헤아릴 수 없을 정도로 사람을 죽였으니까.

“미안, 카이 군. 역시 이건 내 일이라고 생각해.”

§ § §

“카이 씨…… 류에는, 괜찮겠죠?”

“레이스?”

“저는 이래 보여도 사람을 보는 눈이 있는 편이에요.”

류에를 떠나보내고 그 모습이 시야에서 사라졌을 때, 옆에 있던 레이스가 혼잣말처럼 말을 흘렸다.

그럴 테지. 나도 눈치챘을 정도니까 당연히 레이스도 알아차렸을 것이다.

아니면…… 레이스가 눈치챈 것은 나와 류에의 태도 때문이었을까?

“괜찮아. 나는 류에의 진짜 힘을 아니까 단언할 수 있어.”

“진짜 힘…… 류에가 용암마저 얼리는 힘을 가진 건 알아요.”

“……고작 그 정도가 아니야. 이곳은 물이 많은 곳이지. 아마 지금 류에는 최강이야.”

그렇게 류에의 승리를 확신했을 때였다.

문득 가슴이 울렁거렸다. 그것은 어딘지 모르게 슬프고 어두운 감정을 일으키는 예감이었다.

곧바로 [이심전심]을 검에 세팅했다.

한때 단 한 번, 이 힘으로 류에의 나지막한 혼잣말을 주워들은 적이 있었다.

류에가 떠난 방향으로 검을 향해 어빌리티를 발동하자 작게 중얼거리는 목소리가 머리로 직접 흘러들었다.

『미안, 카이 군—.』

"윽?! 그건 내 역할이라고 했잖아!"

바로 어빌리티를 속도 중시로 갈아 끼우고 전속력으로 류에에게 달려가려고 했다.

"레이스, 나도 갈게. 가능한 한 사람이 많은 곳에서—."

"먼저 가세요. 당신 옆보다 안전한 곳은 없어요. 곧 쫓아갈게요."

일일이 반론할 시간도 아까웠다. 어쩔 수 없이 고개를 끄덕이고 급히 뛰어나갔다.

왜 마음을 써? 류에. 넌 레이스뿐만 아니라 나까지 지키겠다는 거야?

달리면서 검을 들어 전방의 경치를 완전히 차단하는 흰 폭풍을 향해 내려쳤다.

맹렬한 파열음을 퍼뜨리며 한기의 소용돌이가 튕겨 날아갔다.

그리고 펼쳐지는 광경에 숨이 멎었다.

경치가, 색채를 잃었다. 모든 것이 하얗게 물들었고 그 가운데 한 사람, 류에가 죄책감으로 얼룩진 표정을 지은 채 나를 돌아봤다.

"그건, 내 역할이야."

"……와버렸구나."

얼어붙은 아홉 명의 사내.

그중에서 리더로 보이는 장비를 가진 사내에게 어둠 마도를 발동해 얼음을 해제해 보려고 했다.

……상당히 힘든걸. 온몸이 빈틈없이 얼어붙었잖아?

오랜만에 전력을 다하기 위해 『그 모습』으로 변했다.

조금씩, 조금씩 얼음이 검게 물들고 사내가 박탈되었던 자유를 되찾았다.

"아…… 크학……."

휘이, 휘이, 구멍 난 종이풍선처럼 가느다란 호흡 소리와 함께 사내가 쓰러졌다.

그러자 사내의 몸이 빛으로 휩싸이고 고통스러운 표정이 잦아들었다.

"이야기는 해야 하니까."

회복을 받고 사내가 일어났다.

그 얼굴에 떠오른 감정은 공포도 절망도 아닌 체념— 달관한 것 같은 무표정이었다.

"……왜 얼음을 녹였지?"

"최소한 한 사람, 아캄에게 전언을 보낼 인간이 필요하다. 너를 골라야 하나?"

"……아니, 부하를 보내줘. 저 변장한 남자다. 아직 신참이라서 말이지."

"그래? 제법 깔끔하게 포기하는군."

"이쪽 바닥에서 오래 굴렀으니까. 살려줄 리 없다는 것 정도는 알아. 하지만…… 솔직히 그 아가씨가 이렇게 강할 줄은 미처 몰랐군."

충성심이나 의무감이 아니라 단지 자신이 맡은 바 임무를 위해서 움직이는 사람처럼 보였다.

참으로 상대하기 껄끄러운 인간이다. 이제부터 죽여야 하거늘—.

곧 지정한 남자의 얼음을 녹였고 동시에 류에가 회복시켰다.

일어선 청년이 주위 상황과 얼어붙은 동료들을 보고 비명을 질렀다.

"허둥대지 마. 넌 살려주도록 거래했다. 지금부터 이분이 너에게 전언을 맡긴다고 한다."

"힉…… 왜…… 이런 얘기는 못 들었어!"

"……그건 나도 마찬가지야. 알았다면…… 이런 상대에게 손을 대지도 않았겠지."

그 말뜻도 신경 쓰였지만, 지금은 그저 이 젊은이에게 전언을 맡기기로 했다.

"아캄에게 전해라. 『경고를 무시했으니 당장에라도 빼앗으러 가겠다』라고."

윙레스트에서 습격당했을 때 전언을 맡긴 남자가 아직 도착하지 못했으리라고는 생각하기 어려웠다. 아마 그 전언을 헛소리로 일축하고 이번에는 숙련된 집단을 보낸 것이겠지.

"미안하다. 나도 부하에게 전언을 부탁해도 되겠나?"

"좋다."

왜 이렇게 담력이 강한 사내가, 부하를 생각하는 이 사내가 아캄의 아래에 있는가?

놈이 그토록 사람들에게 사랑받는 명군이기라도 하단 말인가?

하지만 그렇건 말건 관계없었다. 설사 성인군자든 희대의 악당이든 우리에게 손을 댄 이상, 그리고 경고를 무시한 이상…… 당장에라도 파멸시켜주겠다.

"아캄 님에게 전해라. 『우리는 상대를 잘못 골랐다』라고. 지금 네가 느낀 감정도 함께 전하도록 해. 그리고 바로 그 도시를 떠나라. 알겠나?"

"보스…… 알겠습니다. 확실하게 전하겠습니다."

설원에 발자국을 남기며 떠나는 뒷모습을 바라보다가 다시 눈앞에 있는 사내와 대치했다.

"지금 말은 무슨 뜻이지?"

"미안하지만, 내가 죽을 때까지 임무는 계속된다. 의뢰인의 정보를 누설할 수 없지."

"생각할수록, 아까운 남자군."

그렇다면 하다못해 단숨에 끝내자. 고통스럽지 않게 갈

수 있도록—.

어빌리티를 바꿔 지금 가장 높은 섬멸력을 낳는 구성으로 맞췄다.

그리고 나는 오랜만에 애드리브 마도를 마련했다.

"헤매지 말고 가라."

검술에 어둠 마도를 씌웠다. 생각대로 움직이는 이 속성이라면 분명히 그들의 목숨을 단번에 거두어 같은 곳으로 데려가 줄 것이다.

"『흑룡섬(黑龍閃)』."

발동한 것은 가장 공격 범위가 넓은 장검술— 만에 하나라도 그들을 놓치지 않기 위해 고른 기술이었다.

전원의 목숨을 평등하게 거두기 위해서, 그리고— 헤매지 않고 지옥으로 떨어뜨리기 위해서…….

미안하다. 적대한 이상 천국처럼 좋은 곳에 보내줄 생각은 없어.

어둠을 품은 검기가 대지를 도려내며 모든 것을 집어삼켰다.

눈도, 얼음도, 안개도, 대지도 나무도 전부—.

흡사 거대한 용이 몸부림치는 것 같은 참상을 낳으며 땅을 검게 변색시켰고, 초토화란 말로도 부족한 불모의 대지로 변모시켰다.

그곳에는 이미 목숨의 흔적 따위 존재하지 않았다.

"……지독한, 기술이 되었군."

"응. 그러게. 전부 죽어 버렸어."

흙이 마른 모래가 되었다. 돌이 형태를 유지하지 못하고 으스러졌다.

풀도 나무도 모두 사라져 버렸다.

그러던 그때, 이 참극의 땅에 목소리가 들렸다. 나를 뒤쫓아 온 그녀의 목소리였다.

"카이 씨…… 류에…… 이 참상은……."

"전부 지웠어. 무섭지? 이런 일이 가능해, 우리는……."

"앗! 나를 같이 묶지 말아 주겠어? 이렇게까지 잔인한 기술은 나도 못 써."

"뭐? 잠깐, 지금 조금 숙연해져야 할 분위기거든?"

"응? 어, 응. 어쨌든 나도 카이 군도 엄청, 엄~청 강하다는 뜻이야."

"그, 그런가요……. 하지만 이건 소란이 벌어질지도 모르겠네요……."

확실히 단 한 순간에 가도나 강, 그리고 숲이 사라져 버렸으니 큰 문제였다.

어떻게 할까? 모르쇠로 일관하기에는 규모가 너무 컸다.

"아, 그거라면 괜찮아. 잠깐만 기다려."

류에가 대수롭지 않게 검을 뽑아 기도하듯 세로로 들었다.

그것은 예전 마인즈밸리에서 이계가 된 폐갱도 안쪽을 정화할 때 사용한 회복 마도『디스펠 어스』의 자세였다.

그 마도로 이 참상을 어떻게 할 수 있다는 뜻일까?

"……조금 진심을 다할게."

자신에게 보조 마법을 걸었는지, 류에에게서 전해지는 마력 파동이 평소보다 컸다.

그리고 하얗게 빛나기 시작한 검에서 작은 물방울이 떨어졌다.

땅에 흡수된 그것은 모래를 흙으로 바꿨고, 그리고 흙에 생명을 불어넣었다.

그녀는 자연의 변화를, 시간의 흐름을 흡사 빨리 감기 한 것 같은 광경을 만들어 냈다.

강에 물이 흐르기 시작했다. 나무들이 흙으로 변하고 그곳에서 급속도로 싹이 움텄다.

그것은 이미 『재생』이나 『회복』이란 말로 설명할 수 없는 광경이었다.

"류에…… 너는 이렇게나……."

"……대, 대단하지? 진심을 조금 많이 담았나 봐."

"잠깐, 바로 치유해줄게."

[생명력 극한 강화]와 [회복 효과 범위화]를 세팅해서 류에의 피로를 풀어주려고 했다.

그러자 동시에 내 피로도 덜어지는 것이 느껴졌다.

그러고 보니 최근 이 어빌리티를 세팅한 적이 없었지.

"계절이 빠르게 흘러가는 듯한…… 그런 광경이에요. 이게 류에의 힘인가요?”

“나는 부술 수밖에 없지만, 류에는 이런 게 가능해. 대단하지?”

“후후, 너무 추켜세우지 마. 나 혼자만의 힘은 아니니까.”

그렇게 말하며 류에는 자신의 검을 부드럽게 쓰다듬었다.

아, 그랬지. 저 검은 용신의 힘과 류에의 힘이 합쳐진 결정체다.

그렇기에 가능했다는 뜻인가?

그런 현실미 없는 광경을 바라보던 때, 문득 몸 전체에서 힘이 빠졌다.

관절에 힘이 들어가지 않아 나는 바닥에 털썩 쓰러지고 말았다.

내 몸이 내 것이 아닌 듯한 기묘한 감각이 몰려왔고, 머리와 가슴에 예리한 통증이 퍼졌다. 어금니를 악물어 그것을 견뎠다.

목에서 이상한 소리가 났다. 시선이 고정되지 않았다. 이명이 울리기 시작했다.

“카이 군! 왜 그래, 카이 군!”

“아…… 카이 씨? 왜 그러세요?!”

아아, 두 사람이 보인다. 목소리가— 들린다.

『해방 조건 달성』

『직업: 탈검사→탈명 검사』

『직업 고유 스킬 습득』

[새크리파이스]

자신의 최대 HP를 반감하여 대상 한 명의 모든 대미지를 대신 받는다.

§ § §

무언가가 짓누르는 것 같은 무겁고 답답한 느낌에 몸을 뒤척였다.

눈을 뜨자 어딘가 그리운 천장이 눈에 들어오며 이곳이 여관방임을 알려줬다.

시선을 가슴 쪽으로 돌리자 류에와 레이스가 몸을 포개어 기대고 있었다.

아차. 나는 또 성장의 반동으로 쓰러졌나.

메뉴를 열어 의식을 잃기 직전 들린 메시지를 확인했다.

그 내용을 읽고 이번 반동이 일어난 이유를 이해했다.

『상위 직업으로 전직』은 어지간한 레벨 업보다 훨씬 능력치를 강화해줬다.

그 갑작스러운 강화의 반동이라면 쓰러져도 어쩔 수 없었다.

나는 잠든 두 사람을 흔들어 깨웠다.

그러자 지금까지 그토록 깨워도 일어나지 않던 모습을 불식시킬 정도로 두 사람이 냉큼 정신을 차렸다.

"카이 군! 괜찮아? 어디 아픈 곳 없어?!"

"몸에 이상은 보이지 않는다고 하던데…… 기분은 어떠세요?"

"이제 괜찮아. 방금 싸움에서 능력이 급격하게 상승한 것 같아. 그 반동이야."

머릿속에 흐른 메시지로 추측하건대 무슨 직업이 해방되는 조건을 충족했다고 봐야 할 것이다. 그리고 그것은 아마도 『살인』—.

이때까지 내가 죽인 사람의 수는 방금 싸움으로 딱 『열 명』을 채웠다.

이것이 조건이라고 봐도 무방할 것이다.

두 사람의 걱정을 떨치기 위해 이번에 얻은 이 스킬의 효과를 다시 생각했다.

『다른 사람을 위해 자신을 희생하는 스킬』. 간단하게 설명하자면 그런 효과였다.

나는 그것이 마치 누군가가 나를 꾸짖는 것 같단 생각을 떨칠 수 없었다.

「우쭐하지 마라. 남을 위해 싸워라. 소중한 사람을 지켜라」, 그런 생각이 담긴 것만 같았다.

……괜찮다. 적어도 옆에 그녀들이 있는 한, 나는 절대로 길에서 벗어나지 않는다.

"그런데 내가 얼마 동안 정신을 잃었어?"

"대략 한나절. 내일부터 다시 탐색을 갈 예정이라고 들었는데, 어쩌면 참가할 수 없을지도 모른다고 나오 일행에게 말해 뒀어."

"여관 쪽에도 소화가 잘 되는 음식을 부탁했어요. 오늘은 그걸 드세요."

"하하하…… 번거롭게 해서 미안해."

저녁을 다 먹고 몸은 이미 완벽히 회복되었다고 두 사람에게 말한 뒤, 내일 탐색에 관해 의논하려고 나오 방으로 갔다.

습격이나 내 몸 상태 등의 문제도 있었지만, 지금 여기서 탐색 타이밍을 늦출 수는 없었다.

어제 일로 결의도 새롭게 다졌고 던전을 돌파하겠다는 사기도 높아졌을 터였다. 거기에 찬물을 끼얹을 수는 없었다.

그들도 만약을 위해서 본관으로 방을 옮겼다고 들어 그쪽으로 안내받았다.

"이거, 이거~ 제가 소란을 피웠네요. 다들 별일 없으시죠?"

역시 모두 내 몸을 걱정했는지 괜찮냐고 안부를 물었다. 왠지 낯간지러웠지만, 그 마음은 고마웠다.

"그럼 바로 본론으로 들어가죠. 아마 이미 나오에게 들었겠지만, 던전에서 앞으로 나아가기 위해서는 열쇠가 필요한 것 같습니다."
"음…… 그것에 관한 이야기네만, 지금까지 매일 순서대로 나오 공과 2인조로 가지 않았나? 그때 어떤 장치나 마물이 나타났는지 다시 한 번 정보를 공유하고자 하네."
"첫날은 저와 나오 님이었습니다만, 그때는 마물이 적은 대신 낙석 함정이 있었습니다."
흠, 그런 함정이 있었군. 역시 척후인 내가 처음으로 갔어야 했나?
"그땐 깜짝 놀랐지? 스티리아가 없었으면 어떻게 됐을지……."
"후후, 방패가 되어야 할 기사로서는 활약할 좋은 기회였지만요."
"흠, 구체적으로 어떤 함정이었는지 자세히 말해줄래요?"
어째 내가 모르는 곳에서 대단히 재미있는 일이 벌어진 느낌이었다.
거기 나선 통로잖아? 거기서 낙석이 떨어진다면 『그 장면』과 『그 주제곡』밖에 안 떠오른다고.
댄디한 아저씨가 채찍을 휘두르는 거죠? 바위가 데굴데굴 굴러오는 거 맞죠?
아니나 다를까, 나오의 입에서 나온 설명이 딱 그것이었다. 대단히 부러웠다. 로망이 있었다.
"그래서 그 바위는 대체 어디로 갔죠?"

"제가 방패로 진로를 틀어서 분화구 쪽으로 떨어뜨렸습니다."
"흠…… 분화구 말인가요?"
어쩌면 그 바위에 뭔가 있을 수도 있었다.
게임에 흔히 나오는 패턴, 클라이맥스 직전에 초반 지역으로 한 번 돌아가게 하는 그거였다.
그 던전은 내가 도와주는 사실을 감안해도 전체 길이가 짧았다.
그렇다면 이번처럼 멀리 돌아가게 하는 장치가 있어도 이상하지 않았다.
게다가 나는 갈림길을 한 번도 잘못 들지 않고 바른 길만 골라서 진행했다. 여기서 그 갈림길에 의미를 부여해도 신기할 것이 없었다.
나는 내 예상을 세 사람에게 들려줬다.
"그렇구먼……. 던전의 장치나 마물 배치를 생각하면 누군가의 의지가 개입되었다는 건 의심할 여지가 없으니까 말이야."
"그 건에 관해서는 우리나라에서도 오랜 세월 연구해 왔었죠. 칠성의 의지인가, 혹은 보이지 않는 누군가의 의지인가, 라며……."
"저도 카이본 씨 생각에 찬성이에요. 지금이라면 어느 정도 함정에도 대응할 수 있으니까 1층 갈림길 안쪽을 탐색해 봐요!"
"좋아, 그럼 결정됐군. 그 전에 내 동료들에게 이야기를 듣고 올게. 그 애들이 1층 갈림길을 실컷 탐색했으니까."

나는 세 사람에게 양해를 구하고 방에 있는 류에와 레이스에게로 한번 돌아갔다.

§ § §

"흥흐~응…… 흐흥~."

방으로 돌아오자 어쩐지 기분이 좋아 보이는 류에의 콧노래가 들렸다.

창가 의자에 앉아 무슨 작업을 하는 것 같은데 대체 뭘 하는 걸까?

"어서 오세요. 빨리 오셨네요?"

"아냐, 두 사람에게 묻고 싶은 게 있어서 왔어. ……그런데 류에는 뭘 하는 거야?"

"전에 카이 씨가 반지를 조정한다는 말을 하셔서, 자기도 뭔가 만들고 싶다면서 지금 열심히 펜던트를 만드는 참이에요."

"목공 말고도 할 수 있었나 보네."

"후후, 저도 조금 도왔어요. 지금 만든 고리에 던전에서 주운 예쁜 광석을 끼운다고 해요."

오호라, 그래서 기분이 좋았구나. 어디 그럼 이 오빠에게도 류에표 펜던트를 보여주겠니?

"아, 어서 와, 카이 군! 이것 좀 봐. 내 역작이야."

"와, 황철석……이 아니군. 빨갛게 빛나네?"
"멋지지? 처음부터 이런 예쁜 모양이었어."
"깎은 게 아니야? 상당히 깔끔한 삼각기둥…… 류에?"
어라? 이 모양과 색은…….
"응? 왜 그래?"
"그거 어디서 주웠어?"
"화산 동굴 안에서. 가장 뜨거운 곳이었을 거야."
"그 갈림길에서 쭉 들어간 곳이었죠? 아마 분화구 가장자리였을 거예요. 솔직히 류에가 기운을 내려주지 않았으면 들어가기 위험한 곳이었죠."
……나에게, 이 기뻐 보이는 아가씨에게 펜던트를 빼앗으란 말인가!

"다녀왔어."
"아, 어서 오세요. 어땠나요?"
"아, 응. 무사히 해결했어."
"역시…… 그 두 분에게는 아무리 감사드려도 부족하네요. 그래서 분화구는 어떻게 해야 갈 수 있죠?"
나는 말없이 손을 내밀어 쥐었던 주먹을 폈다.
그곳에 있는 것은 고리에서 뺀 삼각기둥 모양의 아름다운 붉은 철이었다.
"우리 류에 아가씨가 주워서 간직하고 있었어요. 헛되지 않게 잘 써주세요."

"허어…… 이게 그 열쇠인가?"

"아, 확실히 그 금속판이랑 같은 색이네요."

"그럼, 류에 공께선……?"

"비탄에 빠져 있으니까 지금은 조용히 놔둡시다."

괜찮다. 내일 뭔가 대신할 돌을 줄 테니까.

어찌 됐건 이제는 앞으로 나아갈 수 있겠다. 그렇다면 여기서부터는 이 앞에서 기다릴 상대를 생각하는 것이 건설적이었다.

나는 다시 한 번 그 던전의 구조, 그리고 그 벽이 어디 있었는지 설명했다.

"현재 처음 계층에서 만난 드래곤이 가장 강력했다는 건 아시죠?"

"그래. 그 후로 나온 건 큰 골렘 종, 배트 종, 그리고 리저드 종이었지."

"모두 공통점은 장소에 맞춰 불의 힘을 품었다는 거군요."

"그건 제 능력으로도 확인했어요."

이 사실로 미루어, 이 앞에서 기다리는 상대도 틀림없이 불을 다루는 상대겠지.

문제는 그것이 어떤 상대냐는 것이었다.

극단적으로 말하면 내가 전력을 다하면 대부분의 적은 처치할 수 있으리라.

하지만 마지막에 버티고 있을 마물은 던전화의 원인이 된 방대한 힘을 가졌을 게 틀림없었다.

그 힘, 바꿔 말해 경험치를 나오에게 몰아주지 않으면 너무 아까웠다.

오히려 처음부터 그것을 목적으로 던전에 도전했다고 해도 과언이 아니었다.

그래서 1층처럼 아무런 준비도 없이 강적에게 도전하는 사태는 피해야 했다. 철저한 준비를 거쳐 나오가 확실하게 마무리 지을 수 있는 상황을 만들어야 한다.

"분화구가 가깝다면…… 음, 최악의 경우 익룡이 나타날 가능성도 있겠구먼."

"익룡…… 그럴 가능성은 충분히 있겠군요. 전에 그 드래곤과 대치했을 때는 충분한 대책을 세울 수 없었지만, 미리 철저히 대비한다면……."

"저도 싸울게요. 카이본 씨에게 배운 기술이라면 피해를 줄 수 있을 거예요."

"그럼 즉, 출현할 적은 최악의 경우 익룡이다, 이거군요."

문득 류에와 레이스에게 협력을 요청하면 어떨까 생각했다.

그 두 사람이 있으면 절대 질 리는 없으리라.

류에는 불에도 지지 않는 얼음을 구사한다. 그리고 레이스는 날아다니는 적이라도 공격할 수 있는 마궁투사다. 하지만— 그밖에도 신경 쓰이는 부분이 있었다.

내일 그 던전 보스를 쓰러뜨렸다고 가정하자. 그러면 아마 이계로 변한 던전은 원래 모습을 되찾을 것이다.

그러나 최근 활성화된 화산 활동까지 잠잠해지리라고는 보장할 수 없었다.

오히려 어떤 충격이 가해져 활성화된 화산이 폭발하기라도 한다면?

이 마을에 거대한 재앙이 찾아오지는 않을까?

솔직히 자연재해를 일으키는 던전이 마을 바로 옆에 있는 것은 내 정신 위생상 바람직하지 않았다.

왜냐면 오늘 지진 같은 현상이 또 일어날지도 모르니까.

……역시 빨리 끝을 보는 것이 가장 좋은 해결책이겠지.

"그럼 내일을 대비해서 나도 명상을 해둬야겠구먼……. 하늘을 상대로 덤비려면 조금 골치 아프지만, 방법이 없진 않지."

"저도 회복약을 준비해 두겠습니다. 나오 님도 오늘은 푹 쉬시기 바랍니다."

"으, 응. 카이본 씨도 내일 잘 부탁할게요."

"그, 그래. 내일은 열심히 해 보자."

……나도 두 사람과 한번 의논해 봐야겠는걸.

§ § §

"다녀왔어. 아직 화 안 풀렸어?"

"화 안 났어. 그냥 조금 아쉬운 거지……. 기껏 펜던트를 만들었는데……."

방으로 돌아오자 류에가 턱을 괴고 펜던트 장식이 사라진 고리를 흔들면서 원망스럽게 그것을 바라보고 있었다.

"알았어. 그럼 이걸 줄게. 화산 마물에게서 구한 거야."

류에의 기분을 풀어주기 위해 내가 얻은 『마력 결정』을 하나 선물했다.

작고 반짝반짝 빛나서 펜던트에도 달 수 있을 것 같았다.

류에는 바로 달아 보려고 공구를 꺼냈지만, 나는 잠깐 기다리게 했다.

"레이스는 어디 갔어?"

"여기 있어요~."

제2의 벽장 주민. 거기서 뭐 합니까?

"베갯잇이 보이지 않아서 찾고 있었어요. 왜 그러세요?"

"두 사람에게 잠깐 의논할 일이 있어."

마음 같아서는 부탁하고 싶지 않았다.

마을에 생길 피해도 걱정이었지만, 솔직히 말하자면 결국은 남이었다.

아니, 더 나아가자면 나오 일행도 남이긴 마찬가지였다.

눈앞에 있는 두 사람에게 위험이 닥칠지 모른다면 나는 망설이지 않고 그들도, 그리고 이 마을도 버릴 것이다.

하지만— 이번만은 그럴 수 없었다. 나는 그 선택을 할 수 없었다.

그들을, 나오를 버리고 이곳을 떠날 수는…….

"정리하자면 그 화산이 분화할지도 모른다는 말이지?"

"일단 오잉크에게 말해서 미리 길드에서 사람을 배치하도록 해놓았으니까 무슨 일이 있어도 피난은 문제없을 거야."

"길드 총수가 직접 움직여준다면 안심할 수 있지만……."

"내가 마을을 지켜줬으면 하는 거지?"

류에의 힘에 기댄다. 죄책감도 있었지만, 내 힘으로는 분명히 용암을 막을 수 없을 테니까.

물론 분화한다고 정해지지는 않았다. 그렇지만 자꾸만 그런 생각이 들었다. 이 던전에 숨겨진 의지라면 그 정도는 하지 않을까, 라는 생각이…….

"레이스. 네 눈으로 봐서 정 위험한 상황이라고 판단되면 류에를 말려줘."

"뭐야? 내가 무리하게 고집 피울 거란 얘기야?"

"틀림없이 그러겠지. 류에는 착하니까. 그래도…… 위험할 때는 도망쳐."

냉정하다고 생각할지도 몰랐다. 그래도 두 사람에게 강하게 당부했다.

나도 이 마을이 마음에 들었다. 그립고 정겨운 마을이다.

친근감 드는 말을 쓰는 주민들도, 열심히 요리를 만드는 햄쥐 족도…….

그래도…… 내게 가장 소중한 것은 이 두 사람이니까…….

"후후, 그런 말까지 듣는 우리는 행복한 사람이야. 그럼 적당히 열심히 할게."

"류에는 저에게 맡겨주세요. 무사히 내일 탐색을 끝낼 수 있도록 기도할게요."

"그래. 너희도 무리하지 않게 조심해."

자, 내가 할 준비는 이것으로 끝났다.

이제는 일행이 무사히 싸울 수 있도록 계획을 짤 뿐이었다.

무슨 업인지, 아니면 누군가의 의도인지, 오늘 난 새로운 힘을 얻었다.

나는 그것을 어떻게 활용할지 생각하며 잠을 청했다.

4장 모든 것은 이를 위해

"그럼 다녀올게."

"다녀오세요, 카이 씨."

"다녀와. 여기는 우리한테 맡겨줘."

아침 식사를 마친 뒤, 여관 밖에서 두 사람에게 배웅을 받으며 나오 일행과 합류했다.

그들도 이미 준비를 마치고 옆에서 나를 기다리고 있었다.

나를 맞아주는 그들의 얼굴에는 조금의 죄책감과 결의가 엿보였다.

아, 그렇지. 그들에게는 오늘 도전할 상대가 죽음을 각오해야 할지도 모르는 미지의 적이었다.

"……다시 한 번 카이 공의 조력에 감사드립니다. 두 분 곁으로 무사히 돌아오실 수 있도록 저도 전력을 다하겠습니다."

"그래. 저런 미녀들을 슬프게 하면 안 되지. 카이, 무사히 모든 일이 끝나면 그때는 꼭 저 두 사람을 불러 술자리를—."

"알았어요, 알았어. 사전에 그런 이야기를 하면 안 좋은 일이 일어나게 마련이니까 조용히 기대만 하세요."

생각해 보면 이 두 사람과도 꽤 허물없는 사이가 됐다.

켄 할아버지는 몰라도 스티리아 양은 경계심을 숨기려고도 하지 않았을 정도다.

그래. 나오도 포함해 이 일행은 이미 충분히 내 동료라고 부를 수 있겠지.

우리는 긴장감을 감추려는 듯 평소보다 빠른 걸음으로 화산으로 향했다.

어제 지진의 영향인지 화산까지 가는 길이 다소 무너지거나 변해 있었다. 하지만 다행히 화산 내부가 붕괴한 흔적은 보이지 않았다. 우리는 평소대로 마주치는 마물을 무심히 처리하며 전진했다.

처음에는 스티리아 양이 적을 유인하는 등 나오가 편하게 나갈 수 있는 전법을 고집했었다. 그러나 지금 선두로 나가는 사람은 이제 나오였다.

바위를 뛰어넘고 벽을 차며 이 좁은 동굴 안을 종횡무진 누비며 재빠르게 마물을 처리하는 모습은 이미 검사라기보다 일류 암살자라고 불러야 할 것 같았다.

그래도 그것이 통용되는 건 초반에 나오는 상대뿐이었다.

그나저나 나오는 괄목상대할 정도로 빠른 성장 속도를 보였다. 스테이터스뿐 아니라 몸을 쓰는 법도 노련해졌고 결단력도 빨라졌다. 그리고 그의 능력인 상대의 역량을 간파하는 힘도…….

"……나오는 강해졌어, 정말로."

"네. 이것도 모두 카이 공이 도와주신 덕분입니다."

"그렇지. 그 첫 시련에서 우리는 죽었을지도 모르니까 말이야."

"에이, 호들갑스럽네. 켄 할아버지도 비장의 무기가 한두 개쯤 있을 거면서……."

"허허. 글쎄~?"

마치 아이의 성장을 지켜보는 부모 같은 감각이었다.

그때, 마물을 다 쓰러뜨린 나오가 이쪽으로 돌아왔다.

"수고했어, 나오. 정말로 강해졌는데?"

"아직 멀었어요! 저도 언젠가 카이본 씨처럼 커다란 드래곤을 한 방에 쓰러뜨릴 수 있게 될게요!"

"하하하, 열심히 해봐. 사실 내가 지금까지 해치운 것 중 가장 큰 드래곤은 겨우 그 정도가 아니었어."

"네, 넷?!"

구체적으로 말하면 용도 아닌 용신이었다.

이 앞에 기다리는 강대한 적에 대한 긴장감을 잊을 수 있도록, 호위 두 명은 그의 반응에 미소 지었다.

괜찮아, 분명 괜찮을 거야. 내가 오늘까지 해 온 일은 분명히 그들에게 전해졌을 테니까―.

그렇게 순조롭게 계층을 올라간 우리는 드디어 전에 본 벽 앞에 도착했다.

나는 류에에게 양보 받은 광석을 꺼내 나오에게 건넸다.

하지만 여기서 난 그에게 다시 한 번 물어야만 했다.

"나오. 아마도 이 앞에 있는 건 그 드래곤과는 비교도 되지 않을 정도로 강대한 적일 거야. 그건 분명히 켄 할아버지나 스티리아 양이 만전을 기해도 나 없이는 이길 수 없는, 그런 상대일 가능성이 있어."

조금 무례한 말투였지만, 엄연한 사실이었다.

그래서 나는 그에게 마지막으로 확인했다.

"말하자면 내 힘을 이용해 편하게 강력한 힘을 얻으려는 거야. 그걸 모두 이해하고 도전하겠다는 거지?"

처음부터 그들은 그 방식을 받아들이고 있었다. 하지만 이건 달랐다.

아마도 이 녀석을 쓰러뜨려서 얻는 힘은 그날 내가 용신을 쓰러뜨려서 얻은 것 같은 터무니없이 강한 힘일 것이다.

레벨이야 다르겠지만, 그 정도로 큰 성장이 그를 기다릴 터였다.

"……네. 저는 그렇게 해서라도 힘을 원해요. 저에겐 이루어야 할 사명이 있으니까……."

"……그래? 그럼 너도 그에 걸맞은 각오를 보여줘야 해."

나는 그를 위해서 어빌리티를 교체했다.

그것은 모두 내 HP를 늘리기 위한 구성이었다.

내가 얻은 힘 [새크리파이스]는 HP를 반감하는 효과가 있었다.

그렇다면 그것을 조금이라도 보완하도록 미리 늘리면 될 일이었다.

그렇다, 나는 그에게 이 힘을 사용할 것이다. 내 목숨을 맡길 각오로—.

물론 자동 회복까지 갖춰진 내 HP를 바닥낼 수 있는 일격을 나오가 받으리라고는 생각되지 않지만…….

"너에게 가호를 내릴게. 보조 마법이라고 부르기에는 부족하지만, 네 용기에 호응해 딱 한 번 너를 완벽하게 지켜줄 일종의 주문이야."

"제…… 용기에?"

"그래. 달리 말하면— 목숨을 걸어, 나오. 설령 적이 달려와도 나를 믿고 맞서 싸워."

선명하고 강렬한 기억을, 추억을, 경험을 그에게 새기기 위해서…….

내 눈동자에 강한 힘을 담아 그의 눈동자를 바라봤다. 위압하듯, 각오를 시험하듯, 여기서 꺾일지도 모를 정도로 패기를 담아서—.

"카이 공, 그건 너무—."

"네. 저는 카이본 씨를 믿어요."

"……기우였나 보구먼, 스티리아. 음, 분명히 우리는 이렇게 할 수 없었겠지……. 여기서 다시 한 번 각오를 물어주어 감사하네."

"뭐, 말뿐인 으름장이지만요. 그래도 그 가호는 진짜야. 네 용기에 따라서는 어떤 공격이라도 한 번 막아줄 거야."

진짜 효과는 알려주지 않았다. 그래도 그가 나를 믿고 결사의 각오로 죽음의 냄새가 풍기는 일격에 맞선다면 내가 그 일격을 대신 짊어질 것이다.

나오에게 지금 필요한 것은 그런 에피소드일 테니까.

"그럼 열쇠는 너에게 맡길게."

"네, 넷!"

나오는 벽 한쪽 구석으로 가서 플레이트에 삼각기둥을 꽂았다.

그러자 게임에서 본 것처럼 바위가 마찰하는 무거운 소리를 내며 벽이 미닫이문처럼 천천히 밀려났다.

"아……."

"나오, 왜?"

"저기, 이 열쇠 한 번 넣으면 꺼낼 수 없나 봐요……. 류에 씨에게 돌려주려고 했는데……."

"……그 마음만으로 충분해."

이런 착한 아이인데, 반드시 지켜줘야겠지?

문 안쪽은 상상과는 달리 밝고 넓은 장소였다.

천장이 뚫려 있어서 위쪽을 바라보면 멀리 푸른 하늘이 보였다.

하지만 주변을 자세히 관찰하자 이 장소에 숨겨진 이질감이 강렬하게 전해졌다.

바위벽이 마치 한 번 녹았던 것이 굳은 것처럼 매끄러운 광택을 발하고 있었다.

바위에 포함된 유리질이 녹았다고 봐야 할까?

그리고 주위에 어지럽게 흩어진 정체 모를 뼈와 숨 막히는 피 냄새—.

"이건…… 뭐지……? 뼈, 익룡의 뼈?"

"그럼 이미 누가 던전 보스를 해치운 걸까요?"

"아니, 아마 원래 이 화산에 살던 뭔가를 이 던전 보스가 잡아먹은 걸지도 몰라……."

익룡이 아니다? 그럼 이곳에 있는 보스는 뭐지?

"이 벽, 흑요석 같네요……. 어쩌면 상대는 불만 쓰는 게 아닐지도……."

"응? 그게 무슨 뜻이야?"

"흑요석은 한 번 녹은 후 급속히 식어서 만들어진다고 해요. 천장이 바깥과 연결되어 있으니까 어쩌면 바람을 일으킨 게 아닐까 해서요."

"……나오, 네 고찰력에는 정말 놀랐어. 그게 정답일지도 몰라."

희미한 바람의 흐름을 느끼고 다시 하늘을 올려다봤다.

검은 그림자가 천천히 커지며 하강했다.

"모두 전투 준비. 위에서 온다. 조심해."

웅웅, 마치 거대한 팬이 회전하는 것처럼 공기가 진동하는 소리가 메아리쳤다.

놈의 모습이 눈에 들어온 순간, [상세 감정]이 그 힘을 간파했다.

【Name】 애시 피닉스
【종족】 요마, 환마종
【레벨】 133

그것은 재를 뒤집어쓴 것처럼 지저분한 거대 괴조(怪鳥)였다.

피닉스라는 이름을 따오기에는 너무나도 흉흉했고, 위엄보다도 불길함이 앞서는 형상이었다.

하늘을 가로막고 유유히 우리를 내려다보듯 관찰하는 그 탁한 눈빛.

그리고 무엇보다 게임 시절에도 거의 볼 일이 없었던 레벨 100을 넘는 정신 나간 스테이터스.

명백히 밸런스나 등장 순서를 무시한, 완전히 탐색자를 죽이기 위해 마련된 것 같은 스테이터스였다.

"이런…… 이런 말도 안 되는 일이 있는가! 환마종이라고?!"
"카이 공, 이번에는 당신도 각오하셔야 할지 모릅니다."
"능력이…… 제 감정 능력이 발동조차 하지 않아요!"
일행은 공황 상태에 빠지기 일보 직전이었다. 아니, 하지만 지리적 우위는 우리에게 있었다.
이런 좁은 곳에서는 일방적으로 하늘에서 공격할 수 없을 터였다.
그렇게 생각하자마자 일이 벌어졌다. 괴조가 크게 날갯짓해 실내에 돌풍을 일으킨 것이다.
아니, 돌풍 같은 게 아니다. 이건 열풍이다.
게다가 그것을 깨달았을 때는 이미 뒤쪽에서 고통에 찬 목소리가 들리고 있었다.
스티리아 양이 나오와 켄 할아버지를 감싸기 위해 거대한 방패를 들었다.
하지만 방패 장식은 녹아 떨어졌고 그녀는 지금도 신음하고 있었다.
난 곧바로 품속에서 회복약을 꺼내 스티리아 양에게 던졌다. 그녀가 가진 스킬 [회복 효과 상승]이라면 그것을 마시기만 해도 어느 정도는 버틸 수 있겠지.
그리고 바로 달려 나가 괴조를 끼고 일행 반대편으로 이동해 『워 크라이』를 발동했다.
"전원, 재정비! 내가 유인할게. 그동안 켄 할아버지는 놈의 기동력을 빼앗아요!"

"알겠네!"

"나오는 끊임없이 움직이면서 틈을 찾아! 스티리아 양은 켄 할아버지를 지키고요!"

모두에게 지시를 내리며 돌아서서 괴조를 향해 웨이브 모션을 날렸다.

내 공격에 위험을 느꼈는지, 그것은 재빠르게 날갯짓해 사선에서 벗어났다.

'그렇다면…….'

근처 바위로 뛰어올라 그곳에서 더욱 도약했다. 그리고 한 번 더 벽을 차 높이 뛰었다.

아무리 나라도 여기서 더 높이 뛰는 것은 불가능했다. 그래도 다가오는 나를 불쾌하게 생각했는지, 괴조는 날카로운 갈고리발톱이 달린 다리를 뻗었다.

"그 발, 받아간다!"

맞받아치듯 검을 휘둘렀다. 둔한 소리와 함께 괴조의 발이 이상한 방향으로 꺾였고, 동시에 귀를 막고 싶어지는 새된 소리가 주변에 메아리쳤다.

지독히도 큰 음량에 평형감각이 상실되어 착지에 실패해 강하게 등을 찧었다.

하지만 다행히 통증은 그리 심하지 않았다. 곧 다시 자세를 잡고 반격할 준비를 했다.

"나오, 적어도 이걸로 저 녀석이 땅에 내려오면 움직임이 둔해질 거야! 만약 놈이 내려오면 바로 그 기술을 준비해!"

"네!"

"카이, 잘 했네! 한 번 더 녀석이 움직이면 벽 근처로 유도해주게."

켄 할아버지의 마도가 준비된 모양이었다.

그와 동시에 괴조가 완전히 적으로 간주한 내 얼굴을 향해 부리를 쩍 벌렸다.

"카이 공! 피하세요!"

"아니, 반격한다!"

입에서 튀어나온 것은 탁한 흰색, 잿빛이 섞인 불꽃이었다.

그렇다면 나도 생각이 있다. 발을 멈추고 검에 마법을 걸었다.

어둠 마법은 현상에 간섭하는 속성— 그렇다면 상대의 불꽃에서 열을 빼앗을 수도 있겠지. 전력으로 마력을 담은 검을 힘차게 내려쳐 검압과 함께 흑염을 내뿜어 맞섰다.

그러자 역시 내 불꽃과 섞여 도달한 화염 숨결에서는 온도가 느껴지지 않았다. 대신 급격한 산소 결핍에 빠질 것 같았다.

"쿨럭! 젠장, 재가 섞였어."

"아니……! 자네 지금 무슨—!"

"그런 소린 나중에 해요! 제 쪽으로 유인할 테니까 켄 할아버지, 준비!"

입안에 퍼지는 쓴맛에 오만상을 쓰면서, 번득이는 눈동자로 나를 바라보는 괴조에게 「네 불꽃 따위 아무 효과도 없다. 이렇게 팔팔하다」라고 도발하듯이, 다시 한 번 웨이브 모션을 날려줬다.

그러자 괴조는 노림수대로 직접 나를 깔아뭉개 버리겠다는 양 급강하를 개시했다.

그것을 가만히 버티고 기다리는데 켄 할아버지의 입에서 낭랑한 주문이 흘러나왔다.

"『대지의 정령, 암굴의 왕이여. 내 부름에 답해 그를 어머니의 품으로 돌려보내어라!』"

힘 있는 말이 주위에 반향했고, 다음 순간 등 뒤로 무슨 기척이 느껴졌다.

"『라바 푸르가토리오!』"

그 직후, 정면에서 다가오던 괴조를 향해 붉게 달아오른 촉수 같은 것이 무수히 뻗어 나갔다.

그것은 정확히 괴조의 날개에 엉겨 붙어 그대로 땅에 붙잡아 놓고자 찍어 눌렀다.

하지만— 그 구속은 불과 수 초 만에 풀리려고 했다.

"켄 할아버지, 이 녀석은 불 속성이야! 용암으로는 별 효과가 없어요!"

"크윽, 안타깝지만 이거 말고는 방법이 없네!"

"알았어요!"

급히 켄 할아버지가 발동한 마도에 내 어둠 속성을 침식시켰다.

단순한 검은 덩어리라면 그리 간단히는 풀 수 없을 거다.

"스티리아 양, 얼리 벨! 한 번 주의를 끌어줘요!"

"옛!"

그리고 이번에는 마도 사용자를 찾기 위해 머리를 움직이는 괴조의 시선을 그녀에게 고정시켰다.

시야 한쪽에서는 이미 나오가 빛나는 검을 들고 힘을 모으는 중이었다.

아직 작은 빛이었다. 하지만 조금만 더, 조금만 더 이 녀석을 붙잡아 둘 수 있다면!

"켄 할아버지, 이 상태로 마도를 조종할 수 없어요?!"

"할 수 있네! 그동안 카이, 날개를 공격해주게나!"

말하지 않아도 그럴 생각이었다. 나에게서 시선을 뗀 틈을 노리고 바닥에서 몸부림치는 괴조의 날개에 검을 내리쳤다.

두꺼운 나뭇가지가 부러지는 소리가 나며 한쪽 날개가 꺾였다.

하지만 그 고통 때문에 괴조가 미친 듯이 몸을 뒤트는 바람에 결국에는 구속이 풀리고 말았다.

그래도 상대는 한쪽 날개를 잃었다. 제대로 날아오를 수도 없거니와 이미 다리 하나도 부러뜨려 만족스럽게 일어나지도 못했다.

"스티리아 양, 공격에 나서요! 이놈의 공격은 전부 내가 막습니다! 켄 할아버지는 다시 한 번 마도 준비! 이번에는 가능하면 불 속성이 섞이지 않은 공격으로!"

서서히 애시 피닉스의 기동력을, 공격 수단을 빼앗아 갔다.

열풍을 일으키는 날개를, 예리한 발톱을, 그리고—.

"이얏!"

기합과 함께 스티리아 양의 찌르기가 피닉스의 다른 한쪽 날개에 꽂혔다.

단숨에 수차례나 반복된 찌르기는 기어코 날개를 관통했고 괴조를 곤충 표본처럼 바닥에 고정시켰다.

스티리아 양은 검을 놓고 다시 켄 할아버지를 보호하는 위치로 돌아왔다.

"다들 떨어져라! 바위를 떨어뜨린다!"

쐐기타인 낙석으로 구속력을 더욱 높였다.

그러자 그때, 힘을 모으던 나오가 소리쳤다.

"약점이 보였어요! 입안이에요!"

"알았어! 나오, 용기를 보여줄 때야!"

증오의 불꽃이 깃든 괴조의 눈앞으로 나가서 공격을 유발했다.

꼼짝할 수 없는 몸 대신 긴 목을 꺾어 악착같이 나를 물어뜯으려고 하는 그 집념— 천천히 놈의 입에 불꽃이 모이는 것이 보였다.

"온다, 나오. 타이밍 실수하지 마!"

"네!"

그리고 나도 바로 준비에 들어갔다.

나오에게 마지막 일격을 양보하면서도 그 공격을 강화하기 위한 준비를—.

『추월(追月)』— 용신을 해치울 때 사용한 기술, 동시에 명중한 공격의 위력을 배가하는 기술이었다.

아울러 어빌리티도 교체했다.

내 준비가 끝남과 동시에 뺨에 화끈한 열기가 느껴졌다.

부리가 열리고 어마어마한 크기의 불덩이가 나를 향해 토해졌다.

그 일격을 피하자 불덩이는 그대로 뒤에 있던 나오에게로 날아갔다.

그 직후, 무서운 기세로 내 HP가 깎여 나갔다.

나오가 받았을 대미지를 모두 대신 받은 결과였다.

하지만 다행히 [생명력 극한 강화]의 효과로 상쇄되는 수준이었다.

나는 검을 쥐고 시야 구석에서 생긴 거대한 빛이 움직이길 기다렸다.

그리고 그의 일격, 변칙 웨이브 모션이 발동됐다.

"웨이브 모션!"

"추월."

불을 가르는 빛의 칼날과 그것을 뒤따르는 초승달 모양의 참격.

공격은 동시에 괴조에게 명중했다. 이어지는 폭발과 섬광—.

상대가 어떻게 됐는지 확인할 필요도 없이 적을 격파했다는 증거가 나타났다.

『웨폰 어빌리티 습득』

[재기]

하루에 한 번 HP가 0이 됐을 때 HP를 1로 회복한다.

바로 어빌리티 획득 안내였다.

"오오…… 훌륭해, 훌륭하네, 나오 공! 카이, 자네도 잘해 주었어……. 그 상황에서 훌륭한 지시를 내려줬네!"

"설마…… 신화급 괴물을 그림이 아니라 이 눈으로 직접 보는 날이 올 줄이야……."

두 사람이 기쁨과 감탄을 드러내며 비척비척 내 쪽으로 다가왔다.

그런데 그 순간, 마무리를 지은 나오가 머리를 붙잡고 바닥에 쓰러져 뒹굴기 시작했다.

아마 격심한 두통에 시달리고 있겠지. 그리운데? 나도 용신을 해치운 뒤에 무슨 정신 공격이라도 받았나 싶어서 죽자 살자 땅을 뒹굴었었다.

그래도 슬슬 일어나줘야 한다.

애시 피닉스는 쓰러뜨렸다.

『재의 불사조』라는 이름에 어긋나지 않은 막강한 효과를 가진 어빌리티를 입수해 내심 춤이라도 추고 싶은 심정으로 가득했다.

하지만…… 재였다. 피닉스의 전설을 안다면 짐작할 수 있으리라.

“우…… 나는, 으…… 그 괴물은?”

“나오. 그 불을 두려워하지 않고 용케 맞섰어. 네 공격으로 놈은 확실히 죽었어.”

“아…… 정말로요……? 제가, 해치웠어요?”

뒤늦게 찾아든 현실감에 나오가 얼굴을 펴고 기쁨을 표했다.

“그나저나 이상하군요. 던전 보스를 해치웠는데도 아무런 변화가 일어나지 않습니다.”

“흐음, 입구도 열리지 않았구먼……. 잠깐, 뭔가 이상해!”

자, 여기부터가 진짜 시작이다.

“나오. 불사조는 말이야, 재 속에서 되살아나는 거야.”

쓰러진 괴조의 몸이 불꽃에 휩싸여 재로 변했다.

그리고 그곳에서 천천히 빛이 흘러나오기 시작했다.

“아뿔싸! 모두 전투 준비! 놈은 아직 죽지 않았어!”

불사조의 부활은 이름을 봤을 때부터 예감했었다. 놀라울 것 없는 사사로운 일이었다.

나에게 있어 승부처는 이런 게 아니다. 최근 한 달 동안 내가 어떤 생각으로 행동해 왔는가, 그 집대성을 이곳에서 선보일 수 있을지 없을지가 진짜 관건이다.

잿더미 속에서 나타난 것은 아까와는 몰라보게 변한 괴조였다. 무심결에 우러르게 될 정도로 신성하고 아름다운 날개를 퍼덕이는, 이름 그대로 피닉스였다.

그리고 그 레벨은—.

【Name】 피닉스

【종족】 요마, 신수종

【레벨】 188

이미 전술이나 작전으로 어떻게 될 수준이 아닌 절대적인 차이—.

그것은 감정 능력을 갖지 않은 인간이라도 본능적으로 깨닫게 되는 그런 차원의 차이였다.

더는 내가 그들을 감싸며 싸울 수 있는 능력이 아니었다.

더는 내가 그들에게 맞춰주며 쓰러뜨릴 수 있는 상대가 아니었다.

더는 내가 목적을 숨길 필요도, 없었다.

“도망가라……. 다들, 조용히 도망가거라.”

“그, 그럴 리가…… 내가, 해치웠는데…… 하, 한 번 더 다 같이 협력해서…….”

“카이 공…… 이쪽으로 오십시오. 제가 방패가 되겠습니다. 어쩌면—.”

아아…… 나는 얼마나 자기중심적인 인간인가. 얼마나 사람을 의심해야 성이 찰까.

“아뇨, 세 사람은 함께 제게서 떨어져 있어 주시겠습니까? 마음은 정말로, 대단히 기쁘지만…….”

나는 그날 너에게 『그 말』을 들었을 때부터 쭉, 쭉 생각해 왔다.

“카이본 씨! 함께 벽을 부숴요! 도망가요!”

“아니, 아마 그럴 시간은 없을 거야. 이 녀석은 이미 완전히 부활했어.”

자, 나오. 그럼 정답을 공개해 볼까?

§ § §

그가 이 세계에 온 것은 『약 반년 전』이라고 했다.

그리고 내가 여행에 나선 시기도 대략 반년 전이었다.

그때, 이 세계에 어떤 사건이 일어났다. 그게 뭐냐고?

바로 내가 용신— 칠성을 살해한 사건이었다.

당시에는 단지 힘이 강한 마물을 해치웠을 뿐이라고 생각했지만, 차츰 그것이 어마어마하게 큰 의미를 가졌음을 오잉크나 다른 사람들의 이야기를 통해 이해했다.

그리고 이번에는『해방자』라는 존재가 나타났다.

해방자는 봉인된 칠성의 힘으로 소환된 존재라고 했다. 즉, 엔드레시아에서 렌이 소환된 것은 내가 용신을 쓰러뜨리기 전이란 뜻이었다.

그럼 나오는 어떤가? 그는 다른 대륙에서 용신과는 다른 칠성의 힘으로『용신 살해 후』소환된 사람이었다.

만약 이 세계에 해방자를 불러들이는 의지가 존재한다면—.

만약 던전화를 시작으로 한 누군가의 의지가 존재한다면—.

만약 해방자를 부르도록 신탁을 내리는『보이지 않는 신』이 존재한다면—.

"나오. 나는 어떤 사람이었지? 내가 생각해도 삐뚤어진 인간 같지만, 그렇게 나쁜 사람은 아니었지?"

"무슨 말씀을…… 그렇게 마지막이 될 것처럼 말하지 마세요!"

"아니. 마지막이 아니야. 하지만 대답해줘. 나는, 너한테 좋은 선배였어?"

최근 한 달 사이 나는 얼마나 네 마음에 파고들었을까?

얼마나 네 사명감을 희석시킬 수 있었을까?

"저는 외동아들이었어요! 그래도 형이 있다면 분명 이렇지 않았을까, 하고 생각했어요! 사실은 이 계약이 끝난 후에도 저희와 함께해 주셨으면 좋겠다고 계속 생각했어요! 그래도, 그래도 지금은 그럴 때가 아니잖아요?!"

"……그래? 나도 너를 동생처럼 생각했어. 조금 지나치게 귀여워서 여동생처럼 생각할 것 같았지만."

아…… 다행이다. 네 양심에 걸릴 정도로는 큰 존재가 되었나 보다.

"그럼 나오. 마지막으로 이 질문에 대답해주지 않을래?"

"이 세계에 올 때, 누군가가 너에게 사명을 지워주지 않았어?"

그 말이 나옴과 동시에 인내심이 바닥난 피닉스가 울음을 내지르며 달려들었다.

그 순간, 전신의 힘을 끌어내며 어빌리티를 재구성했다.

그리고 그들에게 그 모습을 보여줄 결의를 다졌다.

머리카락이 휘날리고 뿔이 자라는 감각이 느껴졌다.

시야가 좁아지고 내 의식을 덮어씌우듯 얼굴에 가면이 나타났다.

복장이 내 몸에 맞춘 고급스러운 옷으로 바뀌고 동시에 등 쪽으로 옷이 부풀더니 날개가 튀어나왔다.

그림자가 발치로 떨어졌다. 날개를 펼치고 뿔이 자란 불길한 그림자가—.

"방해하지 마."

돌아보지 않고 적당히 뒤로 검을 휘둘렀다.

그러자 다시 머릿속에 어빌리티 습득을 알리는 안내음이 흘러나왔다.

"그래, 예를 들면 이런 사명— 마왕을 쓰러뜨려라."

"으?! 어떻게…… 아무에게도…… 말하지……."

"그 모습은?!"

"말도 안 돼……. 신수를 일격에……."

내 모습을 본 일행의 표정이 경악으로 크게 일그러지더니 한 발 뒷걸음쳤다.

나오. 나는 네 스테이터스에 『※※※※※의 사도』란 칭호를 발견하고 내가 여행을 떠난 뒤 이 세계로 불려왔다고 들었을 때부터 계속 경계했어.

언젠가 네가 그 누군가의 사명으로 나를 죽이러 오지는 않을까?

국가의 중요인물로 취급받는 네가 적으로 돌아섰을 때, 얼마나 많은 병력과 적대하게 될까?

그런 생각이 들었을 때, 나는 이렇게도 생각했어.

「그렇다면 차라리 내 편으로 끌어들여 버리자」라고…….

"사람은 겉으로 보고 판단하면 안 돼. 사전 평가나 소문

같은 정보도 물론 중요하지. 그렇지만 실제로 그 사람과 지낸 시간에 비할 수는 없다고 난 생각해."

"카이본 씨…… 저는……."

"미안, 너를 속였어. 그래도 너와 적대하고 싶지 않다는 마음은 진심이야. 나는 그저 자유롭게 여행을 하고 싶을 뿐이니까."

정적이 깔렸다. 아무도 입을 열지 않았다.

아마도 나오는 자신이 이 세계에 왔을 때 짊어진 사명을 누구에게도 이야기하지 않았겠지.

하지만 그 정적을 깨는 커다란 소리가 들리기 시작했다.

뒤쪽 벽과 다른 한곳, 천장에 난 구멍 바로 아래에서였다.

땅에서 거대한 기둥이 솟더니 그곳에 계단이 생겼다.

"흠, 이건 앞으로 가라는 뜻인가?"

"……카이, 자네에게는 묻고 싶은 말이 산더미 같지만, 지금은 일단 전부 미루세. ……벽 너머 기운이 이상하네."

켄 할아버지가 말한 직후, 격한 진동이 우리를 덮쳤다.

일행이 비틀거리며 땅에 쓰러졌다. 그리고 불길한 예감이 든 나는 서둘러 열린 벽으로 가서 분화구를 내려다봤다.

이곳까지 이어진 나선 통로가 서서히 무너지는 모습이 보였다.

그 파편이, 부피를 불리며 흘러넘치는 용암 속에 소리를 내며 빠졌다.

괴상한 냄새가 코를 찌르고 강렬한 열기가 거세게 올라왔다.

……틀림없다. 붕괴 조짐, 분화의 전조였다.

"긴급 사태야! 다들 저 계단을 타고 밖으로 나가!"

"나오 님, 꽉 붙잡으십시오!"

"……카이본 씨…… 저는……."

"나오. 너는 앞으로도 다양한 선택에 직면할 거야. 지금 같은 갈등을 몇 번이나 겪게 될지도 몰라. 그래도 똑바로 자기 눈으로 확인하고, 동료의 의견에도 귀를 기울이고, 자기 의사로 선택해."

마침내 본격적인 분화가 일어날 것 같았다. 큰 기포가 점점 올라오고 있었다.

직접 분화구로 뛰어내리는 편이 나을 듯했다.

"카이 공! 저는 그쪽 사정은 모릅니다……. 하지만 지금은 이쪽으로 오십시오!"

"마, 맞아요……. 이런 상황에선, 저도……."

"아니. 용암이 올라오는 속도가 너무 빨라. 조금 기세를 죽이고 올 테니까 먼저들 가 있어."

"말 같지도 않은 소리 하지 말게! 자네가 아무리 강력한 힘을 가졌다고 해도 자연의 섭리에는—."

"입씨름할 생각 없어요. 자, 얼른 올라가세요."

"시, 싫어요! 자기만 하고 싶은 말 하고! 제 생각은 듣지도 않고 어떻게—.”

“됐으니까 가라고! 뭘 위해 여기 왔어! 뭘 위해 내가 너희를 도왔냐고! 전부 네가 강해져서 나라를 구하기 위해서잖아!”

침통한 표정을 짓는 가운데, 역시 군인다운 의식이 강한 스티리아 양이 머리를 숙이고 나오의 손을 잡아 먼저 달려 나갔다.

그리고 켄 할아버지도 두 눈을 손으로 벅벅 비비며 달려갔다.

나 참, 하나같이 내가 죽을 것처럼 반응하긴…….

다시 큰 진동이 몰려왔다. 자, 그럼 기왕이니까 마지막으로 성대한 플래그라도 한번 세워 볼까?

“나오! 내가 무사히 돌아가면 또 먹고 싶은 걸 만들어줄게! 뭐가 좋아?!”

고개를 숙인 채 억지로 계단을 끌려 올라가던 나오가 퍼뜩 고개를 들었다.

“으! 반드시, 반드시 돌아오셔야 해요! 제 대답을 들으셔야 하니까!”

그리고 마지막으로 저 멀리 위쪽에서 나오의 목소리가 울려 퍼졌다.

“치킨 난반[#15]! 꼭 만들어주셔야 해요!”

하하하! 정말로 먹고 싶은 메뉴를 외칠 줄은 몰랐는데?

#15 치킨 난반 닭튀김을 단 식초에 적셔 타르타르소스를 뿌린 음식.

그래도 나오, 이것만은 말해 둘게.

……너, 기름진 거 너무 먹는다.

§ § §

“레이스, 화산 지대로 가자.”

“……네. 정말로 또 흔들렸네요.”

카이 씨 일행이 출발하고 나서 세 시간이 지났을 무렵, 다시 큰 진동이 마을을 덮쳤다.

우리는 만약의 사태에 대비하고 있었지만, 구체적으로 어떻게 하면 좋을지 나에겐 상상조차 되지 않았다.

화산 분화. 지식으로는 알고 있는 자연 현상이었다. 그렇지만 나는 그것을 막는 방법을 몰랐다.

아니, 원래는 자연 현상에 맞서는 것 자체가 어불성설이었다.

그래도 내가 가장 사랑하는 언니는 무서워하지도, 의욕에 불타지도 않고 자연스럽게 걸어 나갔다.

“류에…… 어떻게 할 생각이죠?”

“글쎄…… 지리로 봐서 용암이 흘러올 곳은 한 군데밖에 없지만…… 어디로 튈지 모르니까 일단 가까이 가 봐야겠어.”

격심한 진동 속에서도 류에의 발걸음에는 망설임이 없었다.

그 모습이 믿음직스럽기도 한 동시에 조금 걱정스러웠다.

류에는 무척 상냥했다. 나를 아무렇지 않게 받아들여 주고, 나나 카이 씨를 위해서 혼자 죄를 짊어지려고 했을 정도로……. 그래서 무리를 하지 않을까 걱정이었다.

그래서 카이 씨도 나에게 그녀 옆에 붙어 있으라고 부탁했겠지.

"이 동굴을 빠져나가면 화산 지대인데…… 붕괴할지도 몰라. 우회하자."

평소보다 높게 느껴지는 기온이 내 불안감을 부추겼다.

카이 씨는 무사할까? 강력한 힘을 가졌으면서 보통 사람과 똑같이 고민하는 마음씨 착한 그 사람은 무사할까?

화산 지대에 도착해 던전이 보이기 시작했을 때, 화산 경사면을 미끄러져 내려오는 사람들이 보였다.

류에가 얼음으로 길을 만들자 그들이 그 길을 따라 내려왔다.

그렇지만…… 거기에 카이 씨의 모습은 없었다.

머리에 피가 몰렸다. 이 사람들은 카이 씨를 어디에 두고 왔단 말인가?

"여러분. 카이 씨가 안 보이—"

그때였다. 일행 중 노인, 매켄지 씨가 나에게 매달렸다.

평소 넉살 좋은 모습은 온데간데없는 약한 목소리를 내면서…….

"자네들! 자네들은 카이의 힘을, 정체를 알고 있었을 테지?! 그렇다면 말해주게. 카이라면, 카이라면 괜찮다고! 무사히 우리 곁으로 돌아올 거라고 말해주게!"

그 비통한 외침에 머리에 몰린 피가 빠져나갔다.

아아, 그랬구나. 이미 이 사람들에게도 카이 씨는 둘도 없는 동료였나……. 그렇다면 내가 화를 내는 건 도리가 아니겠지.

"저희는, 너무 무력했습니다……. 카이본 공께선 처음부터 끝까지 우리를 구해주셨는데……."

"저기…… 카이본 씨라면 이 분화를 멈출 수 있나요……? 돌아오는 거죠? 카이본 씨, 우리에게 돌아오시는 거죠?!"

소년이 울면서 류에에게 매달렸다.

나도 그러고 싶었다. 나는 아직 그 사람의 전부를 알지 못하니까.

그래도 그를 가장 잘 아는 류에가 침착한 것을 보면—.

"아하하하, 당연히 못 멈추지. 카이 군은 얼음 속성은 마법까지밖에 못 쓰고, 다짜고짜 공격한다고 분화가 멈출 리도 없는걸."

……네?

"기껏해야 시간 벌기 아닐까?"

"뭐라고……?"

류에는 천연덕스럽게 말하고 깔깔 웃었다. 어떻게 그렇게 웃을 수 있지?

"그래도…… 분화한 걸 날려버릴 수는 있을 거야. 카이 군은 강하니까."

"그, 그게 더 어렵지 않나요……?"

"응, 어려워. 틀림없이 마을에도 피해가 나오겠지만—."

그때, 작열하는 용암 중심에 서 있는데도 오싹한 한기가 들었다.

무언가, 보이지 않는 무언가가 소용돌이치는 듯한 강한 냉기를 느꼈다.

"그래도 마을에 피해가 나지 않도록 내가 이곳에 왔어. 그러니까 다들 안심하고 보고 있어."

떨림이 멈추지 않았다. 한기만이 아니었다. 뭔가, 어떤 거대한 힘이 류에를 둘러쌌다.

나는 『재생사』다. 마력의 흐름이나 밀도에는 남들보다 훨씬 민감했다. 그런 나이기에 알 수 있었다.

모든 것이 급격히 사라지는 것을…… 이곳에 가득 차 있었을 마력이 그녀에게 흡수되는 것을—.

대자연의 위험이 닥쳐오기 직전인데 나는 지금 옆에 있는 이 언니가 더 무섭다고 느끼고 말았다.

"카이 군의 힘을 봤다면 그 판단을 믿어줘. 괜찮아, 나는 카이 군의 선생님이니까. 맡겨줘."

류에는 다정하게 미소 지으며, 비통하게 표정을 구긴 나오 일행에게 말했다.

그리고 그녀는 노래 부르듯 주문을 외기 시작했다.

“『섭리를 넘고 법을 넘고 양(陽)을 넘을지어다. 내 몸에 깃든 모든 것을 먹어치우고 이곳에 모든 것을 멈출 영원한 영(零)을 창조하노라.』”

급격하게 떨어진 온도가 마치 이동하는 것처럼 빠져나갔다.

몸 떨림이 멈춘 나는 마치 진짜 여신처럼 자연을 지배하는 류에의 성스러운 모습에 매료되었다.

나는 모른다. 내가 본 류에의 힘은 이 정도는 아니었다.

마치 그녀의 것이 아닌 것 같은, 너무나도 강대한 힘에 경외감을 넘어선 어떤 다른 감정이 일었다.

고양되는 마력이 몸에 잠든 원초의 기억을 뒤흔들어 의식이 흐릿해질 것 같았다.

“『크로노스 이터』, 『앱솔루트 제로』.”

그 직후, 그녀가 매듭을 짓듯 두 마도의 이름을 입에 담았다.

그 방대한 마력의 범람에 심신이 휩쓸려 떠내려갈 것 같았다.

“맙소사, 마도를 동시에 구사하다니, 불가능해……. 게다가 그 마도는…….”

“왕전 마도인가요?”

“하나는 그래……. 하지만 다른 하나는 뭐지……. 속성조차 모르겠어.”

"보세요! 하늘이, 하늘이 사라져요!"

비틀거리는 몸을 간신히 가누며 그가 손가락으로 가리키는 하늘로 시선을 옮겼다.

그곳에는 창백한 무언가가 하늘을 침식하는 광경이 펼쳐져 있었다.

화산은 물론이거니와 주위 일대를 뒤덮는 얼음 돔이었다. 그 현실감을 동반하지 않은 압도적인 규모에 말이 나오지 않았다.

"후우~! 오랜만에 진심을 다했더니 지쳤어. 이거라면 어지간한 파괴력이 아닌 한 주변으로 용암이 튈 일은 없을 거야."

"수, 수고했어요, 류에."

류에는 검을 지팡이 대신 바닥에 꽂고 거기에 체중을 실으며 말했다.

……카이 씨. 제 언니는 어쩌면 엄청난 사람인지도 몰라요…….

"저, 저기…… 마그마 온도면 얼음이 녹지 않을까요?"

"응, 보통은 그래. 그러니까 나는 저 얼음의 시간도 함께 얼렸어."

"시간을…… 얼려요?"

"영원히 녹지 않게 영구히 절대 영도를 유지하는 얼음이야. 후훗, 녹일 수 있다면 녹여 보라지."

"시간을 다루는 마도……. 자네는 대체……."

"나는 시골 엘프야. 다른 사람보다 조금 더 오래 살았고 마도가 특기야."

류에는 이제 안심이라고 말하는 양 그대로 바닥에 주저앉아 버렸다.

아…… 그래서 카이 씨는 류에를 밖에서 기다리게 했구나. 정말이지, 그 절대적 신뢰와 거기에 부응하는 힘에 조금 질투할 것 같다.

그나저나…… 영원한 얼음이라니, 어쩌면 류에는 카이 씨보다 터무니없는 사람이 아닐까……?

"아, 하지만 이 얼음은 녹은 적은 없어도 카이 군에게 한 번 부서진 적이 있어. 카이 군도 참 대단하지?"

방금 한 말은 취소할게요.

§ § §

진동이 격해지는 가운데, 무너지려는 나선 통로를 홀로 내려갔다.

……이래선 언제 끝날지 모르겠다. 나는 날개를 펼쳐 열풍 마법을 사용해 그 기류를 탔다.

"하늘을 나는 건 마인즈밸리 이후 처음이군."

그대로 분화구를 향해서 뛰어내렸다. 천천히 날개로 바람을 맞으며 내려가자 몸을 훑는 열파가 점점 강해지는 것이 전해졌다.

아마도 이 몸이 아니었다면 찜닭이 되지 않았을까?

"그나저나 이 상황은…… 꼭 게임 등장인물 같은걸."

아래에서 빠른 속도로 올라오는 마그마를 내려다보며 그만 자조 섞인 말을 툭 내뱉었다.

『게임 이벤트에서 엄청나게 강한 캐릭터가 동료가 된다』.

『이벤트 마지막에 그 강한 동료가 파티에서 빠진다』.

그런 공식 치트키라고 불리기도 하는 아군 도우미 캐릭터—그것이 마치 지금 내 상황 같아서 이상하게 우스웠다.

"그런데…… 이런 캐릭터는 거의 다 죽잖아! 안 돼!"

그러고 보니 방금 나「돌아가면 네가 좋아하는 걸 만들어 줄게」라느니 무슨 히로인 같은 대사를 했었지?

뭐야? 나 히로인이야? 공략 대상이야?

"그럴 리가. 건성으로 세운 플래그는 금방 무너지기 마련이지. 부실 공사한 빌딩처럼."

그리고 현재 진행형으로 맥동 중인 마그마 근처에 착지했다.

이건 이미…… 완전히 막기는 무리겠다. 류에라면 아직 가망이 있을지도 모르지만, 나에게 이것을 얼릴 수단은 전무했다.

한순간 얼음 속성 공격을 써 볼까 생각도 해봤지만, 그러다 파열하면 어떤 피해가 나올지 상상도 할 수 없었다. 지금은 얌전하게 시간 벌기에 전념하자.

시험 삼아 어둠 속성 마법을 사용해 이 용암의 열을 빼앗을 수 있는지 시험해 봤다.

어둠이 작열하는 붉은 빛을 야금야금 침식했다.

흡사 타르 같은 모습이 된 그것이 점착도를 늘리더니 빼글빼글 소리를 내면서 파열했다.

얼핏 보면 기세가 약해진 것처럼도 보였지만…….

"쳇. 다른 곳에서도 새잖아."

안타깝지만, 억누르면 다른 곳에 압력이 가해지는 듯했다.

역시 무리하게 억제하기보다 분화를 요격하는 편이 최선이지 싶었다.

다시 붕 뜨는 감각을 맛보면서 분화구에서 그대로 화산 밖으로 날아올랐다.

그런데 어떻게 된 까닭인지 엄청난 추위에 휩싸여 무심코 몸을 움츠리고 말았다.

얼음막이 세상을 덮어 가리고 있었다. 아마도 얼음으로 이 일대를 가둬버린 거겠지.

주위를 돌아보는데 화산 지대 밖, 마을로 이어진 동굴 앞에서 나오 일행과 레이스, 그리고 어째선지 지쳐 보이는 류에의 모습을 확인할 수 있었다.

"……이 마도는 류에인가? 역시 우리 집 엘프 아가씨는 믿음직스럽다니까."

그렇다면 나도 질 수 없지. 나는 검을 들고 때를 기다렸다.

땅울림이 점차 하늘까지 들렸다. 그리고 드디어 때가 왔다.

맹렬한 음파에 가슴이 떨리고 그 충격으로 자세가 흐트러져 하마터면 추락할 뻔했다.

마치 커다란 북을 코앞에서 두드리는 소리를 몇백 배로 증폭한 것 같은 소리의 파도였다.

터져 나오는 시뻘건 바위나 용암은 얼음 막에 충돌한 뒤 그 빛이 탁해지며 추락했다.

아마 식어서 굳어버린 채 힘을 잃은 것이겠지만, 그래도 피해가 전혀 없을 수는 없을 듯했다.

얼음 돔 안에는 녹음 짙은 산도 들어가 있었다. 가능한 한 그쪽에 용암이 튀지 않게끔 검술을 써서 날려 버렸다.

하지만 이번에는 기운 좋게 날아가지 않고 꿀렁꿀렁 흘러넘친 용암이 숲 쪽으로 흘러내렸다. 지체 없이 웨이브 모션을 써서 대응해 보나, 이어서 한 번 더 큰 분화음이 울려 퍼졌다.

"제길…… 산과 숲은 포기할 수밖에 없나?"

산나물과 버섯, 게다가 민속 공예품을 위해 주민이 이용했을 산을 포기하는 건 그 마을의 팔다리를 자르는 것이나 다름없을 텐데!

앞뒤 생각하지 않고 검술을 써서 조금이라도 피해를 줄이려고 기를 쓰던 그때, 지표에서 무수한 푸른 섬광이 치솟았다.

그 빛은 노린 것처럼 날아가는 바위나 불덩이, 용암을 관통해 날려 버렸다.

그것이 어디서 날아왔는지 눈을 크게 뜨고 살피자—.

"……난 동료 운 하나는 타고났구나."

류에만이 아니었다. 바로 레이스였다.

주위로 샌 류에의 마력을 재생술로 거두어 쏜 것이리라.

얼음 화살이 차례차례 바위를 격추했다. 나는 안심하고 흐르는 용암에 집중하기로 했다.

화산은 그 후로도 몇 번이나 우렁찬 분화를 터뜨렸지만, 차츰 흘러나오는 용암의 기세도 약해졌고 분화구에서는 그저 검은 연기만 올라오게 됐다.

일단 합류하고자 류에와 레이스, 그리고 나오 일행에게로 내려갔다.

그러자 가장 먼저 나에게 달려와 매달리는…… 켄 할아버지.

"카이이이이이! 용케, 용케 무사했구먼!"

"부담스러워, 부담스럽다고! 아직 다 안 끝났으니까 떨어져요!"

"카이 공…… 당신은 설마 강마의…… 아뇨, 아무것도 아닙니다. 잊어주시죠."

뭐야? 도중에 끊으면 엄청 신경 쓰이잖아?

나오도 쭈뼛쭈뼛 걸어왔다.

그의 눈동자에는 결의의 빛이 담겼다.

울어서 부은 눈을 애써 힘주어 뜨고 내 앞으로 한 발 더 강하게 내디뎠다.

"카이본 씨, 저는……."

나오의 목소리는 조금 떨렸다. 나는 그저 그의 눈동자를 바라보며 이어질 말을 기다렸다.

"저는 제 눈으로 본 걸…… 카이본 씨를 믿어요!"

나오는 단호하게 그렇게 선언했다.

"……그래. 고마워, 나를 믿어줘서."

"저는 이 세계에 올 때 분명 마왕을 쓰러뜨리라는 말을 들었어요. 그렇지만…… 마왕은 어디에도 없었나 봐요. 제가 아는 건 다정하고, 사람을 잘 돌봐주고, 강하고, 요리를 잘하는 형이니까요."

"……아마 너 정도밖에 없을 거야. 나를 그렇게 말해주는 사람은……."

나오는 힐끔 우리 집 아가씨에게 눈길을 줬다. 아, 요 녀석, 눈 돌리지 마.

그리고 이번에는 내 부탁으로 마을을 지켜준, 내가 가장 사랑하는 두 사람을 향해 돌아섰다.

류에는 검에 기대어 주저앉았고 레이스는 어깨를 들썩이며 활을 끌어안고 있었다.

나는 바로 HP와 MP를 회복하고자 어빌리티를 교체해서 두 사람을 치유했다.

“두 사람 모두 정말 고마워. 열심히, 잘 해줬어.”

“후후, 조금 지쳤어. 그래도 괜찮아. 다친 곳도 없고 무리하지도 않았어.”

“저도 그냥 활을 쐈을 뿐이에요. 그래도 도움이 되었다면 다행이에요.”

손을 내밀어 두 사람의 머리 위에 턱 얹었다.

나도 모르게 자랑하고 싶어졌다. 「내 동료는 대단하지?」라고.

아직 다 끝나지는 않았지만, 그래도 지금 정도는 괜찮겠지?

착하지, 착해. 마을을 지킨 영웅들 착하지, 착해.

“자, 마을로 돌아가자. 분명 지금쯤 난리가 났을 테니까.”

아직 조금 분주한 날이 계속될지도 몰랐다. 그래도 무사히 그들은 목적을 달성했다.

이 자리에 있는 모든 이의 얼굴을 돌아봤다. 모두 충실감과 성취감에 가득한 표정을 짓고 있었다. 그렇다면 앞으로 펼쳐질 나날도 분명히 잘 풀릴 거라고, 그렇게 생각했다.

나오 일행에게는 앞으로도 그들만의 이야기가 기다리고 있으리라.

그리고 나를 동료라고 말해준다면, 훗날 그들과 잠깐 길이 교차하는 일도 있을지 모른다.

역시나 『보이지 않는 신』은 존재했다. 그렇지만 이번에 그 계획을 틀어놓을 수 있었다.

명확하게 나를 적이라고 인식한다면, 나와 적대하길 선택

한다면, 누구든 용서하지 않겠다. 그것이 설령 신이라 할지라도—.

에필로그

"이상이 이번 사건의 전말이야."

『그래요……. 정말로 던전화는 누군가의 의도였단 말이네요.』

"아마도. 어떤 의도인지는 아직 확실하지 않아. 하지만 적어도 그 마물은 어딘가 외부에서 온 거라고 생각해."

화산 분화로부터 사흘이 지났다. 나는 사후 보고를 위해 길드에 와 있었다.

마을 상황으로 말할 것 같으면, 아무래도 이번 지진은 주민들도 위험하다고 판단했는지, 『바로 피난해야 한다』고 결론을 내린 모양이었다.

그리고 길드에 파견된 조사원의 도움도 있어서 주민들 모두 부상자 한 명 없이 마을 밖으로 피난할 수 있었다.

이 점은 사전에 사람을 보내도록 말한 내 공적이라고 생각하는데, 어떤가요? 아, 아닙니다. 오잉크 총수님의 신속한 대처 덕분이죠. 감사합니다.

"일단 내가 이 사건에 관해 보고할 사항은 이상이야. 차후 조사에서 뭔가 알게 되면 알려줘."

『알겠어요. 마인즈밸리와 마찬가지로 화산 조사 결과도 알려드릴게요.』

화산 분화에 관해서는 어제 켄 할아버지와 류에의 힘을 빌려 이미 해결했다.

듣기로는 한 번 분화하여 마그마 웅덩이 안에 쌓인 가스가 방출되었고, 거기에 류에가 마도를 사용해 내부를 식혀 굳힌 덕에 앞으로 수백 년 간은 분화하지 않을 거라는 이야기였다.

그리고 가장 중요한 사항인 마을에 끼친 영향에 관해서는—온천 온도가 다소 떨어져 버렸지만, 원래 던전화로 수온이 올라가 있었기 때문에 조정 가능하다고 했다.

물론 온천의 수압이 강해지거나 수도관이 파열하는 등 피해가 전혀 없지는 않았지만, 그것도 앞으로 2~3일이면 복구할 수 있다고 들었다.

『아 참, 본본. 만약을 위해서 이쪽에서도 조사해 보겠지만, 아캄이 최근 수십 년 동안 어떤 사람을 찾았다는 것, 그리고 그 사람이 레이스였다는 확증을 얻었어요.』

"……그래? 그럼 이제부터 그쪽으로 가 봐도 되겠지?"

『네. 다만, 가급적 주민에게 피해가 가지 않도록 부탁드릴게요.』

"나도 알아. 네가 이 대륙에 올 때까지는 어떻게든 정리해 놓을게. 그때는 꼭 레이스와 만나줘."

『후후, 레이스가 어떤 멋진 여성이 되었을지 생각하니까 조금 긴장되네요.』

이 마을에서 나는 많은 것을 얻었다.

그것은 앞으로 나아갈 기력이기도 하며, 레이스와 류에와의 인연이기도 하며, 나오 일행과의 만남이기도 하며, 그리고— 새로운 어빌리티이기도 했다.

힘은 얻었다. 그리고 나오와의 훈련으로 내 몸의 스펙을 충분히 이해할 수 있었다.

그렇다. 준비 기간은 이제 끝났다.

"그럼 나는 마지막 일을 끝내고 마을을 떠날 거야. 뭐 다른 볼일은 없어?"

『저는 딱히 없어요. 그런데 마지막 일이 뭐죠?』

"약속을 하나 지킬까 해서."

§ § §

마을의 상황을 살피며 여관으로 향했다.

어느 집이건 가게건 급한 피난과 큰 지진으로 안이 난장판이었다.

주민들은 모두 자기 집에 짐을 돌려놓으려고 짐수레를 밀었고, 길드 직원들이 그런 주민에게 힘을 보태고 있었다.

인명 피해는 없었지만, 집이나 장사 수단을 잃은 사람은 많을 듯했다.

그렇게 생각하자 조금이지만 가슴을 찌르는 아픔이 스쳤다.

할 수 있는 일은 했다고 자부하지만, 역시 그리운 정경이 망가진 탓에 그런 욕심이 고개를 들었다. 뭐, 그래도—.

"저 용암 굳은 거! 저거 못 팔아?!"

"지금 길드 사람한테 물어보니까 저게 유리 재료로 쓰인다잖소!"

"그라믄 이번에는 저그 팔문 되갔사! 다른 석재도 막 나왔다잖소?"

기똥차게 굳센 사람들이지만.

앞서 나오도 말했지만, 그 화산 바위에는 흑요석이 되는 성분, 유리질이 다량 함유되어 있었다. 주민들은 그밖에도 용암 돌판을 만들거나 하며 당장 활용할 방안이 없을까 모색에 나선 듯했다.

"그 와중에도 챙길 건 다 챙기는구나."

이 마을은 이제 괜찮을 거라 믿고, 나는 복구에 열을 올리는 사람들을 등지고 여관으로 돌아왔다.

"다녀왔어, 레이스."

"아, 어서 오세요. 지금 설치를 끝낸 참이에요."

"혼자 시켜서 미안해. 류에가 돌아올 거라고 생각했는데……."

"그게, 아직 돌아오지 않아서요……."

"또 어디서 붙잡혔나?"

내가 걸음을 옮긴 곳은 여관방이 아니라 건물 뒤편이었다.

정자가 있는 그곳에서는 마침 레이스가 캠핑 물품 설치를 마친 참이었다.

우리 집 캠핑 도구를 관리하는 류에 아가씨는 아마 물건을 사러 나간 뒤 주민 여러분에게 붙잡혔을 것으로 예상된다.

그 분화가 일어났을 때, 마을에서도 확인할 수 있는 거대한 얼음 돔이 출현하자 일부 주민들 사이에서 이런 말이 나왔다고 한다.

『저건 틀림없이 류에다』.

류에는 레이스와 둘이서 곧잘 농민들을 도왔고, 그때도 자주 얼음 마술을 선보였었다.

그래서 평소 그다지 마술을 볼 기회가 없던 주민들은 『얼음 마술=류에』라고 생각한 모양이었다.

그리고 류에 본인도 주민들의 질문에 아무렇지 않게 「맞아」라고 대답한 탓에 그들은 마을의 구세주, 여신님이라고 추앙할 기세로 매일 류에에게 몰려들었다.

나도 열심히 했는데……. 그래도 얼음 안에 있었으니까 남들에겐 안 보였겠지.

"오늘은 일찍 돌아온다고 했으니까 아마 이제 곧 올 거예요."

"다녀왔어~!"

양반은 못 되겠다. 여관 쪽에서 류에가 큰 바구니를 메고 돌아왔다.

먼발치에서도 확인할 수 있는 산더미 같은 채소를 등에 지고서 말이다.

"이야~! 거의 공짜로 퍼주더라고."

"……아무리 그래도 그렇지, 이걸 다 어떻게 먹어?"

우리가 지금 무엇을 하고 있는가?

던전 탐색을 끝내고 이 마을의 경과를 지켜보던 나오 일행이 드디어 내일 여행을 떠난다고 하여, 송별회를 할 겸 손수 요리를 만들어주고자 준비 중이다.

그 왜, 사망 플래그처럼 음식을 만들어주겠다고 약속했잖아?

그리고 당당히 플래그를 꺾어 버리고, 이렇게 그에게 치킨 난반을 대접하게 됐다는 거지.

준비를 모두 끝내고 시간을 확인했다. 시계는 마침 약속 시간을 가리키고 있었다.

"안녕하세요! 오늘은 초대해주셔서 감사합니다."

"허어, 처음 들었을 때는 무슨 농담인가 했는데…… 정말로 요리를 할 줄이야."

"안녕하십니까, 여러분. 매켄지 옹, 믿어지지 않을지도 모르지만, 카이 공의 요리 실력은 저보다 훨씬 뛰어납니다. 만약 기회가 있다면 배우고 싶었는데……."

주빈께서 도착하셨다.

"자, 그럼 방청객도 모였으니 오프닝 인사를 하겠습니다."

오늘 첫 참가인 레이스 씨, 무슨 일인지 몰라 어리둥절해하고 있습니다만, 신경 쓰지 마세요. 그냥 늘 하는 겁니다.

"제2회. 본본 쿠킹을 시작합니다~."

"와~! 와~! 짝짝짝짝!"

하지 마, 류에. 입으로 방청 아르바이트 같은 소리 내지 마.

"음, 그럼 오늘은 나오가 신청한 치킨 난반을 만들겠습니다."

"저, 정말 만들어주시나요? 고마워요, 카이본 씨!"

나오는 기쁨과 설렘을 숨기지 않았다.

좋아. 역시 친한 사람이 기뻐하는 얼굴을 보는 게 가장 기쁘다.

"그런데 치킨 난반은 대체 어떤 요리죠?"

그때 마침 레이스가 마치 요리 방송 MC 같은 이상적인 질문을 던졌다.

"커다란 닭고기에 간을 하고 튀김옷을 입혀 기름에 바싹 튀겨. 그걸 특제 소스에 적셔서 담백하게 간을 하고, 마지막에 타르타르소스라는 달걀로 만든 소스를 뿌리면 완성이야. 제법 위에 부담스러울 것 같은 구성이지만, 먹어 보면 의외로 담백해."

"그렇군요……. 닭고기를 쓰는군요?"

그 말을 듣고 방청객인 나오의 안절부절못하는 느낌이 더

심해졌다. 왜 그러지?

"그럼 오늘의 특선 재료 1호. 류에 씨에게 제공받은 이 닭고기를 손질하겠습니다."

턱, 경쾌한 소리를 내며 도마 위에 초거대 닭다리가 등장했다.

"닭……고기……? 류에, 이거 어디서 꺼낸 거예요?"

"응? 내 가방 안이야."

"가방 안……?"

아, 그건 다음에 설명할 테니까 지금은 넘어가 주세요.

실은 방금 이 고기 정체가 너무 궁금해서 몰래 아이템 박스에 넣어 설명문을 읽어 봤거든요? 글쎄, 『광란 신령조 인세니티 피닉스의 다리 살』이라고 적혀 있지 뭡니까.

내가 해치운 피닉스의 상위종 같은 그 마물은 뭐야? 대체 누구야? 그런 고기를 봉납한 바보는? 그 마물이랑 나도 조금 싸워 보고 싶어지잖아.

"그럼 나는 고기를 손질할 테니까 레이스는 산나물 손질을 부탁해."

"알았어요. 지시해주세요."

"그 빙글빙글 말린 나물은 뿌리 부분을 조금 쳐서 소금물에 데쳐. 그쪽에 가시가 있는 건 위에 자란 보들보들한 순을 떼면 돼."

이번에는 뒷산에서 캔 나물을 사용한 메뉴도 준비했다.

『고비』와 『두릅』, 어느 쪽이나 취향을 크게 타지 않고 그대로 요리 가능한 재료였다.

자, 그럼 여기 나머지 한 명, 「나는? 응? 나는 뭐 하면 돼?」라고 말하듯이 눈을 초롱초롱 빛내는 아가씨에게도 일을 맡겨 볼까?

"류에는 삶은 달걀을 잘 만든다고 했지? 열 개 정도 삶아 줄래?"

"나만 믿어! 후후, 완벽하게 삶아줄게."

훈훈하게 류에를 바라보는데, 방청객들도 같은 마음이었는지 무척 다정한 눈길을 보내고 있었다.

그렇게 세 명이 협력해서 차례차례 작업을 진행했다.

레이스는 역시 손재주가 좋아서 안심하고 작업을 맡길 수 있었고, 류에도 어려운 일이 아니면 착착 진행해줬다.

그런 식으로 셋이 나란히 서서 요리를 만들고 있으니 나오가 불쑥 중얼거렸다.

"엄청 즐거워 보여. 나도 다음부터 스티리아랑 같이 만들게."

"나오 님…… 후후, 저도 함께하고 싶네요."

"허허허. 보기 좋구먼, 보기 좋아."

말 잘 했어, 나오. 스티리아 양이 승천할 것 같은 얼굴이야.

"카이 군, 삶은 달걀 다 깠어. 이거 어떻게 하면 돼?"

"좋아. 전부 으깨."

삶은 달걀 마이스터 류에 아가씨에게 삶은 달걀 크래셔로 전직하도록 지시했는데, 그 말에 류에의 안색이 변했다.

"어떻게…… 어떻게 그렇게 심한 말을 해……? 내가 정성 들여 만든 삶은 달걀을……."

"괜히 미안해지려고 하네. 그래도 필요한 일이야. 자, 받아."

매셔를 건네자 류에는 마치 자기 자식을 떠나보내는 어머니처럼 비통한 표정으로 삶은 달걀을 으깨기 시작했다. 하지만 잠시 후, 「아하하하하! 네모난 구멍으로 달걀이 쭉쭉 나와서 재미있어!」라며 웃는 얼굴로 바뀌었다. 류에도 가끔 보면 무섭더라.

"자, 그럼 마요네즈에 이 다진 피클과 양파도 넣어서 같이 섞어줘."

"아, 카이 군의 희고 걸쭉한 거다. 오랜만에 보네."

이보세요! 작업 중이던 레이스 씨가 무심코 손을 멈추고 반응해 버렸잖아요!

그런데 이때, 방금까지 이상하게 안절부절못하던 나오가 흥분해서 외쳤다.

"믹싱 볼 한가득 타르타르소스가……! 저, 사실 저거 엄청 좋아해요."

"그렇군요……. 이따가 만드는 법을 배워야겠네요."

"흠…… 건더기가 많은 소스라니, 희한하군. 어떤 맛일지 상상이 안 되는구먼."

그래. 나오는 타르타르교 신도였나?

레이스가 손질한 산나물은 튀기거나 무치거나 으깨거나 카르파초풍으로 만들며 하나하나 완성했다.

동서양을 절충한 통일성 없는 메뉴 구성이었지만, 사소한 부분은 넘어가자.

지금 있는 것을 맛있게 먹는다. 나는 그것이 가장 중요하다고 생각하니까.

자, 그럼 고기를 튀겨 볼까? 너무 커서 얇게 폈더니 고기 면적이 이불만 해졌다.

일부는 다음에 쓰자.

"이렇게 고기가 많이…… 꿈만 같아요."

"레이스는 고기를 좋아해?"

"아, 음…… 네."

레이스가 쑥스럽게 고백했다. 난 참 좋다고 생각해. 그야말로 육식녀구나.

이 오빠도 언젠가 잡아먹히려나?

그렇게 모든 과정을 마치고 음식을 접시에 옮겨 담았다.

막 튀긴 고기를 단 식초 풍미의 소스에 적시고 먹기 쉬운 크기로 잘랐다. 그리고 토핑으로 뜯은 양배추 위에 올려놓았다.

이어서 장식용 삶은 달걀을 둥글게 썰어서 놓고, 마지막으로 고기 위에—.

"내가 마무리해도 될까? 그럼 뿌릴게."

타르타르소스를 듬뿍 얹은 후 잘게 썬 파슬리를 뿌렸다.

산나물 쪽은 이미 레이스가 정갈하게 담았으니까 남은 것은 이 완성된 요리를 선보이는 것 뿐!

"좋아, 완성했어. 나오."

정자에 있는 테이블에 음식을 차렸다. 그릇의 크기와 수 때문에 테이블이 보이지 않을 정도였다.

튀김, 두부 무침, 참깨 무침, 카르파초, 치킨 난반, 그리고 산마늘을 쓴 알리오 올리오. 정말로 만들고 싶은 것만 내키는 대로 만든 요리들이었다.

"그럼 먹기 전에 인사를 한마디 하려고 합니다."

"에잉~, 카이. 먹기 전에 무슨 말이 그리 많나!"

"옳소, 옳소! 카이 군, 빨리 앉아!"

"금방 끝나니까 조용히 해주세요~."

모처럼 좋은 말을 하려고 하니까 제발 들어주세요.

"오늘 쓴 재료 대부분은 이 마을이나 산에서 난 겁니다. 다른 재료들도 거의 주민 여러분이 호의로 베풀어주신 것들입니다. 그러므로 우리의 노고, 그리고 마을 주민에 대한 감사의 마음을 되새겨주셨으면 합니다."

그 화산 분화만이 아니었다. 만약 던전을 공략하지 못하고 놔뒀다면 더 큰 일이 벌어졌을지도 몰랐다.

마물 범람. 화산 폭주. 온천 고갈, 화산 지대 침식으로 인한 자연 파괴.

이것들은 모두 일어났을지도 모를 미래였으니까.

"그럼 맛있게 드십시오."

모두 처음에는 차분하게 승리와 평화를 곱씹듯 요리를 음미했지만, 차츰 먹는 속도가 빨라지더니 어느샌가 점점 요리들이 사라져 갔다.

그중에서도 나오와 레이스는 게 눈 감추듯 먹어치웠다. 그렇게 많던 치킨 난반이 이미 절반으로 줄어들었다.

류에는 자신이 만든 타르타르소스의 맛에 감격하며 스티리아 양에게 만드는 법을 알려주고 있었다.

켄 할아버지는 역시 기름진 음식보다 나물이 마음에 들었는지, 깨작깨작 먹으며 이 마을에 와서 맛 들인 일본주를 음미했다. 물론 나도 함께했다.

"카이. 자네에게 얼마나 고마운지 몰라. 나도 나름대로 오래 살아왔다고 생각하지만, 세상이 넓다는 것을 새삼 깨달았네. 게다가 스티리아는 마음에 여유가 생겨 예전보다 긴장된 분위기가 많이 누그러졌어. 무엇보다…… 나오 공은 지금까지 혼자 어떤 무거운 짐을 끌어안은 것 같은 느낌이었지. 자세한 사정은 묻지 않겠지만, 자네가 그것을 해소해줬어. 정말로 자네와 만난 건 행운이야."

"……나 참, 평소에도 이만큼만 진지하게 행동하시라구요, 켄 할아버지. 저야말로 귀중한 체험을 했습니다. 저는 사람과 보조를 맞추는 소중함을 경시하고 있었어요. 고맙긴 제가 더 고맙죠."

짹, 건배를 나눴다. 물론 내용물은 『인연』이었다.

나는 또 새로운 인연을 마시며 즐겁게 연회를 즐기는 이들을 바라봤다.

산에서 불어오는 따뜻하고 상쾌한 바람을 맞으며 눈에서 힘을 풀었다.

조촐하지만 즐거운 시간은 그렇게 천천히 흘러갔다.

§ § §

이튿날 아침. 여관 앞에서 일행을 배웅했다.

이미 나오는 눈에서 닭똥 같은 눈물을 흘려 그곳 바닥에만 비가 온 것 같은 자국이 남았다.

"야, 야, 울지 마. 조만간 세컨더리아에 놀러 간다니까?"

"역시 함께는…… 갈 수 없는 거네요……."

나오는 손으로 눈물을 훔치고 결의 다진 것처럼 늠름한 눈매로 나를 쳐다봤다.

"저는 앞으로 제 눈으로 보고 제 의지로 걸어갈게요! 그리고 언젠가…… 카이본 씨와 어깨를 맞대고 싸울 수 있을 정도로 강해질게요!"

"……고마워, 나오. 앞으로도 열심히 해."

나오는 나를 믿어줬다. 누가 내린 사명보다도 함께 싸운 나를 믿어줬다.

그렇다면 나도 그를, 그들을 위해 힘이 되겠다고 약속하자.

지금은 길이 달라져 버렸지만, 다시 만날 때는 반드시 그들의 힘이 되겠다고 결의했다.

"그럼 얼마 전에 한 약속 하나를 지킬까?"

그런 그들에게, 한시적이라고는 하나 내 동료가 된 세 사람에게 선물을 주기로 했다.

나는 품속에서 미리 준비한 어떤 물건을 꺼냈다.

"세 사람 모두, 손을 내밀어요."

그것은 내가 손가락에 맞도록 조정한 반지들이었다.

켄 할아버지, 스티리아 양에게 건네고 마지막으로— 나오의 중지에 반지를 끼워줬다.

"내 계산은 틀림없어. 봐, 딱 맞지?"

아, 뒤에서 누가 이 가는 소리가 들린다. 레이스지? 안 봐도 알겠다.

"이거…… 사람을 울리는구먼……. 고맙게 받겠네."

"아! 제 건 카이본 씨와 똑같은 디자인이네요!"

"뭐라고요?! 카, 카이 공, 저도 같은 디자인으로—."

열성 엄마에서 쇼타콤으로 전직하고 있는 스티리아 양이 그런 요청을 했다. 흠, 그녀에게는 이렇게 말해주자.

"언젠가 나오에게 둘만의 반지를 받을 수 있길 빌게요."

귓가에 그렇게 속삭이자 그녀는 노골적으로 얼굴을 붉히며 입만 달싹이고 말을 잇지 못했다.

하하하, 이제야 나이에 맞는 반응을 보이는구나.

자, 그럼 슬슬 여행을 떠날 때다. 그들이 마중 나온 마차에 올라타고, 곧바로 열린 창문에서 저마다의 마음이 쏟아져 나왔다.

"우리나라에 오면 꼭 찾게나! 이번에는 내가 고이고이 모셔둔 술을 꺼내겠네!"

"저희 집에도 오십시오! 레이스 공께 제 컬렉션을 보여드리고 싶습니다!"

"카이본 씨! 저, 그 기술을 매일 연습할게요! 언젠가 류에 씨나 레이스 씨처럼 저도 어깨를 나란히 할 수 있도록 노력할게요!"

천천히 떠나는 마차를 향해 나도 손을 흔들었다.

그리고 그 모습이 보이지 않게 됐을 때, 옆에 있던 두 사람이 중얼거렸다.

"정말로, 멋진 사람들이었지? 카이 군."

"그래, 정말로 멋졌지."

"후후, 여행의 재미가 하나 늘었네요."

"그러게 말이야."

옆에 두 사람이 나란히 섰다.

그들이 그들만의 이야기를 이어나가듯 나도 이 두 사람과 함께 우리만의 이야기를 이어나갈 것이다.

준비 기간은 끝났다. 이 마을에서 나는 정말로 대체할 수 없는 소중한 것을 얻었고, 그리고 대체할 수 없는 소중한 것을 재확인했다.

류에, 레이스, 가자. 앞으로도 함께 걷기 위해서—.

“그래? 그자가 임무에 실패했을 뿐만 아니라 그런 헛소리까지 전하라 했다고?”

“예…….”

“결과를 알린 것만으로도 다행이라고 봐야 하나. 너에겐 상을 내려야겠군.”

“아, 아뇨. 그건…….”

“아니. 사양하지 마라. 그래, 이젠 너도 혼자니까 참 적적하겠어.”

어딘가에 있는 저택의 방에서 두 남자의 밀담이 오갔다.

하지만 그것은 곧 단순한 독백, 한 남자의 혼잣말로 변하고 말았다.

말이 없는 자가 된 남자를 한낱 벌레 사체처럼 바라보며, 이 참상을 만들어 낸 장본인은 보고 내용을 떠올리면서 중얼거렸다.

“—마왕은, 두 명이나 필요 없다.”

정욕을 감추지 않은 사나운 웃음을 지은 남자는 창밖으로 눈길을 돌렸다.

“머지않은 곳까지 와 있구나, 레이스…….”

번외편 류에와 레이스와 농사일

마을로 향하는 사랑하는 사람의 뒷모습을 보면서 흔들던 손을 천천히 내렸다.

이게 배웅하는 아내의 심경일까? 행복과 쓸쓸함이 섞인 감정과 함께 한숨을 쉬었다.

"왜 그래? 역시 섭섭해?"

"아, 아뇨. 아무것도 아니에요."

"후후, 숨겨도 알아. 괜찮아. 오늘 저녁에는 같이 온천에 들어갈 수 있으니까 그걸 기대하며 기다리자."

싱글싱글 웃는 여행 동료, 그리고 조금 특수한 상황이지만 내 언니에 해당하는 인물, 류에가 위로 비슷한 말을 건넸다.

어딘지 모르게 앳된 느낌이 감도는 그녀이지만, 간혹 보이는 푸른빛이 깃든 눈동자가 내 마음 깊은 쪽까지 꿰뚫어 보는 것 같아 조금 무서워질 때가 있었다.

그래도 그녀는 그렇게 들여다본 것을 모두 포용해주는 그런 인물이었다.

오랫동안 느껴본 적 없는, 기대고픈 마음을 샘솟게 하는 이 언니에게 점점 내 가면이 벗겨져 가고 있었다.

"……네. 저녁이 기다려져요. 그때까지 어떻게 할까요?"

"글쎄……. 마을 근처에서 할 수 있을 만한 의뢰를 찾아볼까?"

앞장선 그녀가 마을 안을 흐르는 수로를 좇듯이 따라갔다.

거기에 끌리듯 나도 그 수면을 들여다보자 투명한 흐름 속에 선명한 녹색을 띤 수초가 살랑살랑 흔들렸다. 보는 것만으로 기분이 시원하고 상쾌했다.

그녀의 마음을 알겠다. 확실히 계속 보고 있어도 질리지 않는다.

그런데 수로를 따라가던 그녀가 목적지인 길드로 가는 길에서 벗어나 버렸다.

멀리 가버릴 것 같은 그녀의 손을 잡자 퍼뜩 정신을 차린 것처럼 돌아봤다.

"응? 레이스, 왜 그래?"

"길드는 그쪽이 아니잖아요? 길을 똑바로 확인해야죠."

"……아, 정말이네. 물이 예뻐서 나도 모르게……."

싱글싱글 웃는 그 얼굴을 보자 나까지 웃음이 났다.

그녀는 여행 도중에도 항상 웃음을 잃지 않고 내 옆에 있어 줬다.

아, 그렇구나. 나는 이미 진작 그녀의 웃음에 빠져 있었다.

나도 모르게 잡은 손에 힘을 더 줬다. 그러자 그녀도 거기에 대답하듯 작은 손을 꽉 맞잡았다.

"좋아. 그럼 손잡고 갈까?"

"후후, 가요."

길드에 도착했지만, 의뢰를 발주하는 곳은 뒤쪽 술집이라고 하여, 그 조금 독특한 구조에 관해 이야기하며 이동했다.

도중에 모험가로 보이는 몇몇 사람들이 어깨와 고개를 힘없이 떨군 모습이 자주 보였다. 무슨 일이 있었던 걸까?

머지않아 도착한 그곳은 이 마을 경관에 조금 어울리지 않는 외관인, 내가 살던 윙레스트의 윤락가에서 보던 것 같은 술집이었다.

문을 열자, 의뢰를 받는 곳이라는 사전 정보 때문에 특수한 곳을 떠올린 나의 예상에 반해 가게 안은 정통적인 카페 스타일이었다.

홀에 놓인 테이블과 의자에는 드문드문 손님이 앉아 있었고, 무슨 이유에선지 그들도 고개와 어깨가 처져 보였다.

"왠지 다들 기운이 없는걸? 무슨 일이지?"

"무슨 불행한 일이라도 있었던 걸까요……?"

평화로운 마을로 보였는데, 인명 피해를 줄 만한 마물이라도 나왔나?

조금 신경 쓰여서 의뢰를 확인할 겸 가게 주인에게 이야기를 들어보기로 했다.

그런데 류에가 먼저 카운터 자리에 앉더니 약간 목소리를 꾸미며 입을 열었다.

"마스터…… 항상 마시던 걸로."

"아가씨, 미안하지만 그건 떨어졌어. 다른 걸로 부탁해."

"우…… 그렇게 반응한 사람은 처음이야. 그럼 어떤 의뢰가 있는지 알려줘."

……카이 씨가 가끔 류에에게 보내는 시선의 의미를 알겠다.

흐뭇하기도 하고 귀엽기도 한, 뭐라고 말하기 힘든 감정을 일으키는 대화였다.

그러자 가게 주인이 마치 술집 메뉴처럼 의뢰 일람이 적힌 장부를 꺼냈다. 나와 류에는 그 내용을 죽 훑었다.

"윙레스트와 거의 비슷해. 토벌 의뢰는 기껏해야 던전 내부의 마물 종류 조사 정도밖에 없어."

"그렇다면 그곳에서 무슨 사건이라도 일어난 걸까요?"

그런 우리의 의문을 듣고 주인이 글라스를 닦으며 조용히 물었다.

"사건?"

"이곳으로 오는 도중에 낙담한 분들이 많이 보여서요. 무슨 사건이라도 일어났나 했거든요."

"아아, 확실히 사건이라고 하면 사건일지도 모르겠군. 하지만 별문제는 아니오."

사정을 들어보니, 아무래도 최근 며칠 사이 마을에 체류 중이던 해방자 일행, 바꿔 말해 카이 씨가 도우려는 분들의 동료가 되려고 쫓아온 사람들이 이곳을 들락거렸고, 그리고 오늘 마침내 동료가 정해졌다고 했다.

쉽게 말하면 방금 본 분들은 동료로 선택받지 못한 사람들이란 말이었다.

"으음, 그럼 어떻게 할까?"

"기왕 노온이 있는 곳이니까 거기에 관련된 의뢰를 받을까요?"

"아, 그 큰 물웅덩이 말이지? 좋은데? 물을 바라보는 건 좋아해."

"그럼 결정됐네요."

『노온에 물 대기와 경호』 수주 완료.

§ § §

"레이스, 레이스. 저게 아직 물을 대지 않은 노온 같아."

"그럼 이 근처에 의뢰인이 있겠네요."

마을 입구를 나와 가도에서 벗어난 논두렁을 따라 걸었다.

양옆에서 햇빛이 반사되어 조금 눈부셨지만, 그것이 오히려 한발 앞서 여름이 온 것 같은 활력을 줬다.

논두렁길을 즐겁게 걷던 류에가 의뢰인을 발견하고는 조금 속도를 높여 다가갔다.

정말 이런 식으로 모르는 땅을 자유롭고 느긋하게 걷는 날이 올 줄이야…….

그렇게 현재의 행복을 부쩍 실감하는데, 어느샌가 훨씬 앞으로 나간 류에가 나를 돌아보며 크게 손을 흔들었다.

"레이스~! 빨리 와~! 의뢰인들을 찾았어~!"

후후, 이런 식으로 다른 사람과 의뢰를 받다니…… 어쩐지 그립네.

"히야~! 우째 이런 미인이 와뜨래요?"

"이러믄 미안해서 일을 우터 시키나."

……카이 씨, 도와줘요! 못 알아듣겠어요!

단편적으로는 이해할 수 있지만, 자세한 뉘앙스까지는 모르겠다.

그때, 류에가 한 발 앞으로 나가서 태연하게 말을 받았다.

"미안, 무슨 말인지 잘 모르겠어. 아직 이쪽 말에 익숙하지 않거든."

"응? 아, 그러고 보니 지금은 밖에서 온 사람이 많았지. 아가씨, 미안하우."

"미안하긴 내가 미안하지. 기분 상하지 말았으면 좋겠어."

실례가 될지도 모른다고 생각해 선뜻 나서지 못한 나를

대신해 류에가 말해줬다.

"그래서 우리는 뭘 하면 되지?"

이야기를 들으니 가까운 숲에 있는 저수지 수문을 열어 노온에 물을 대야 하는데, 그곳은 사람의 손이 거의 닿지 않아 매년 수생 마물이 눌러앉는 모양이었다.

이번 의뢰는 그 작업 중에 달려드는 마물을 격퇴하고, 숲에 사는 마물로부터 경호해 달라는 것이었다.

수생 마물이라면 물에서 튀어 오르기라도 하나? 그렇다면 내 마궁이 나설 차례다.

숲 속은 주위 환경 때문인지 초목이 우거져 조금 어둡게 느껴질 정도였다.

길을 안내하는 사람은 저수지를 관리하는 연배 있는 여성이었다. 이런 말은 예의가 아닐지도 모르지만, 조금 고루한 인상의 사람이었다.

해방자의 동료가 되고 싶어 술집에 죽치는 젊은이가 늘어나서, 모험가나 마을 사람들의 아들, 손자까지 일손을 돕지 않아서 그렇다나…….

이래서는 외지에서 온 우리에게 불만이 표출되는 것도 어쩔 수 없는지도 모르겠다.

"할머니, 괜찮아. 우리가 그 사람들 몫까지 일할게."

"허이구, 퍽이나 믿음직하구먼."

말을 붙이기 어려운 분위기를 풍기는데도 불구하고 류에는 웃으면서 그 옆에 섰다.

나도 그녀를 따라서 조금 보폭을 넓혀 두 사람 옆으로 다가섰다.

"안심하세요. 저희가 확실하게 호위할게요."

"을매나 잘 하는지 내 볼끼다. 똑똑히 지키라."

"후후, 믿어주세요."

숲을 나아가자 넓게 트인 장소가 보였다.

울창한 숲 속에서 그곳에만 햇빛을 가리는 것이 없는지, 마치 스포트라이트를 받는 무대 같았다.

파문 하나 없던 조용한 저수지에 미풍이 불었다. 바람이 수면을 흔들고 물비늘이 어른거렸다.

그 광경이 아름다워 왠지 별 이유도 없이 이곳이 류에에게 어울린다는 생각이 떠올랐다.

"와아, 물이 참 깨끗해. 할머니, 여긴 원래 자연적으로 생긴 곳이야?"

"그래. 니 알아보겠나?"

"침전된 나뭇잎이나 주변 모습을 보면 알아. 나도 숲에서 오래 살았으니까."

"그래? 그라믄 흰 처자가 돌아댕기미 경계해라. 날개 달랜 처자는 이 근처에서 감시하고."

"알겠어요."

이름을 외우지 않았는지 그런 식으로 불렀다. 후후, 몇십 년 만일까? 어쩐지 그립기도 하고, 낯간지럽기도 하고, 즐겁기도 한 이 느낌…….

나는 마궁을 겨누며 물속을 들여다봤다.

류에의 말대로 바닥까지 깨끗하게 비치는 물이라서 도저히 이곳에 마물이 숨어 있을 것처럼은 보이지 않았다. 그래도 나는 경계를 늦추지 않고 작업하는 할머니 옆에 섰다.

이윽고 수문이 열렸는지, 수로로 물이 콸콸 흘러들었다.

그러자 그때, 저수지 밑바닥에서 나뭇잎이 들썩였다.

"할머니, 물러나세요!"

순간적으로 땅에 떨어진 나뭇가지를 날카롭게 던져 넣었다. 가지는 튀어나온 바닥에 꽂혔다.

나는 이어서 마궁을 들어 마력이 담긴 빛의 현을 만들었다.

가지로 공격해 놀랐는지, 바닥의 물체는 경계하듯 동작을 멈췄다.

하지만 오래가지 않아 그곳에서 검은 그림자가 튀어나와 수면으로 올라왔다.

"레이스!"

"괜찮아요!"

수면에서 그림자가 튀어 올라옴과 동시에 나도 뒤로 훌쩍 물러났다. 방금까지 내가 있던 위치에 팔등신 개구리 마물이 척 내려섰다.

“젠틀 프로그맨……. 사람이 사는 곳이 이렇게 가까운데 별일이네요.”

“우와! 처음 봤어! 뭐야, 그 마물?!”

검은 피부가 마치 턱시도 같은 무늬를 그렸고, 길쭉한 키로 아름답게 선 자세는 그야말로 『젠틀』이라는 이름에 어울리는 모양새였다.

그렇지만 내 기억이 옳다면 이 마물의 토벌 권장 랭크는…… 그 당시조차 B였다.

이 시대라면 A랭크에 필적할지도 모를 강적이었다.

“그래도— 이미 결판은 났어.”

그 순간, 하늘에서 한 줄기 붉은 섬광이 떨어졌다.

방금 뒤로 물러나는 순간에 하늘로 쏜 『폴 애로』가 시간차를 두고 착탄했다.

이 마물은 동작도 빨라 초반에 기동력을 빼앗지 않으면 고전을 면할 수 없는 상대였다.

그렇다면 처음에 기습으로 결판을 내는 것이 최선이라고 할 수 있었다.

“허매, 세상에……. 강하구먼.”

“다치지 않으셨나요?”

다리 힘이 풀렸는지 바닥에 주저앉은 할머니에게 손을 내밀었다.

힘 있게 맞잡는 그녀의 손은 오랜 삶 속에서 거칠어져 있었다. 그것이 어쩐지 옛날 내 손을 보는 것 같아서 마음이 조금 먹먹했다.

자리에서 일어선 할머니는 인상을 찌푸리더니 다시 바닥에 풀썩 주저앉고 말았다.

"할머니, 괜찮아? 지금 회복 마법을—."

"일 없사. 잠깐 쉬믄 되는 걸 먼 놈의 회복 마법이야."

"우우…… 아, 그럼 이건 어때?"

류에는 할머니를 천천히 엎드리게 하고 자기가 만든 얼음을 수건에 감싸서 그녀의 허리에 댔다.

"얼음찜질만이라면 허락해줄 거지?"

"……그래. 고마우이."

"후후, 별말씀을."

처음보다 표정이 한결 부드러워진 할머니와 그 옆에서 허리를 주무르는 류에.

물 높이가 낮아지는 것을 바라보며 우리는 숲 속에서 느리게 흘러가는 시간을 보냈다.

……정말로, 멋진 시간이다.

그렇게 우리는 첫날 의뢰를 무사히 달성했다.

그래, 무사히. 이후에 내가 저수지에 떨어지거나 하지는 않았다.

정말로 꿈만 같은 즐거운 나날이 시작될 거란 생각에 나이를 잊고 마음이 설렜다.

앞으로도 이렇게 그녀와, 그리고 그와 함께 걸을 수 있었으면 좋겠다. 앞으로도 쭉…….

■작가 후기

(´･ω･`) 여러분 오랜만입니다. 아이아츠시입니다.

시간이 참 빠르게 흘러 1권이 발매되고 어느덧 1년이 지났습니다.

저도 이 작업에 조금은 익숙해졌다는 실감이 듭니다. 다만, 여러분께서 즐겨주시고 계실지 그것만이 걱정이군요.

이번에는 주인공이 다른 일행에 참가하는 이야기였습니다. 어떠셨나요?

표면적으로는 『온천 편』라는 서비스 권이었지만, 작가로서는 나름대로 중요한 이야기였다고 생각합니다.

다른 이야기에 개입해 다른 주인공과 만나는 내용.

그들에게는 그들의 모험이 있고, 그리고 언젠가 다시 만날 수 있을 것이다…….

그런 미래로 이야기가 이어지길 바라는 마음도 담긴 이야기였습니다.

다음 권은 마침내 3권부터 이어진 적과의 만남을 다룹니다. 어떤 상대일지, 어떤 결말을 맞이할지, 앞으로 이야기가 어떻게 진행될지 기대해주시기 바랍니다.

그럼 마지막으로 이 자리를 빌려 이 책을 발매하는 데 도움을 주신 모든 분, 웹 버전 및 서적판 독자 여러분께 감사의 말을 전하며 마무리할까 합니다.

여러분, 정말로 감사합니다.

총총 꿀.

후 기

본문 삽화로 그리지 못한
목욕 후 류에와 레이스~.
4권도 읽어 주셔서 감사합니다.
다음 권도 잘 부탁드리겠습니다.

카츠라이 요시아키

백수, 마왕의 모습으로 이세계에 4

1판 1쇄 발행 2018년 9월 10일
1판 3쇄 발행 2020년 1월 29일

지은이_ Aiatsushi
일러스트_ Yoshiaki Katsurai
옮긴이_ 김장준

발행인_ 신현호
편집장_ 김은주
편집진행_ 김기준 · 김승신 · 원현선 · 권세라
편집디자인_ 양우연
국제업무_ 정아라 · 전은지
관리 · 영업_ 김민원 · 조은걸 · 조인희

펴낸곳_ (주)디앤씨미디어
등록_ 2002년 4월 25일 제20-260호
주소_ 서울시 구로구 디지털로 26길 111 JnK디지털타워 503호
전화_ 02-333-2513(대표)
팩시밀리_ 02-333-2514
이메일_ lnovelpiya@naver.com
L노벨 공식 카페_ http://cafe.naver.com/lnovel11

ISBN 979-11-278-4618-3 04830
ISBN 979-11-278-4210-9 (세트)

값 7,000원